Ueberreuter Großdruck

»Gazette« hätte bestehen können – ganz aufrichtig, sehr liebenswürdig und völlig platonisch. Ich mag es nicht, wenn eine Frau mir gegenüber zu offen und unbefangen ist. Diese Haltung ist kein Kompliment für einen Mann. Sobald der Gegensatz der Geschlechter erwacht, regen sich Furcht und Misstrauen, diese Erbschaft aus roheren Zeiten, als Liebe und Gewalt noch Hand in Hand gingen. Das gesenkte Haupt, die abgewendeten Augen, die stockende Stimme, die bebende Gestalt – all das und nicht der freie Blick und die ungezwungene Antwort sind der wahre Ausdruck der Leidenschaft. Das glaubte ich wenigstens.

Gladys besaß alle echt weiblichen Eigenschaften. Einige hielten sie für kalt und gefühllos, aber dieses Urteil war nicht zutreffend. Der zarte Bronzeton ihrer Haut, fast orientalisch in der Färbung, das rabenschwarze Haar, die großen sanften Augen, die vollen, aber entzückend geformten Lippen – alle diese Zeichen der Leidenschaft waren vorhanden. Aber ich war mir schmerzlich bewusst, dass ich das Geheimnis, diese Leidenschaft zu entflammen, bis jetzt nicht entdeckt hatte. Aber mochte kommen, was da wollte, ich musste der Ungewissheit ein Ende machen und heute Abend klare Verhältnisse schaffen. Auch wenn sie mich abwies – besser ein abgewiesener Liebhaber als ein geduldeter Bruder.

So weit war ich in meinen Gedanken gekommen und im Begriff, das lange und peinliche Schweigen zu brechen, als zwei kritische, dunkle Augen sich auf mich richteten und Gladys, vorwurfsvoll lächelnd, den Kopf schüttelte.

»Ich habe das Gefühl, dass Sie im Begriff sind, mir einen Heiratsantrag zu machen, Ned. Ich möchte nicht, dass Sie es tun, es ist viel schöner so, wie es jetzt ist.«

Ich zog meinen Stuhl etwas näher heran.

»So, woher wissen Sie denn, dass ich die Absicht habe, Ihnen einen Heiratsantrag zu machen?«, fragte ich ehrlich erstaunt.

»Wissen Frauen nicht immer alles? Glauben Sie, dass es irgendeine Frau auf der Welt gibt, die es nicht merkt, wenn sich jemand für sie interessiert? Nein, Ned, unsere Freundschaft war so schön und so reizvoll! Wie schade wäre es, sie zu zerstören! Spüren Sie nicht, wie wunderbar es ist, wenn ein junger Mann und eine junge Frau so freimütig miteinander sprechen können, wie wir es getan haben?«

»Ich weiß nicht, Gladys. Freimütig sprechen kann ich auch mit – dem Stationsvorsteher.« Ich habe keine Ahnung, wie dieser Beamte in unsere Unterhaltung hineingeriet, aber er geriet hinein und wir mussten beide lachen.

»Das genügt mir auf Dauer nicht. Ich möchte meinen Arm um Sie legen und Ihren Kopf an meine Brust drücken, und, ach Gladys, ich möchte …«

Sie sprang vom Stuhl auf, da ihr klar wurde, dass ich die Absicht hatte, meine weiteren Wünsche in die Tat umzusetzen.

»Sie haben alles zerstört, Ned«, sagte sie, »es ist alles so schön und natürlich, bis eine gewisse Grenze überschritten wird. Schade. Warum können Sie sich nicht besser beherrschen?«

»Das ist keine Erfindung von mir«, verteidigte ich mich, »das ist die Natur, das ist Liebe.«

»Es mag wohl anders sein, wenn beide lieben. Ich habe noch niemals geliebt.«

»Aber sie müssen … Sie mit Ihrer Schönheit, mit Ihrer Seele! O Gladys, Sie sind ja geschaffen für die Liebe. Sie müssen lieben!«

»Man muss warten, bis die Liebe kommt.«

»Aber warum können Sie mich nicht lieben, Gladys? Ist es mein Äußeres oder was sonst?«

Ihr Gesicht hellte sich auf. Sie streckte eine Hand aus – ihre ganze Haltung war so gütig und herablassend – und bog meinen Kopf zurück. Dann sah sie mir mit einem nachdenklichen Lächeln ins Gesicht.

»Nein, das ist es nicht«, sagte sie schließlich, »Sie sind nicht gerade ein hässlicher Mann und darum kann ich wohl sagen, dass es das nicht ist. Es liegt tiefer.«

»Mein Charakter?«

Sie nickte ernst.

»Was kann ich tun, um ihn zu verbessern? Setzen sie sich doch und sagen Sie mir etwas darüber. Nein, bitte, ich möchte, dass Sie sich setzen.«

Sie sah mich mit einem erstaunten Misstrauen an, das mir viel besser gefiel als ihr rückhaltloses Vertrauen.

Wie primitiv und dumm das alles aussieht, wenn man es schwarz auf weiß niederschreibt! Aber schließlich ist es vielleicht eine Empfindung, die nur mir selbst verständlich ist. Genug, sie setzte sich.

»Nun sagen Sie mir, woran es mir fehlt.«

»Ich liebe einen anderen«, sagte sie.

Jetzt war die Reihe an mir, vom Stuhl aufzuspringen.

»Es ist niemand im Besonderen«, fuhr sie, über meinen Gesichtsausdruck lachend, fort, »es ist nur ein Ideal. Ich bin einem solchen Mann, wie er mir vorschwebt, niemals begegnet.«

»Erzählen Sie mir etwas über ihn. Wie sieht er aus?«

»Oh, er könnte Ihnen sehr ähnlich sein.«

»Wie nett von Ihnen, das zu sagen! Gut, und was tut er, was ich nicht täte? Sagen Sie es mir geradeheraus! Abstinenzler, Vegetarier, Luftschiffer, Theosoph, Übermensch – ich werde alles versuchen, Gladys, wenn Sie mir nur eine Vorstellung davon geben wollen, was Ihnen gefallen könnte.«

Sie lachte über meinen offenbar recht wandlungsfähigen Charakter.

»Gut, zunächst einmal glaube ich, dass mein Ideal nicht so reden würde«, sagte sie. »Er wäre ein kühner, energischer Mann, der nicht so leicht bereit wäre, der Laune eines törichten Mädchens zu entsprechen. Auf jeden Fall aber müsste er ein Mann der Tat sein, der ohne Furcht dem Tod ins Auge blickt – ein Mann der großen Taten und außerordentlichen Erlebnisse. Es ist niemals der Mann, den ich lieben würde, sondern immer der Ruhm, mit dem er sich bedeckt. Denn davon würde auch auf mich ein Abglanz fallen. Denken Sie an Richard Burton! Als ich die Biografie seiner Frau über ihn las, konnte ich ihre Liebe verstehen. Und Lady Stanley! Haben Sie das wundervolle letzte Kapitel über ihren Mann jemals gelesen? Das ist die Art von Männern, die eine Frau von ganzem Herzen verehrt, ohne sich dabei zu erniedrigen. Vielmehr würde sie selbst von aller Welt als diejenige verehrt werden, die ihren Mann zu seinen edlen und großen Taten angespornt hat.«

Sie sah so schön aus in ihrem Enthusiasmus, dass ich fast das Ziel unserer Unterhaltung aus den Augen verlor. Ich riss mich zusammen, um in meiner Beweisführung fortzufahren.

»Wir können nicht alle Stanleys und Burtons sein«, sagte ich. »Übrigens trifft der Glücksfall nicht jeden – mir jedenfalls hat immer die richtige Gelegenheit gefehlt. Sollte der Zufall mir günstig sein, so würde ich ihn nutzen.«

»Aber Gelegenheit zu Heldentaten gibt es doch überall. Es ist das Zeichen dieser Art von Männern, die ich meine, dass sie ihres eigenen Glückes Schmied sind. So ein Mann lässt sich nicht zurückhalten. Ich habe ihn niemals getroffen und habe doch das Gefühl, als würde ich ihn ganz genau kennen. Es gibt so viele Heldentaten um uns herum, die nur darauf warten, getan zu werden. Es ist die Aufgabe der Männer, sie zu vollbringen und die Aufgabe der Frauen, ihre Liebe als Geschenk für solche Männer aufzuheben. Erinnern Sie sich an diesen jungen Franzosen, der vorige Woche mit einem Ballon aufstieg? Ein Sturm kam auf, aber da die Ballonfahrt nun einmal angekündigt war, bestand er darauf, aufzusteigen. Der Wind trieb ihn in 24 Stunden 1.500 Meilen weit und er ist mitten in Russland abgestürzt. Das ist die Art Mann, die ich meine. Denken Sie an die Frau, die er liebte, und wie die anderen Frauen sie beneidet haben müssen! Das ist es, was ich liebe – um meinen Mann beneidet zu werden.«

»Ich hätte es getan, um Ihnen zu gefallen.«

»Aber Sie sollen es nicht tun, nur um mir zu gefallen, Sie sollen es tun, weil Sie nicht anders können, weil es Ihre Natur ist – weil alles in Ihnen nach einer heroischen Tat schreit. Warum konnten Sie nicht, als Sie neulich von der Grubenexplosion in Wigan berichteten, in den Schacht hinuntersteigen, um trotz der giftigen Gase den Bergleuten zu helfen?«

»Ich habe es getan.«

»Aber Sie haben nie davon erzählt.«

»Das war nicht der Rede wert.«

»Das wusste ich nicht.«

Ihre Augen ruhten mit stärkerem Interesse auf mir. »Das war tapfer von Ihnen.«

»Das musste ich doch tun. Wenn man einen guten Bericht schreiben will, muss man doch dort sein, wo etwas passiert.«

»Was für eine prosaische Begründung. Damit nehmen Sie Ihrer Handlungsweise alles Romantische. Aber immerhin, was auch Ihr Grund gewesen sein mag, ich freue mich, dass Sie in den Schacht hinuntergestiegen sind.«

Sie reichte mir ihre Hand, aber mit solcher Anmut und Würde, dass ich mich nur darüber beugen und sie küssen konnte.

»Ich weiß genau, dass ich nur ein dummes Mädchen mit den Fantasien eines Kindes bin; und doch ist das für mich so wirklich, so sehr Teil meines inneren Wesens, dass ich nicht anders handeln kann. Wenn ich einmal heirate, so muss er ein berühmter Mann sein.«

»Na, und warum denn nicht?«, rief ich aus. „Gerade eine Frau wie Sie lässt einen Mann über sich hinauswachsen. Geben Sie mir eine Gelegenheit, und Sie werden sehe, dass ich sie nutze. Übrigens, wie Sie sagen, soll der richtige Mann sich die Gelegenheit selber schaffen und nicht warten, bis sie ihm gegeben wird. Sehen Sie Clive – nur ein kleiner Schreiber, und doch eroberte er Indien. Beim heiligen Georg! Ich werde schon noch etwas unternehmen in der Welt!«

Sie lachte über mein plötzliches irisches Feuer.

»Warum nicht«, sagte sie. »Sie haben alles, was ein Mann haben kann – Jugend, Gesundheit, Kraft, Bildung, Energie. Ich war so traurig, dass Sie gesprochen haben, und jetzt bin ich froh – so froh, wenn unser Gespräch solche Gedanken in Ihnen erweckt hat.«

»Und wenn ich es tue …?«

Ihre Hand legte sich wie warmer Samt auf meine Lippen.

»Kein Wort mehr, mein Herr! Sie sollten schon vor einer halben Stunde in der Abendredaktion sein. Ich konnte es nur nicht übers Herz bringen, Sie daran zu erinnern. Wenn Sie sich eines Tages vielleicht Ihren Platz in der Welt erobert haben, wollen wir wieder darüber reden.«

Und so kam es, dass ich an diesem nebligen Novemberabend mit glühendem Herzen hinter der Straßenbahn herlief, fest entschlossen, keinen Tag mehr vergehen zu lassen, ohne dass ich eine Heldentat vollbrachte, die mich meiner Herzensdame würdig machte.

Aber wer in aller Welt hätte sich eine Vorstellung von der unglaublichen Form machen können, die diese Tat annehmen sollte oder von den seltsamen Wegen, die ich zu gehen hatte, um sie auszuführen?

Am Ende wird es dem Leser noch so vorkommen, als hätte dieses Einleitungskapitel gar nichts mit meiner Erzählung zu tun. Und doch wäre diese Erzählung ohne dieses Kapitel nicht zustande gekommen, denn nur wenn ein Mann mit dem

Gedanken in die Welt hinausgeht, dass überall Heldentaten möglich sind, und den Wunsch hat, eine solche zu vollbringen, sobald sie sich ihm bietet, wird er mit seinem bisherigen Leben brechen, wie ich es getan habe, und sich in das zauberhaft mystische Dämmerland hinauswagen, wo ihm die großen Abenteuer und Erfolge winken. Schaut mich also an, ihr in der Redaktion der »Gazette«, deren höchst unbedeutendes Mitglied ich bisher war, wie ich fest entschlossen bin, wenn möglich noch in dieser Nacht das Abenteuer zu suchen, das mich meiner Gladys würdig macht.

War es Hartherzigkeit, war es Eigennutz, dass sie mich aufgefordert hatte, mein Leben für ihre Sucht nach Ruhm zu wagen? Solche Gedanken kommen vielleicht einem Mann reiferen Alters, niemals aber einem kühnen dreiundzwanzigjährigen Jüngling, der von seiner ersten Liebe verzehrt wird.

Zweites Kapitel

Ich hatte McArdle immer gern gehabt, diesen alten, mürrischen, pausbäckigen Nachrichtenredakteur mit dem roten Gesicht, und glaubte zu spüren, dass auch er mich mochte. Natürlich war Beaumont der eigentliche Prinzipal, aber der lebte in der verdünnten Atmosphäre irgendeiner olympischen Höhe, von wo aus er kleinere Dinge wie eine internationale Krise oder eine Kabinettsspaltung nicht mehr unterscheiden konnte. Wir sahen ihn manchmal in einsamer Majestät in das innere Heiligtum schreiten, mit einem unbestimmten Ausdruck in den Augen und im Geist über dem Balkan oder dem Persischen Meerbusen schwebend. Er war für uns unerreichbar. Aber McArdle war seine rechte Hand, und ihn kannten wir. Der alte Mann nickte, als ich sein Zimmer betrat, und schob die Brillengläser weit hinauf auf die kahle Stirn.

»Nun, Mr Malone, nach allem, was ich höre, scheint es Ihnen recht gut zu gehen«, sagte er mit seinem freundlichen schottischen Akzent.

Ich verbeugte mich dankend.

»Die Grubenexplosion war ausgezeichnet. Auch das Feuer in Southwark. Sie haben das richtige Gespür für Beschreibung. Was führt Sie denn heute zu mir?«

»Ich möchte Sie um einen Gefallen bitten.«

In seinem Gesicht malte sich Erschrecken und er vermied es, mich anzusehen.

»Hm, worum handelt es sich denn?«

»Glauben Sie, Mr McArdle, dass es möglich wäre, mir irgendeinen besonderen Auftrag für die Zeitung zu geben? Ich würde versuchen, das Bestmögliche zu leisten, die Sache ordentlich durchzuführen und Ihnen gute Berichte liefern.«

»An welche Art von Aufträgen dachten Sie, Mr Malone?«

»An irgendetwas, das mit Abenteuern und Gefahren verbunden ist, Mr McArdle. Ich würde mir die allergrößte Mühe geben. Je schwieriger die Aufgabe wäre, desto mehr würde sie mir zusagen.«

»Sie scheinen ja sehr begierig zu sein, Ihr Leben zu verlieren.«

»Mein Leben zu rechtfertigen, Mr McArdle.«

»Ach, du lieber Gott, Mr Malone, das klingt ja sehr – sehr erhaben. Ich fürchte, die Zeiten für derartige Dinge sind vorbei. Die Ausgaben für einen Spezialauftrag werden kaum durch den Erfolg gerechtfertigt und man würde so einen Auftrag natürlich auch nur an einen erfahrenen Mann mit bekanntem Namen vergeben, der das öffentliche Vertrauen genießt. Die großen weißen Stellen auf der Landkarte sind heute ziemlich verschwunden, und es gibt kaum noch irgendeine Stelle für romantische Erlebnisse. Aber warten Sie mal«, fügte er hinzu, während ein Lächeln über sein Gesicht huschte, »die weißen Stellen auf der Landkarte bringen mich auf eine Idee. Wie wäre es damit, wenn Sie einen Schwindler – einen modernen Münchhausen –, bloßstellen und lächerlich machten? Sie könnten ihn als den Lügner, der er bestimmt ist, entlarven. Mann, das wäre eine feine Sache! Wie gefällt Ihnen das?«

»Irgendetwas – irgendwo – mir ganz gleichgültig.«

McArdle versank für einige Minuten in Gedanken. »Ich wäre doch neugierig, ob es Ihnen gelingt, eine nähere oder wenigstens doch oberflächliche Bekanntschaft mit dem Burschen zu schließen«, sagte er schließlich. »Sie scheinen Talent zur Anknüpfung guter Beziehungen zu haben – Sympathie, nehme ich an, oder magnetische Kräfte oder jugendliche Lebenskraft – oder sonst etwas. Ich bemerke das an mir selber.«

»Sie sind sehr liebenswürdig, Mr McArdle.«

»Warum sollten Sie Ihr Glück nicht bei Professor Challenger in Enmore Park versuchen?«

Ich muss gestehen, ich sah ihn etwas überrascht an.

»Challenger«, rief ich aus, »Professor Challenger, der berühmte Zoologe? War das nicht der Mann, der Blundell vom ›Telegraph‹ einen Schädelbruch beibrachte?«

Der Nachrichtenredakteur lächelte grimmig. »Erinnern Sie sich daran? Sagten Sie nicht, Sie wären auf Abenteuer aus?«

»Soweit der Beruf sie mit sich bringt«, antwortete ich.

»Ganz recht. Ich glaube ja nicht, dass er immer so gewalttätig ist. Ich nehme an, Blundell ist zu einem ungünstigen Zeitpunkt bei ihm erschienen. Vielleicht war er auch ungeschickt. Sie können ja mehr Glück haben oder ihn mit mehr Takt behandeln. Ich bin überzeugt, das ist eine Sache, die Ihnen liegen müsste. Das sollten wir zusammen machen!«

»Ich weiß tatsächlich gar nichts von ihm«, sagte ich. »Ich erinnere mich an seinen Namen nur in Verbindung mit den Vorgängen bei der Gerichtsverhandlung wegen des Schlages, den er Blundell versetzt hat.«

»Hier sind ein paar Notizen zu Ihrer Information, Mr Malone. Ich habe den Professor seit einiger Zeit im Auge.« Er nahm ein Stück Papier aus einem Schubfach. »Das ist in groben Umrissen sein Lebenslauf. Da heißt es kurz:

Challenger, George Edward

geb. in Largs, N. B., 1863

Ausbildung: Gymnasium in Largs; Universität Edinburgh. Assistent am Britischen Museum, 1892. Kustos der Abteilung für vergleichende Anthropologie, 1893. Zurückgetreten nach einem heftigen wissenschaftlichen Streit im selben Jahre. Verleihung der Crayston-Medaille für Zoologische Forschung. Auswärtiges Mitglied von – hm, das ist ja eine ganze Menge in Nonpareille-Schrift – Belgische Gesellschaft, Amerikanische Akademie der Wissenschaften, La Plata usw. usw., Expräsident der Paläontologischen Gesellschaft, Sektion. H. Britische Gesellschaft usw. usw.

Veröffentlichungen: ›Untersuchungen an einer Reihe von Kalmückenschädeln‹; ›Abriss der Entwicklung der Wirbeltiere‹ und zahlreiche Aufsätze, darunter ›Der dem Weismannismus zugrunde liegende Irrtum‹, der eine erbitterte Diskussion auf dem zoologischen Kongress in Wien hervorrief.

Lieblingsbeschäftigung: Wandern, Bergsteigen.

Adresse: Enmore Park, Kensington, W.

Hier, nehmen Sie das mit. Das ist alles, was ich heute für Sie habe.«

Ich steckte das Stück Papier in die Tasche.

»Einen Augenblick, Mr McArdle«, sagte ich, als ich eine rosige Glatze statt eines roten Gesichts vor mir sah. »Ich bin mir noch nicht ganz klar darüber, warum ich diesen Gentleman interviewen soll. Was hat er denn angestellt?« Das rötliche Gesicht tauchte von neuem auf.

»Er ging vor zwei Jahren nach Südamerika, um eine geheimnisvolle Expedition durchzuführen. Kam im vergangenen Jahr zurück. Ist zweifellos in Südamerika gewesen, lehnt ab, genau anzugeben, wo. Erzählt in unbestimmten Ausdrücken von seinen Erlebnissen; aber als jemand Näheres aus ihm herausholen wollte, wurde er verschlossen wie eine Auster. Da ist entweder irgendetwas Wunderbares passiert – oder der Mann ist ein kolossaler Lügner. Letzteres ist wahrscheinlicher. Hatte einige beschädigte Fotografien, die man aber für Schwindel hält. Wurde so reizbar, dass er jeden angriff, der etwas von ihm wissen wollte, und warf Reporter die Treppe hinunter. Meiner Meinung nach ist er nur ein gemeingefährlicher Größenwahnsinniger mit großer wissenschaftlicher Begabung. Das ist der richtige Mann für Sie, Mr Malone. So, nun sausen Sie los und sehen Sie zu, was Sie mit ihm machen können. Sie sind groß genug, um auf sich selbst Acht geben zu können. Passieren kann Ihnen nichts. Übrigens sind wir, wie Sie wissen, alle versichert.«

Sein grinsendes rotes Gesicht verwandelte sich erneut in ein von rötlichem Flaum umrahmtes Oval. Die Unterredung war zu Ende.

Ich ging hinüber zum Savage-Club, aber statt hineinzugehen, lehnte ich mich an das Geländer der Adelphi-Terrasse und blickte lange nachdenklich auf den braunen, trägen Fluss hinunter. Ich kann in frischer Luft immer viel vernünftiger und klarer denken. Ich zog die Liste von Professor Challengers wissenschaftlichen Werken aus der Tasche und las sie unter der elektrischen Bogenlampe von neuem durch. Und dann überkam mich etwas, das ich nur für eine Eingebung halten konnte.

Ich war mir sicher, dass ich nach allem, was ich gehört hatte, als Mann der Presse niemals hoffen durfte, mit diesem streitsüchtigen Professor in Verbindung zu kommen. Aber die zweimal in seiner biografischen Übersicht erwähnten Auseinandersetzungen konnten nur bedeuten, dass er in seiner Wissenschaft ein Fanatiker war. Ob das nicht die schwache Stelle war, durch die man an ihn herankommen könnte? Das musste ich versuchen.

Ich betrat den Klub. Es war kurz nach 11 Uhr und der große Raum war ziemlich voll, obwohl der Ansturm noch nicht begonnen hatte. In einem Armstuhl am Kamin sah ich einen langen, dünnen, knochigen Menschen sitzen. Er wandte sich zu mir, als ich mit meinem Stuhl in seine Nähe rückte. Das war gerade derjenige in der ganzen Menge, der mir in diesem Augenblick am willkommensten war – Tarp Henry von der Redaktion der »Nature«, ein dürres, trockenes, lederartiges Wesen, das sich durch große Menschenfreundlichkeit allen seinen Bekannten gegenüber auszeichnete. Ich ging direkt auf mein Ziel los.

»Was wissen Sie von Professor Challenger?«

»Challenger?« Er zog die Brauen in wissenschaftlicher Missbilligung zusammen. »Challenger war der Mann, der mit einigen Ammenmärchen aus Südamerika zurückkam.«

»Was für Märchen denn?«

»Ach, lauter blanker Unsinn über einige seltsame Tiere, die er entdeckt haben wollte. Ich glaube, er hat später alles widerrufen. Jedenfalls kamen keine weiteren Angaben mehr. Er gab Reuters ein Interview und darauf erhob sich ein derartiges Geheul, dass ihm klar wurde, er würde mit seinen Ansichten nicht durchdringen. Es war eine blamable Angelegenheit. Es gab den einen oder anderen, der geneigt war, ihn ernst zu nehmen. Aber er brachte sie bald zum Schweigen.«

»Wie denn?«

»Na, durch seine unerträgliche Grobheit und sein unmögliches Benehmen. Da war der arme alte Watley vom Zoologischen Institut. Watley schrieb ihm: ›Der Präsident des Zoologischen Instituts empfiehlt sich Professor Challenger und würde es als eine persönliche Auszeichnung empfinden, wenn er ihm die Ehre erweisen würde, zur nächsten Sitzung zu kommen.‹ Die Antwort war nicht druckfähig.«

»Können Sie sie mir sagen?«

»Ja, da läuft eine verballhornte Lesart um: ›Professor Challenger lässt sich dem Präsidenten des Zoologischen Instituts empfehlen und würde es als eine persönliche Auszeichnung empfinden, wenn er sich zum Teufel scheren würde.‹«

»Um Gottes willen!«

»Ja, ich nehme an, dass das auch der alte Watley gesagt hat. Ich erinnere mich seiner Wehklagen in der Sitzung. Sie begann: Eine fünfzigjährige Erfahrung in wissenschaftlichem Umgang … Der alte Mann war ganz gebrochen.«

»Wissen Sie sonst noch etwas von Challenger?«

»Nun, ich bin Bakteriologe, wie Sie wissen. Ich lebe in einem 900-Diameter-Mikroskop. Ich kann kaum den Anspruch erheben, ein ernsthafter Kenner von irgendeiner Sache zu sein, die ich mit bloßen Augen sehen kann. Ich bin ein Pionier vom äußersten Rande des Wissens und fühle mich gar nicht am richtigen Platz, wenn ich mein Studierzimmer verlasse und in Berührung mit euch großen, rohen und plumpen Geschöpfen trete. Ich bin zu isoliert, um mich für Skandalgeschichten zu interessieren. Aber ich habe doch bei wissenschaftlichen Unterhaltungen einiges über Challenger gehört; denn er ist einer von diesen Menschen, an denen man nicht vorbeigehen kann. Er ist tatsächlich so verwegen, wie man ihn sich schildert. Er ist bis obenhin mit Kraft und Energie geladen, aber er ist ein streitsüchtiger, boshafter, skrupelloser Sonderling mit seltsamen Liebhabereien. Er ist sogar so weit gegangen, von der südamerikanischen Expedition ein paar gefälschte Fotografien vorzulegen.«

»Sie sagen, er hat Liebhabereien. Was ist denn sein besonderes Steckenpferd?«

»Er hat tausend. Aber das letzte hat etwas mit Weismann und der Evolution zu tun. Es gab darüber einen fürchterlichen Streit in Wien, glaube ich.«

»Können Sie mir erzählen, warum es dabei ging?«

»Im Augenblick nicht. Aber es existiert eine Übersetzung des Protokolls. Wir haben sie in unserem Archiv. Würden Sie sich die Mühe machen, mitzukommen?«

»Das ist gerade das, was ich brauche. Ich soll den Burschen nämlich interviewen und brauche irgendeinen Anknüpfungspunkt. Es ist wirklich riesig nett von Ihnen, dass Sie mir helfen wollen. Ich würde gern jetzt mitgehen, wenn es noch nicht zu spät ist.«

Eine halbe Stunde später saß ich in seinem Redaktionszimmer und hatte eine mächtige Aktenmappe vor mir, die bei dem Artikel »Weismann gegen Darwin« aufgeschlagen war. Der Artikel trug die Überschrift: »Lebhafter Protest in Wien. Temperamentvolle Verhandlungen.« Da ich meine wissenschaftliche Ausbildung etwas vernachlässigt hatte, war es mir nicht möglich, der ganzen Beweisführung zu folgen, aber es war klar, dass der englische Professor seinen Gegenstand in einer sehr aggressiven Form behandelt und seine Kollegen vom Kontinent vollständig verärgert hatte. »Protest«, »Lärm«, »Anrufung des Vorsitzenden« waren drei der ersten eingeklammerten Ausdrücke, die mir ins Auge fielen. Vom Inhalt des Artikels verstand ich in etwa so viel, als wäre er auf Chinesisch geschrieben gewesen.

»Ich wünschte, Sie könnten das für mich ins Englische übersetzen«, sagte ich verzweifelt zu meinem hilfsbereiten Kollegen.

»Aber es ist doch eine Übersetzung.«

»Dann versuche ich mein Glück vielleicht lieber beim Originalartikel.«

»Für einen Laien ist es bestimmt ziemlich schwierig.«

»Es würde mir genügen, einen einzigen verständlichen Satz zu finden, der irgendeinen klaren menschlichen Gedanken vermittelt. Ah, ja, das hier wird gehen. Ich habe fast das Gefühl, ihn zu verstehen. Das werde ich abschreiben. Das wird das Bindeglied zwischen mir und dem fürchterlichen Professor sein.«

»Kann ich Ihnen sonst noch irgendwie helfen?«

»Ja, freilich, ich denke, ich schreibe ihm. Wenn ich den Brief hier aufsetzen und Ihre Adresse benutzen könnte, bekäme er die richtige Atmosphäre.«

»Der Bursche wird hierher kommen, Krach machen und unsere Möbel kurz und klein schlagen.«

„Nein, nein, Sie sollen den Brief sehen – nichts Kampflustiges, verlassen sie sich darauf.«

»Also bitte, da ist mein Stuhl und mein Schreibtisch. Papier finden Sie dort. Ich möchte den Brief ganz gern durchsehen, bevor er abgeht.«

Die Arbeit machte mir einige Mühe. Als der Brief fertig war, schmeichelte ich mir aber, dass er mir gar nicht so schlecht gelungen sei. Mit einem gewissen Stolz auf mein Handwerk las ich ihn laut dem kritischen Bakteriologen vor:

Sehr geehrter Herr Professor!
Als bescheidener Student der Naturwissenschaften habe ich immer größtes Interesse an Ihren Theorien über den Unterschied zwischen Darwin und Weismann genommen. Eine erneute Lektüre –«

»Sie unverschämter Lügner«, murmelte Tarp Henry.

»– eine erneute Lektüre Ihres meisterhaften Wiener Vortrags hat mir die Angelegenheit wieder ins Gedächtnis zurückgerufen. Diese überaus klaren und bewundernswerten Darlegungen scheinen das letzte Wort in der Materie zu sein. Allerdings finde ich darin folgenden Satz: ›Ich protestiere energisch gegen die unerträgliche und völlig dogmatische Behauptung, dass jedes Einzelwesen einen Mikrokosmos mit einem historisch entwickelten inneren Aufbau, der langsam in der Folge der Generationen herausgebildet ist, darstellt.‹ Sollten Sie nicht mit Rücksicht auf spätere Untersuchungen den Wunsch haben, diese Behauptung zu modifizieren? Glauben Sie nicht, dass sie etwas reichlich zugespitzt ist? Mit Ihrer gütigen Erlaubnis bitte ich Sie, mir eine Unterredung zu gewähren, da ich an dieser Sache stark interessiert bin und Ihnen gewisse Vorschläge machen möchte, die ich Ihnen nur in einer persönlichen Unterredung entwickeln könnte. Mit Ihrer Zustimmung hoffe ich die Ehre zu haben, Ihnen übermorgen (Freitag) um 11 Uhr meine Aufwartung machen zu dürfen.

Ich bin mit der Versicherung allergrößter Hochachtung

Ihr ganz ergebener

Edward D. Malone«

»Nun, was sagen Sie dazu?«, fragte ich triumphierend.

»Gut, wenn Sie es mit Ihrem Gewissen vereinbaren können.«

»Das hat mich noch nie im Stich gelassen.«

»Aber was gedenken Sie jetzt zu tun?«

»Hinzugehen. Wenn ich erst in seinem Zimmer sitze, werde ich schon irgendwie weiterkommen. Unter Umständen werde ich ihm ein offenes Bekenntnis machen. Wenn er Sportsgeist hat, wird ihn das kitzeln«

»Kitzeln ist gut. Er scheint mir eher der Mann zu sein, Sie zu kitzeln! Was Sie jetzt brauchen ist ein Panzerhemd oder eine amerikanische Football-ausrüstung.«

»Dann also auf Wiedersehen!«

»Ich werde die Antwort am Freitagmorgen hier für Sie bereit halten – wenn er überhaupt geruht, Ihnen zu antworten. Er ist ein gewalttätiger, gefährlicher und streitsüchtiger Charakter. Gehasst von jedem, der ihm in die Quere kommt, und die Zielscheibe des Spotts für die Studenten, soweit sie es überhaupt wagen, sich ihm gegenüber eine Freiheit herauszunehmen. Es wäre vielleicht das Beste für Sie, wenn Sie überhaupt nichts mehr von dem Burschen hörten.«

Drittes Kapitel

Die Befürchtungen – oder Hoffnungen – meines Freundes sollten sich nicht bestätigen. Als ich am Freitagmorgen bei ihm vorsprach, lag ein Schreiben bei ihm, das in Kensington abgestempelt worden war und auf dessen Umschlag mein Name in einer Handschrift gekritzelt war, die wie ein Stacheldrahtverhau aussah. Der Inhalt lautete wie folgt:

Enmore Park, W.

Mein Herr!

Ich habe Ihr Schreiben erhalten, in dem Sie mir bekannt geben, dass Sie meinen Standpunkt bestätigen, obwohl ich nicht wüsste, dass er von irgendeiner Bestätigung von diesem oder von jenem abhängig wäre. Sie haben es gewagt, hinsichtlich meiner Darlegungen über die Frage des Darwinismus das Wort »Theorien« zu gebrauchen. Ich möchte Sie darauf aufmerksam machen, dass ein solches Wort in dieser Verbindung bis zu einem gewissen Grad beleidigend ist. Der weitere Text Ihres Briefes zeigt mir allerdings, dass Sie mehr aus Dummheit oder Taktlosigkeit als aus Bosheit gefehlt haben und ich bin daher bereit, diese Angelegenheit auf sich beruhen zu lassen. Sie reißen einen einzelnen Satz aus dem Zusammenhang meiner Darlegung heraus und es scheint, dass Sie einige Schwierigkeiten haben, ihn zu verstehen. Ich glaube, dass nur eine recht gering entwickelte Intelligenz am Kernpunkt der Sache vorbeigehen könnte. Wenn Sie aber eine weitere Erörterung als notwendig erachten, bin ich bereit, Sie zu der von Ihnen angegebenen Stunde zu empfangen, obwohl ich Besuche und Besucher jeder Art aufs äußerste verabscheue. Bezüglich Ihrer Aufforderung, meine Meinung zu ändern, möchte ich Ihnen sagen, dass das nicht meine Gewohnheit ist, nachdem ich meine ausgereiften Erkenntnisse einmal klar ausgedrückt habe. Wenn Sie bei mir vorsprechen, zeigen Sie den Umschlag dieses Briefes meinem Diener Austin, da er den Auftrag hat, mir mit allen Mitteln alle aufdringlichen Schufte, die sich »Journalisten« nennen, vom Leibe zu halten.

Hochachtungsvoll
George Edward Challenger

Das war der Brief, den ich Tarp Henry laut vorlas, der sogleich heruntergekommen war, um das Resultat meines Wagnisses zu erfahren. Er bemerkte dazu nur: »Es gibt da so ein neues Zeug, Cuticura oder so ähnlich, das für Wundbehandlung noch besser geeignet ist als Arnika.« Manche Leute haben einen seltsamen Begriff von Humor.

Es war fast ½ 11 Uhr, als ich das Schreiben erhalten hatte. Aber ein Taxi brachte mich in kurzer Zeit an den Ort meiner Bestimmung. Wir hielten vor einem imposanten Haus mit Säulengang. Die schweren Vorhänge an den Fenstern ließen deutlich erkennen, dass dieser schreckliche Professor ein vermögender Mann war. Die Tür wurde von einem wunderlichen, dunkelhäutigen, vertrockneten Menschen unbestimmten Alters geöffnet, der eine schwarze Steuermannsjacke und braune Ledergamaschen trug. Ich erfuhr hinterher, dass es der Chauffeur war, der den wegen des beständigen Wechsels leeren Platz des Butlers einnahm. Er sah mich mit seinen hellen Augen forschend von oben bis unten an.

»Angemeldet?«, fragte er.

»Eine Verabredung.«

»Haben Sie einen Brief erhalten?«

Ich zog den Umschlag hervor.

»Richtig.«

Er schien ein Mensch von wenigen Worten zu sein. Als ich hinter ihm den Vorraum betrat, wurde ich plötzlich von einer kleinen Frau, die aus einer offenbar in einen Speiseraum führenden Tür trat, zurückgehalten. Es war eine kluge, lebhafte, dunkeläugige Dame, mehr von französischem als englischem Typ.

»Einen Augenblick«, sagte sie. »Sie können warten, Austin. Wollen Sie bitte hereinkommen, mein Herr. Darf ich fragen, ob Sie bereits früher mit meinem Mann zusammenkamen?«

»Nein, gnädige Frau, ich hatte noch nicht die Ehre.«

»Dann bitte ich Sie im Voraus um Entschuldigung. Ich muss Ihnen nämlich sagen, dass er ein ganz unmöglicher Mensch ist – absolut unmöglich. Wenn Sie vorher gewarnt worden sind, werden Sie gewiss bereit sein, Nachsicht zu üben.«

»Das ist sehr rücksichtsvoll von Ihnen, gnädige Frau.«

»Verlassen sie schnell den Raum, wenn er den Eindruck macht, gewalttätig zu werden. Erwarten Sie nicht, mit ihm diskutieren zu können. Verschiedene Leute sind durch ihn schon zu Schaden gekommen, weil sie es versucht haben. Hinterher gibt es einen öffentlichen Skandal, und das fällt dann auf mich und auf uns alle zurück. Ich hoffe, dass Sie nicht wegen Südamerika zu ihm kommen.«

Ich konnte einer Dame nichts vorlügen.

»Um Gottes willen! Das ist sein gefährlichstes Thema. Sie werden kein Wort von dem, was er sagt, glauben – ich würde mich darüber nicht wundern. Aber sagen Sie ihm das nicht, denn das macht ihn rasend. Tun Sie so, als würden Sie ihm glauben, dann werden Sie mit ihm zurechtkommen. Denken Sie immer daran, dass er es selber glaubt. Davon können Sie überzeugt sein. Es gibt keinen ehrlicheren Mann auf der Welt. Bleiben Sie nicht zu lange. Sonst schöpft er Verdacht. Wenn Sie den Eindruck haben, dass er gefährlich wird – wirklich gefährlich – dann läuten Sie und halten Sie ihn sich vom Leibe, bis ich komme. Selbst in seinem schlimmsten Zustand bin ich meist in der Lage, ihn zu beruhigen.«

Mit diesen ermutigenden Worten übergab mich die Dame des Hauses dem schweigsamen Austin, der während unserer kurzen Unterredung wie eine Bronzestatue der Verschwiegenheit gewartet hatte, und ich wurde von ihm an das Ende eines Korridors geführt. Ein Klopfen an der Tür, Stiergebrüll von drinnen, und ich stand vor dem Professor.

Er saß in einem Drehstuhl hinter einem breiten Tisch, der mit Büchern, Karten und Zeichnungen bedeckt war. Als ich eintrat, flog sein Stuhl herum und er fasste mich ins Auge. Sein Äußeres verschlug mir den Atem. Ich war darauf vorbereitet, etwas sehr Seltsames zu sehen, aber eine so überwältigende Persönlichkeit wie diese hatte ich nicht erwartet. Es war seine Gestalt, die einem den Atem stocken ließ, seine Gestalt und sein imponierendes Wesen. Sein Kopf war enorm. Der größte, den ich je bei einem menschlichen Wesen gesehen habe. Ich glaube bestimmt, dass sein Hut, wenn ich gewagt hätte, ihn aufzusetzen, mir über die Ohren gerutscht wäre und auf meinen Schultern hätte stehen können. Sein Gesicht und sein Bart erinnerten mich an einen assyrischen Stier. Das Erstere war von blühender Farbe, der Letztere schwarz, mit einem Stich ins Bläuliche, dessen gekräuselte Strähnen sich wie ein Spaten auf seine Brust legten. Das Haar war merkwürdig, glatt nach vorn gestrichen und lief in einem langen, kühnen Schwung über die massige Stirn aus. Die Augen waren blaugrau unter großen, schwarzen Büscheln; sehr klar, sehr kritisch und sehr herrisch. Gewaltig breite Schultern und eine Brust wie ein Fass bildeten den übrigen Körper, soweit er oberhalb der Tischplatte sichtbar war, außer zwei enormen, mit langen, schwarzen Haaren bedeckten Händen. Dies alles und eine brüllende, dröhnende Stimme war mein erster Eindruck von dem berüchtigten Professor Challenger.

»Nun?«, sagte er, indem er mich unverschämt anstarrte, »was denn?«

Ich musste die Täuschung noch eine kurze Zeit aufrechterhalten, sonst wäre ich zweifellos bereits am Ende meiner Unterhaltung gewesen.

»Sie waren so liebenswürdig, mir eine Zusammenkunft zu gewähren«, sagte ich bescheiden und zog den Briefumschlag hervor.

Er nahm meinen Brief vom Schreibtisch und breitete ihn vor sich aus.

»Ah, Sie sind der junge Mensch, der kein klares Englisch versteht, nicht wahr? Meine allgemeinen Behauptungen sind Sie so liebenswürdig zu billigen, wenn ich Sie recht verstehe?«

»Vollkommen – Herr Professor – vollkommen!«

Ich sagte das mit großer Emphase.

»Ach du lieber Gott! Das stärkt ja meine Position sehr, oder etwa nicht? Ihr Alter und Ihre Erscheinung machen mir Ihre Unterstützung doppelt wertvoll. Und schließlich sind Sie besser als dieser Sauhaufen in Wien, dessen Gegrunze bestimmt nicht mehr zu bedeuten hat als die vereinzelte Bemühung eines englischen Bullkalbes.« Dabei funkelte er mich als den gewissermaßen anwesenden Vertreter dieser Tiergattung an.

»Ihre Gegner scheinen sich abscheulich benommen zu haben«, sagte ich.

»Ich versichere Ihnen, dass ich noch in der Lage bin, meine eigenen Kämpfe auszufechten, und dass ich Ihre Sympathie nicht brauche. Lassen Sie mich nur allein, mit dem Rücken zur Wand. Dann fühlt G. E. C. sich am wohlsten. Wir wollen uns bemühen, Herr, diesen Besuch abzukürzen, der für Sie kaum etwas Angenehmes haben kann und mir außerordentlich lästig ist. Sie haben, wie es scheint, einige Anmerkungen zum Inhalt meiner These zu machen.«

Diese brutale Unmittelbarkeit in der Behandlung unseres Gegenstandes machte ein Ausweichen schwierig. Ich musste also das Spiel weiter treiben, um eine bessere Gelegenheit für meine Absichten zu erspähen. Aus der Entfernung hatte das viel einfacher ausgesehen. Oh, mein irischer Witz, konntest du mir denn nicht helfen, wo ich deine Hilfe so bitter nötig hatte? Er durchbohrte mich mit seinen scharfen, stahlharten Augen. »Also bitte, legen Sie los«, tobte er.

»Ich bin natürlich nur ein Student«, sagte ich mit einem einfältigen Lächeln, »kaum mehr, möchte ich sagen, als ein ernst strebender Mensch, und ich muss gestehen, es scheint mir, als ob Sie in dieser Frage ein wenig zu streng über Weismann urteilen. Haben nicht die allgemeinen Forschungen seit dieser Zeit die Tendenz gezeigt, seine Behauptungen zu bestätigen?«

»Was für Forschungen?« Er sprach mit unheimlicher Ruhe.

»Nun, ich weiß natürlich, dass es da nichts gibt, was man einen definitiven Beweis nennen könnte. Ich spreche nur von der Richtung des modernen Denkens und von der allgemein-wissenschaftlichen Anschauungsweise, wenn ich mich so ausdrücken darf.«

Er beugte sich mit tiefem Ernst vornüber.

»Ich nehme an, Sie wissen«, sagte er, indem er an den Fingern herzählte, »dass der kraniale Index ein konstanter Faktor ist?«

»Natürlich«, sagte ich.

»Und dass die Telegonie noch sub judice steht?«

»Zweifellos.«

»Und dass das Keimplasma sich vom parthenogenetischen Ei unterscheidet?«

»Auf jeden Fall«, rief ich und freute mich über meine eigene Kühnheit.

»Aber was beweist das?«, fragte er mit sanfter, überzeugender Stimme.

»Ja, tatsächlich, was beweist das?« murmelte ich.

»Soll ich es Ihnen sagen?«, girrte er wie eine Taube.

»Ja, bitte.«

»Es beweist«, brüllte er in einem plötzlichen Wutausbruch, »dass Sie der schmutzigste Betrüger in London sind – ein nichtswürdiger, schleimiger Journalist, der von Wissenschaft ebenso wenig Ahnung hat wie von Anstand.«

Mit rasender Wut in den Augen sprang er auf. Selbst in diesem Augenblick höchster Spannung fand ich Zeit, über die Entdeckung in Erstaunen zu geraten, dass er ein ziemlich kleiner Mann war. Sein Kopf reichte nicht über meine Schulter hinaus – ein zu klein geratener Herkules, dessen gesamte ungeheure Lebenskraft sich allein auf Breite, Tiefe und Gehirn ausgewirkt hatte.

»Kauderwelsch«, schrie er und beugte sich vor, die gespreizten Hände auf die Tischplatte gestützt und das Gesicht verziehend. »Wissenschaftliches Kauderwelsch war das, Herr, was ich Ihnen da vorgeschwatzt habe! Dachten Sie, Sie könnten sich mit meiner Erfahrung messen – Sie mit Ihrem Walnussgehirn? Ihr denkt, ihr seid allmächtig, ihr infernalischen Schmierer, oder etwa nicht? Dass euer Lob einen Mann berühmt machen und euer Tadel ihn zerschmettern kann! Wir müssen uns alle vor euch beugen und versuchen, ein günstiges

Urteil von euch zu erlangen. Diesem helft ihr auf die Beine und jenen stürzt ihr in den Abgrund! Kriechendes Gewürm, ich kenne euch! Ihr kennt keine Grenzen mehr. Es wird Zeit, dass man Sie in Ihre Schranken weist. Sie haben jeden Sinn für Maß und Ziel verloren. Ihr aufgeblasenen Wichtigtuer! Ich werde euch in eure Schranken weisen. Ja, mein Herr, es ist euch nicht gelungen, G. E. C. zu überlisten. Es gibt noch ein Mann, der euch überlegen ist. Ich habe euch gewarnt, aber wenn ihr trotzdem kommt, beim Himmel, dann tut ihr es auf eigene Gefahr. Sie sind unterlegen, mein verehrter Mr Malone, geben Sie es zu! Sie haben ein sehr gefährliches Spiel gespielt und ich fürchte, Sie haben es verloren.«

„Sehen Sie, Sir«, sagte ich, wich Richtung Tür zurück und öffnete sie, »Sie können mich beleidigen, so viel Sie wollen. Aber es gibt eine Grenze. Sie werden es nicht zu Tätlichkeiten kommen lassen.«

»Werde ich nicht?« Er kam langsam in einer seltsamen Art auf mich zu, blieb dann plötzlich stehen und steckte seine großen Hände in die Seitentaschen seiner ziemlich kindlichen kurzen Jacke. »Ich habe schon mehrere Ihresgleichen hinausgeworfen. Sie werden der Vierte oder Fünfte sein. 3 Pfund 15 für jeden – das ist etwa der

Durchschnitt. Kostspielig, aber sehr notwendig. Nun, warum sollten Sie Ihren Kollegen nicht folgen? Ich fürchte, sie müssen …« Und mit diesen Worten setzte er seinen bedrohlichen Vormarsch in meine Richtung fort.

Ich hätte mit einem Sprung die Vorplatztür erreichen können, aber das wäre würdelos gewesen. Außerdem fühlte ich einen leisen Zorn in mir aufsteigen. Ich war vorher hoffnungslos im Unrecht gewesen, aber die Drohungen des Mannes brachten das Recht auf meine Seite.

»Ich werde Sie schon daran hindern, Hand an mich zu legen. Das lasse ich mir nicht gefallen.«

»Ach, du lieber Gott!« Sein schwarzer Schnurrbart zuckte in die Höhe und er fletschte höhnisch lächelnd die Zähne. »Sie lassen sich das nicht gefallen, he?«

»Seien Sie kein Narr, Professor«, schrie ich. »Was glauben Sie, dass Sie ausrichten können. Ich wiege zwei Zentner, habe Muskeln von Stahl und spiele jeden Sonnabend als Mittelstürmer im Irischen Fußballklub. Ich bin nicht der Mann …«

Das war der Moment, in dem er sich auf mich warf. Es war mein Glück, dass ich die Tür bereits geöffnet hatte, sonst wären wir hindurchgeflogen. Wir rollten ineinander verknäuelt durch den

Flur, bekamen auf unserem Wege irgendwie einen Stuhl zwischen die Beine und kollerten mit ihm die Treppe hinunter, die zur Straße führte. Sein Bart geriet mir in den Mund, wir hatten uns mit den Armen umschlungen, die Gliedmaßen unserer Körper waren miteinander verflochten und der verdammte Stuhl stellte uns dauernd ein Bein. Der wachsame Austin hatte die Haustür aufgerissen und mit einem Purzelbaum nach hinten flogen wir auf die Straße.

Der Stuhl fiel zerschmettert zu Boden und wir rollten beide nebeneinander in die Gosse. Er sprang auf, schwang die Fäuste und keuchte wie ein Asthmatiker.

»Haben Sie genug?«, schnaufte er.

»Sie abscheulicher Grobian!«, schrie ich und raffte mich auf. Die Sache wäre noch weitergegangen, denn er stürzte sich mit erneuter Kampfeslust auf mich, aber glücklicherweise wurde ich aus dieser üblen Situation befreit. Ein Schutzmann stand neben uns, das Notizbuch in der Hand.

»Was ist denn das? Sie sollten sich was schämen!«, sagte er. Das war die erste vernünftige Bemerkung, die ich in Enmore Park gehört hatte. »Nun«, sagte er, sich an mich wendend, »was bedeutet das hier?«

»Dieser Mann hat mich angegriffen.«

»Haben Sie ihn angegriffen?« fragte der Schutzmann.

Der Professor atmete schwer und gab keine Antwort.

»Das ist ja nicht das erste Mal«, sagte der Schutzmann ernst, indem er den Kopf schüttelte. »Sie haben sich im letzten Monat bereits mit einer ähnlichen Sache in Unannehmlichkeiten gebracht. Sie haben ja dem Mann das Auge blau geschlagen. – Wollen sie Anzeige erstatten?«

Ich beruhigte mich inzwischen.

»Nein«, sagte ich, »das werde ich nicht tun.«

»Na, wieso denn nicht?«, fragte der Schutzmann.

»Ich muss mir selbst Vorwürfe machen. Ich habe ihn belästigt. Er hat mich anständigerweise gewarnt.«

Der Schutzmann klappte sein Notizbuch zu.

»Also lassen Sie doch bloß solche Sachen!«, sagte er. »Nun los, nicht stehen bleiben, gehen Sie weiter.« Dies sagte er zu einem Fleischerjungen, einem kleinen Mädchen und einem oder zwei Passanten, die sich angesammelt hatten. Und die kleine Schar vor sich hertreibend, stampfte er schwerfällig die Straße hinunter. Der Professor blickte mich mit einem leichte Anflug von Humor an.

»Kommen Sie herein«, sagte er, »ich bin noch

nicht mit Ihnen fertig.« Seine Worte hatten einen unheimlichen Klang, aber ich folgte ihm trotzdem ins Haus. Der Diener Austin schloss mit steinerner Miene die Tür hinter uns.

Kaum war sie geschlossen, als Mrs Challenger aus dem Speisezimmer herausstürzte. Die kleine Frau war in einer furchtbaren Erregung. Sie pflanzte sich vor ihrem Gatten auf wie ein wütendes Huhn, das einer Bulldogge gegenübersteht. Es war klar, dass sie meinen »Abgang« mitangesehen, meine Rückkehr aber nicht bemerkt hatte.

»Du bist ein Rohling, George«, kreischte sie. »Du hast diesem netten jungen Mann eine Verletzung beigebracht.«

Er zeigte mit dem Daumen über die Schulter.

»Da ist er, hinter mir, heil und gesund.«

Sie wurde etwas verwirrt.

»O bitte, ich hatte Sie nicht gesehen.«

»Ich versichere Ihnen, gnädige Frau, es ist alles in Ordnung.«

»Er hat Ihr armes Gesicht entstellt. Oh, George, was bist du für ein brutaler Mensch! Nichts als Skandal von einem Ende der Woche bis zum anderen. Jeder Mensch hasst dich und macht sich über dich lustig. Meine Geduld ist erschöpft. Weißt du, dass die ganze Straße, ja ganz London – gehen Sie, Austin, wir brauchen Sie hier nicht –, weißt du, dass alle Welt von dir spricht? Wo bleibt deine Würde? Du, ein Mann, der Professor an einer großen Universität sein sollte, wo tausend Studenten dich verehren, wo bleibt deine Würde, George?«

»Und wo ist deine, meine Teure?«

»Du quälst mich zu sehr. Ein Raufbold – ein wüster Raufbold – das ist es, was du geworden bist.«

»Lass es gut sein, Jessie!«

»Ein tobender, rasender Eisenfresser!«

»Jetzt ist es genug! Bußschemel!«, sagte er.

Und zu meinem Erstaunen bückte er sich, hob sie auf und setzte sie auf ein hohes Piedestal von schwarzem Marmor in der Ecke der Vorhalle. Es war mindestens sieben Fuß hoch und so schmal, dass sie kaum das Gleichgewicht darauf halten konnte. Ein lächerlicheres Bild, als sie mit ihrem ängstlich verzogenen Gesicht, den baumelnden Füßen und dem vor Angst starren Körper bot, war nicht denkbar.

»Lass mich herunter«, jammerte sie.

»Sag bitte.«

»O du Rohling, im Augenblick lässt du mich herunter!«

»Kommen Sie in mein Studierzimmer, Mr Malone.«

»Aber wirklich, Herr Professor –«, sagte ich mit einem Blick auf seine Frau.

»Mr Malone bittet für dich, Jessie. Sag bitte, und du kommst sofort herunter.«

»O du brutaler Mensch! Bitte! Bitte!«

Er hob sie herunter, als wäre sie ein Kanarienvogel.

»Du musst dich selbst gut benehmen, Liebling. Mr Malone ist ein Mann der Presse. Er wird das alles morgen in seiner Zeitung bringen und ein Extradutzend Exemplare in unserer Nachbarschaft verkaufen: ›Seltsame Vorgänge in der höheren Gesellschaft.‹ Du hattest doch einen höheren Platz auf dem Piedestal, nicht wahr? Dann ein Untertitel: ›Blick in eine merkwürdige Ehe.‹ Dieser Mr Malone ist ein Mann, der im Schmutz wühlt, ein Aasfresser wie alle seiner Art – porcus ex grege diaboli – ein Schwein aus des Teufels Herde. So ist es, Malone – nicht wahr?«

»Sie sind tatsächlich unerträglich«, sagte ich heftig.

Er brach in ein gellendes Lachen aus. »Wir werden jetzt ein Bündnis schließen«, brummte er, indem er den Blick von seiner Frau zu mir herüber wandte und den enormen Brustkasten vorwölbte. Und dann plötzlich in verändertem Tonfall: »Entschuldigen Sie diesen frivolen Familienscherz, Mr Malone. Ich habe Sie aus einem etwas ernsthafteren Grund zurückgerufen, als Ihnen unsere kleinen häuslichen Schäkereien vorzuführen. – Lauf nur, kleine Frau, und sei nicht mehr verdrießlich.« Dabei legte er ihr seine riesigen Hände auf die Schulter. »Alles, was du sagst, ist ja vollkommen richtig. Ich wäre ja ein besserer Mensch, wenn ich täte, was du mir rätst. Aber der ganze George Edward Challenger würde ich dann nicht mehr sein. Es gibt so viel bessere Männer, meine Teure. Aber nur einen G. E. C. Du musst schon versuchen, mit mir auszukommen.« Und darauf gab er ihr plötzlich einen schallenden Kuss, der mich noch mehr in Erstaunen versetzte als seine vorher bewiesene Gewalttätigkeit. »Nun, Mr Malone«, fuhr er plötzlich mit großer Würde fort, »darf ich bitten, hier durch den Korridor.«

Wir betraten aufs Neue das Zimmer, das wir zehn Minuten in einem solchen Tumult verlassen hatten. Der Professor schloss sorgfältig die Tür hinter uns, drückte mich in einen Armstuhl und hielt mir eine Zigarrenkiste unter die Nase. »Echte San Juan Colorado«, sagte er. »Leicht erregbare Leute wie Sie brauchen Narkotika. Himmel, beißen Sie sie nicht ab! Abschneiden! – und mit Ehrfurcht abschneiden! So, jetzt lehnen Sie sich zurück und hören Sie sich aufmerksam an, was ich Ihnen freundlicherweise erzähle. Sollten Sie das Bedürfnis zu irgendeiner Bemerkung haben, sparen Sie sie sich für eine bessere Gelegenheit auf.

Zunächst zu Ihrer Rückkehr in mein Haus nach dem völlig gerechtfertigten Hinauswurf« – er reckte den Bart vor und funkelte mich an wie einer, der Widerspruch herausfordert und erwartet –, »nach Ihrem, sage ich, wohlverdienten Hinauswurf. Der Grund lag in Ihrer dem so diensteifrigen Schutzmann gegebenen Antwort, in der ich einen Funken von Anstand bei Ihnen zu entdecken glaubte – mehr jedenfalls, als ich bei Menschen Ihres Metiers gewöhnt bin. Indem Sie zugestanden, dass die Schuld an diesem Zwischenfall auf Ihrer Seite lag, haben Sie den Beweis einer gewissen geistigen Selbstständigkeit und Objektivität gegeben, der mir angenehm auffiel. Die Unterabteilung der menschlichen Rasse, der Sie unglücklicherweise angehören, befand sich immer unterhalb meines geistigen Horizonts. Ihre Antwort hat Sie plötzlich oberhalb desselben erscheinen lassen. Sie sind als ein Gegenstand meiner ernsthaften Beobachtung aufgetaucht. Aus diesem Grund habe ich Sie aufgefordert, mit mir zurückzugehen, da ich geneigt war, Ihre weitere Bekanntschaft zu machen.

Bitte benutzen Sie die kleine japanische Schale auf dem Bambustisch als Aschenbecher.«

All dies brummte er vor sich hin wie ein Professor, der zu seinen Studenten redet. Er hatte seinen Drehstuhl herumgeschwungen, um mir gerade ins Gesicht sehen zu können, und saß, eine mächtige Rauchwolke ausstoßend, vor mir wie ein riesiger Ochsenfrosch, das Haupt zurückgelegt und die Augen mit einem hochmütigen Ausdruck halb geschlossen. Plötzlich drehte er sich zur Seite und ich sah von ihm nur mehr sein wirres Haupthaar und ein rotes, abstehendes Ohr. Er wühlte in einem Haufen von Papieren, die auf seinem Schreibtisch lagen, dann wandte er sich wieder mir zu und hielt etwas in der Hand, was wie ein zerfetztes Skizzenbuch aussah.

»Ich werde Ihnen jetzt etwas über Südamerika erzählen«, sagte er. »Machen Sie keine Bemerkungen, wenn ich bitten darf. Zunächst einmal möchte ich Ihnen sagen, dass nichts von dem, was ich Ihnen jetzt mitteile, irgendwie veröffentlicht werden darf, soweit Sie dazu keine ausdrückliche Erlaubnis erhalten. Diese Erlaubnis werde ich aller menschlichen Wahrscheinlichkeit nach jedoch niemals geben. Ist das klar?«

»Das ist sehr hart«, sagte ich. »Ein gut überlegter Bericht würde bestimmt –«

Er legte das Buch wieder auf den Tisch.

»Damit ist die Sache erledigt«, sagte er. »Ich wünschen Ihnen einen guten Morgen, mein Herr.«

»Nein, nein«, rief ich, »ich unterwerfe mich jeder Bedingung. Soweit ich sehe, bleibt mir nichts anderes übrig.«

»Unter keinen Umständen«, sagte er.

»Gut, ich verspreche Ihnen alles.«

»Ehrenwort?«

»Ehrenwort.«

Er sah mich zweifelnd und ungeniert an.

»Was weiß ich denn schließlich von Ihrer Ehre?«, sagte er.

»Ich muss doch sehr bitten, Sir«, brauste ich auf. »Jetzt sind Sie sehr unhöflich. In meinem ganzen Leben hat man mich noch nicht so beleidigt.«

Meine Heftigkeit schien ihn eher zu interessieren als zu langweilen.

»Rundköpfig«, murmelte er. »Brachyzephalisch. Graue Augen, schwarze Haare mit negroidem Einschlag. Keltisch, vermute ich.«

»Ich bin Ire, Sir.«

»Ire?«

»Ja, Sir.«

»Das klärt die Sache natürlich. Na also, Sie haben mir Ihr Versprechen gegeben, dass mein Vertrauen respektiert werden soll. Dieses Vertrauen ist keineswegs vollständig, doch ich bin bereit, Ihnen einige Mitteilungen zu machen, die nicht uninteressant sind. Sie wissen wahrscheinlich, dass ich vor zwei Jahren eine Reise nach Südamerika gemacht habe – eine Reise, die man in der Geschichte der Wissenschaften einmal klassisch nennen wird. Der Zweck meiner Reise war, den Wahrheitsbeweis für einige Behauptungen von Wallace und Bates zu erbringen, was nur durch Beobachtung der von ihnen berichteten Fakten unter denselben Bedingungen, unter denen sie sie niedergeschrieben hatten, geschehen konnten. Hätte meine Expedition keine anderen Resultate als diese gehabt, sie wäre immer noch bemerkenswert gewesen; aber ein seltsamer Zwischenfall, den ich dort erlebte, hat die Forschung vor völlig neue Aufgaben gestellt.

Sie wissen vielleicht – oder in diesem halbgebildeten Zeitalter wissen Sie es vielleicht auch nicht –, dass gewisse Landabschnitte im Gebiet des Amazonas erst zum Teil erforscht sind und dass der Hauptstrom eine große Zahl von Nebenflüssen hat, von denen einige noch nicht einmal kartografisch erfasst sind. Es war meine Aufgabe, in dieses wenig bekannte Hinterland vorzudringen und seine Tierwelt zu erforschen, die mir das Material für mehrere Kapitel des großen und monumentalen zoologischen Werkes, das meine Lebensarbeit darstellt, geliefert hat. Ich befand mich nach Beendigung meiner Arbeit auf dem Rückweg und musste eine Nacht in einem kleinen Indianerdorf verbringen, das an einer Stelle lag, wo ein gewisser Nebenfluss – dessen Namen und Lage ich verschweige – in den Hauptstrom mündet. Die Eingeborenen waren Cucama-Indianer, ein friedfertiger, aber heruntergekommener Stamm, dessen geistige Fähigkeiten kaum diejenigen eines Durchschnitts-Londoners übertreffen. Ich hatte auf meinem früheren Weg den Fluss hinauf einige von ihren Leuten kuriert und starken Eindruck auf sie gemacht und ich war daher nicht überrascht, dass sie mich bei meiner Rückkehr dringend erwarteten. Ich entnahm ihren Gesten, dass irgendjemand dringend meiner medizinischen Hilfe bedurfte, und folgte dem Häuptling in eine seiner Hütten.

Als ich sie betrat, stellte sich heraus, dass der Leidende, zu dessen Hilfe man mich gerufen hatte, gerade gestorben war. Es war zu meiner Überraschung kein Indianer, sondern ein Weißer, und zwar ein Weißer in besonderem Sinne. Denn er hatte flachsfarbene Haare und wies Zeichen von Albinismus auf. Seine Kleidung bestand aus Lumpen, sein Körper war sehr abgemagert und trug alle Spuren lang dauernder Entbehrung. Nach allem, was ich dem Bericht der Eingeborenen entnehmen konnte, handelte es sich hier um einen ihnen völlig fremden Mann, der allein und im Zustande höchster Erschöpfung quer durch den Urwald zu ihnen gekommen war. Der Tornister des Mannes lag neben dem Lager und ich untersuchte seinen Inhalt. Sein Name war auf einen Lederstreifen geschrieben – Maple White, Lake Avenue, Detroit, Michigan. Das ist ein Name, vor dem ich immer meinen Hut ziehen werde. Es ist nicht zu viel gesagt, dass er neben meinem stehen wird, wenn die Wissenschaft das Verdienst in dieser Angelegenheit einst gerecht verteilen wird.

Aus dem Inhalt des Tornisters ging klar hervor, dass der Mann ein Künstler und Dichter war, der Motive gesucht hatte. Auch eine Menge von Versen fanden sich. Ich halte mich für keinen kundigen Beurteiler dieser Dinge, aber ich hatte den Eindruck, dass sie nicht eben bedeutend waren. Weiter fanden sich noch einige minderwertige Bilder von Fluss-Szenerien, ein Malkasten, eine Schachtel mit bunter Kreide, einige Pinsel, dieser gebogene Knochen, der da auf meinem Schreibtisch liegt, ein Band von Baxters Werk über Falter und Schmetterlinge, ein billiger Revolver und einige Patronen. Persönliche Ausrüstungsgegenstände hatte er entweder nicht oder sie waren während seiner Reise verloren gegangen. Das war der ganze Besitz dieses merkwürdigen amerikanischen Bohemiens.

Als ich im Begriff war, die Hütte zu verlassen, bemerkte ich noch einen Gegenstand, der vorn aus seiner zerrissenen Jacke herausragte. Es war dieses Skizzenbuch, in dem zerrissenen Zustand, in dem Sie es hier vor sich sehen. Ich kann wohl sagen, dass kein Erstdruck von Shakespeare mit größerer Ehrfurcht behandelt werden könnte als diese Reliquie, seit sie in meinen Besitz gelangt ist. Ich bitte Sie, dieses Buch Seite für Seite durchzusehen und seinen Inhalt zu prüfen.«

Er steckte sich eine neue Zigarre an, lehnte sich mit stolzen, kritischen Augen in seinen Stuhl zurück und beobachtete die Wirkung, die dieses Dokument auf mich haben würde.

Ich hatte das Buch mit einer gewissen Erwartung auf Enthüllungen, obwohl ich noch keine Vorstellung hatte, welcher Art diese sein könnten, geöffnet. Die erste Seite enttäuschte mich allerdings. Denn sie enthielt nichts als das Bildnis eines sehr dicken Mannes in einer blauen Tuchjacke mit der Unterschrift »Jimmy Colver auf dem Postdampfer«. Dann folgten mehrere Seiten mit kleinen Skizzen aus dem Leben der Indianer. Danach kam das Bild eines freundlichen und korpulenten

Geistlichen mit einem flachen, breitkrempigen Hut, der einem dünnen Europäer gegenübersaß, mit der Unterschrift »Frühstück mit Fra Christofero in Rosario«. Studien von Frauen und Kindern füllten einige weitere Seiten und dann folgte eine ununterbrochene Reihe von Tierzeichnungen mit Unterschriften wie »Seekuh auf einer Sandbank«, »Schildkröten mit ihren Eiern«, »Schwarzes Ajouti unter einer Miriti-Palme« – auf letzterem erblickte ich ein schweineähnliches Tier – und schließlich kam eine Doppelseite mit Studien von langschnäuzigen und höchst widerwärtigen Reptilien. Ich konnte nichts damit anfangen und sagte das auch dem Professor.

»Das sind doch sicher Krokodile?«

»Alligatoren! Alligatoren! Wirkliche Krokodile gibt es in Südamerika ja gar nicht. Der Unterschied zwischen ihnen –«

»Ich wollte sagen, ich sehe nichts Ungewöhnliches – nichts, was Ihre Worte bestätigen könnte.«

Er lächelte gelassen. »Sehen Sie sich die nächste Seite an«, sagte er. Auch diese bot nichts Besonderes. Es war eine ganzseitige Zeichnung einer roh in Farben angelegten Landschaft – eine Art von Farbenskizze, wie sie ein Freilichtmaler als Grundlage für ein später genauer auszuführendes Bild benutzt. Man erkannte einen blassgrünen Vordergrund mit geringem Pflanzenwuchs, der nach hinten zu anstieg und in eine dunkelrote Felswand mit eigenartigen senkrechten Streifen auslief, wie ich es auf Basaltformationen gesehen hatte. Diese Felsen bildeten einen ununterbrochenen Wall quer über den Hintergrund. An einer Stelle erblickte man einen einzigen pyramidenförmigen, von einem großen Baum gekrönten Felsen, der durch eine Kluft vom Hauptmassiv getrennt schien. Über allem ein tropisch blauer Himmel. Eine dünne grüne Linie von Pflanzen bekränzte den oberen Rand der roten Klippen. Auf der nächsten Seite fand sich eine Tuschzeichnung derselben Örtlichkeit, aber aus größerer Nähe gesehen, und man konnte die Einzelheiten klar unterscheiden.

»Nun?«, fragte er.

»Das ist zweifellos eine merkwürdige Formation«, sagte ich. »Aber ich bin nicht Geologe genug, um zu sagen, dass sie erstaunlich ist.«

»Erstaunlich!«, wiederholte er. »Sie ist einzig! Sie ist unglaublich! Kein Mensch auf der ganzen Welt hätte sich je eine solche Möglichkeit träumen lassen. – Nun der Text.«

Ich blätterte um und stieß einen Schrei der Überraschung aus. Ich erblickte ein ganzseitiges Bild des merkwürdigsten Tiers, das ich je gesehen hatte. Das war der wilde Traum eines Opiumrauchers, die Vision eines Delirierenden – der Kopf glich dem eines Vogels, der Körper dem einer aufgedunsenen Eidechse, der lange nachschleppende Schwanz war mit aufwärts gerichteten Stacheln gespickt und der gekrümmte Rücken von einem hohen gezackten Kamm eingefasst, der aussah wie ein Dutzend hintereinander angeordneter Hahnenkämme. Vor dem Tier stand ein lächerliches Männchen oder ein Zwerg in Menschengestalt, der das Ungeheuer anstarrte.

»Nun, was denken Sie darüber?«, rief der Professor aus und rieb sich triumphierend die Hände.

»Das ist furchtbar – grotesk!«

»Aber wie kommt er dazu, so ein Tier zu zeichnen?«

»Schnaps, würde ich sagen.«

»Oh, das ist die beste Erklärung, die Sie geben können?«

»Ja, Herr Professor. Und was ist Ihre Meinung?«

„Die nächstliegende, nämlich dass dieses Tier existiert. Dass es wirklich nach dem Leben gezeichnet ist.«

Ich hätte lachen mögen, wäre nicht die Vision eines erneuten Rundtanzes den Flur entlang vor mir aufgetaucht.

»Zweifellos«, sagte ich, »zweifellos«, wie man einen Verrückten besänftigt. »Ich muss allerdings gestehen«, fügte ich hinzu, »dass dieses kleine menschliche Wesen mir zu denken gibt. Wenn es ein Indianer wäre, könnte man ihn als Beweis für das Vorhandensein einer amerikanischen Pygmäenrasse halten, aber es scheint mir ein Europäer mit einem Sombrero zu sein.«

Der Professor schnaubte wie ein gereizter Stier. »Sie gehen wirklich bis zum Äußersten«, sagte er. »Sie sind einfach unmöglich. Gehirnerweichung! Geistesträgheit! Wirklich erstaunlich!«

Er wirkte zu lächerlich, als dass ich mich darüber hätte ärgern können. Es wäre tatsächlich Energieverschwendung gewesen; denn wenn man sich über diesen Mann ärgern wollte, so hätte man dazu fortwährend Anlass. Ich beschränkte mich darauf, müde zu lächeln. »Ich stieß mich daran, dass der Mann so klein ist«, sagte ich.

»Sehen Sie hier«, rief er aus, während er sich vorbeugte und den großen haarigen Wurstfinger auf das Bild setzte. »Sie sehen diese Pflanze hinter dem Tier. Ich vermute, Sie halten sie für einen Löwenzahn oder Rosenkohl – wie? Nun, das ist eine Elfenbein-Palme, die fünfzig bis sechzig Fuß hoch wird. Sehen Sie nicht, dass der Mann zu einem bestimmten Zweck in das Bild gesetzt wurde? Der Maler selbst konnte nicht vor der Bestie stehen, ohne sein Leben zu riskieren. Er zeichnete sich daher selbst später in die Skizze hinein, um einen Größenmaßstab zu geben. Seine Größe betrug, wollen wir sagen, über fünf Fuß. Der Baum ist zehnmal so hoch, was durchaus anzunehmen ist.«

»Gütiger Himmel!«, rief ich aus. »Sie denken also, diese Bestie war – aber dann würde Charing Cross Station ja kaum als Käfig für so ein Riesenvieh ausreichen!«

»Ohne jede Übertreibung, das ist bestimmt ein voll ausgewachsenes Exemplar«, sagte der Professor friedlich.

»Aber man kann wohl nicht sämtliche Erfahrungen des Menschengeschlechts durch eine einzige Skizze über den Haufen werfen lassen –«, ich hatte die nächsten Seiten umgeblättert und festgestellt, dass das Buch sonst nichts mehr enthielt –, »eine einzige Skizze von einem auf der Wanderschaft befindlichen amerikanischen Künstler, der sie vielleicht unter der Wirkung von Haschisch oder im Fieberzustand oder einfach zur Befriedigung einer wunderlichen Einbildungskraft angefertigt hat. Sie als Mann der Wissenschaft können doch eine solche Behauptung nicht verteidigen.«

Statt einer Antwort holte der Professor ein Buch vom Regal herunter.

»Dies ist eine ausgezeichnete Monografie meines begabten Freundes Ray Lankester«, sagte er. »Darin befindet sich eine Illustration, die Sie interessieren dürfte. Ah, ja, hier ist sie. Die Unterschrift lautet: ›Wahrscheinliches Aussehen eines Stegosaurus aus der Juraperiode‹.« Das Hinterbein allein ist zweimal so lang wie ein ausgewachsener Mann. Nun, was sagen Sie dazu?«

Er reichte mir das geöffnete Buch. Ich stutzte, als mein Blick auf das Bild fiel. Dieses rekonstruierte Tier aus einer verflossenen Welt zeigte eine große Ähnlichkeit mit der Skizze des unbekannten Künstlers.

»Das ist in der Tat bemerkenswert«, sagte ich.

»Aber Sie wollen nicht zugeben, dass das entscheidend ist?«

»Gewiss liegt hier eine Übereinstimmung vor oder der Amerikaner hat ein derartiges Bild gesehen und im Gedächtnis aufbewahrt. Das könnte einem Mann im Delirium sehr gut passieren.«

»Na, schön«, sagte der Professor milde. »Wir wollen das auf sich beruhen lasen. Ich möchte Sie jetzt bitten, sich diesen Knochen anzusehen.« Er gab mir denselben, den er schon vorher als Teil der Besitztümer des toten Mannes erwähnt hatte, in die Hand. Der Knochen war ungefähr sechs Zoll lang und dicker als mein Daumen, mit den Anzeichen von vertrocknetem Knorpel am einen Ende.

»Zu welchem der uns bekannten Tiere gehört dieser Knochen?«, fragte der Professor.

Ich prüfte ihn sorgfältig und versuchte mir einige halbvergessene Kenntnisse ins Gedächtnis zurückzurufen.

»Das ist vielleicht ein sehr dickes menschliches Schlüsselbein.«

Eine Handbewegung des Professors drückte tiefste Geringschätzung aus.

»Das menschliche Schlüsselbein ist gebogen. Dieser Knochen ist gerade. Auf seiner Oberfläche findet sich eine Rinne, die beweist, dass dort eine starke Sehne lag, was nicht der Fall sein könnte, wenn es ein Schlüsselbein wäre.«

»Dann muss ich gestehen, ich weiß nicht, was es ist.«

»Sie brauchen sich nicht zu schämen, wenn Sie Ihre Ignoranz zugeben, denn ich nehme an, dass auch der ganze Gelehrtenstab des Kensington-Museums nicht in der Lage wäre, den Knochen zu klassifizieren.« Er nahm einen kleinen Knochen von der Größe einer Bohne aus einer Pillenschachtel. »Soweit ich sehe, bildet dieser menschliche Knochen eine Analogie zu dem in Ihrer Hand befindlichen. Das kann Ihnen eine Idee von der Größe des Tieres geben. An dem Knorpel können Sie erkennen, dass es sich hier nicht um ein versteinertes, sondern um ein Exemplar aus der Jetztzeit handelt. Was sagen Sie dazu?«

»Vielleicht von einem Elefanten –«

Er wand sich wie unter Schmerzen.

»Sprechen Sie nicht von Elefanten in Südamerika. Selbst beim heutigen Stand unserer Volksschulen –«

»Gut«, unterbrach ich ihn, »irgendein großes südamerikanisches Tier – ein Tapir zum Beispiel.«

»Sie können überzeugt sein, junger Mann, dass ich in den Grundlagen meiner Wissenschaft einigermaßen zu Hause bin. Dies ist weder ein Knochen von einem Tapir noch von irgendeinem anderen uns in der Zoologie bekannten Geschöpf. Es gehört zu einem sehr großen, sehr starken und, aller Analogie nach, sehr wilden Tier, das noch jetzt auf der Erde lebt, aber bisher der Wissenschaft nicht bekannt war. Sie sind noch nicht überzeugt?«

»Ich bin zumindest stark beeindruckt.«

»Dann ist Ihr Fall nicht hoffnungslos. Ich fühle, dass irgendwo etwas Verstand in Ihnen schlummert. Wir wollen ihn also geduldig ans Tageslicht befördern. Verlassen wir jetzt den toten Amerikaner und lassen Sie mich in meiner Erzählung fortfahren. Sie werden begreifen, dass ich mich nur schwer vom Amazonas trennen konnte, ohne diese Angelegenheit tiefer erforscht zu haben. Es fanden sich nämlich Andeutungen, die einen Schluss auf die Richtung, aus der der tote Wanderer gekommen war, zuließen. Indianische Legenden allein hätten mir schon als Führer dienen können, denn ich fand heraus, dass es bei allen am Ufer lebenden Stämmen gleich lautende Legenden über ein seltsames Land gab. Sie haben zweifellos schon von Curipuri gehört?«

»Niemals.«

»Curipuri ist der Geist des Urwaldes. Etwas Furchtbares, etwas Bösartiges, etwas, dem man aus dem Weg geht. Niemand kann sein Aussehen oder sein Wesen beschreiben. Aber es ist ein Schreckenswort an den Ufern des Amazonas. Über die Richtung, in der Curipuri lebt, sind sich alle Stämme einig. Es war dieselbe Gegend, aus der der Amerikaner gekommen war. Irgendetwas Schreckliches lag auf diesem Wege. Meine Aufgabe bestand darin, herauszufinden, was das war.«

»Und was taten Sie dann?« Meine Lust zum vorlauten Schwätzen war verschwunden. Dieser energische Mann erzwang Aufmerksamkeit und Achtung.

»Ich überwand das starke Widerstreben der Eingeborenen – ein Widerstreben, das so weit ging, dass sie über diesen Gegenstand nicht einmal sprechen wollten – und durch kluges Zureden, Geschenke und auch, wie ich zugeben muss, Androhung von Zwang, sie meinen Wünschen gefügig zu machen, gelang es mir, zwei von ihnen als Führer zu gewinnen. Nach mancherlei Abenteuern, die ich nicht zu beschreiben brauche, und nach Zurücklegung einer gewissen Entfernung, die ich nicht angeben möchte, in einer Richtung, die ich gleichfalls verschweige, kamen wir zuletzt in eine Gegend, die bisher nicht beschrieben und auch mit Ausnahme meines unglücklichen Vorgängers von niemandem bereist worden ist. Wollen Sie sich das bitte ansehen?«

Er reichte mir eine Fotografie von der Größe einer halben Platte.

»Der schlechte Zustand der Platte rührt daher«, sagte er, »dass unser Boot auf der Rückreise kenterte und die Kiste mit den unentwickelten Platten zerbrach. Die unangenehme Folge dieses Vorfalls war, dass die Platten fast alle ruiniert waren – ein unersetzlicher Verlust. Das ist eine der wenigen, die teilweise gerettet werden konnten. Diese Erklärung ihrer Mängel oder Fehler muss Ihnen genügen. Man hat von Schwindel gesprochen, aber ich bin nicht in der Stimmung, eine derartige Behauptung zu diskutieren.«

Die Fotografie war sehr undeutlich. Ein unfreundlicher Kritiker hätte das nebelhafte Bild leicht falsch auslegen können. Es war eine einfache graue Landschaft, und als ich langsam Einzelheiten darauf unterschied, stellte ich fest, dass sie eine lange und außerordentlich hohe Felswand, die aus der Entfernung den täuschenden Eindruck eines riesigen Wasserfalls erweckte, darstellte. Der Vordergrund war durch eine geneigte, baumbestandene Ebene ausgefüllt.

»Ich glaube, das ist dieselbe Gegend wie auf der Tuschzeichnung«, sagte ich.

»Es ist dieselbe Gegend«, antwortete der Professor. »Ich habe Spuren von dem Lager des Amerikaners gefunden. Jetzt schauen Sie sich das hier an!«

Es war dieselbe Szene, aus größerer Nähe betrachtet, obwohl die Fotografie außerordentlich mangelhaft war. Ich konnte deutlich die isolierte, von einem Baum gekrönte Felsspitze, die abseits der Felswände stand, erkennen.

»Jetzt habe ich keinen Zweifel mehr«, sagte ich.

»Gut, da hätten wir also schon etwas gewonnen«, sagte er. »Wir machen Fortschritte, nicht wahr? Wollen Sie jetzt, bitte, die Spitze dieses einzelnen Felsens ins Auge fassen. Bemerken Sie dort etwas?«

»Einen riesigen Baum.«

»Und auf dem Baum?«

»Einen großen Vogel«, sagte ich.

Er reichte mir ein Vergrößerungsglas.

»Ja«, sagte ich, hindurchsehend, »ein großer Vogel steht auf dem Baum. Wie es scheint, hat er einen riesigen Schnabel. Ich würde sagen, er sieht wie ein Pelikan aus.«

»Zur Schärfe Ihrer Augen kann ich Ihnen nicht gratulieren«, sagte der Professor. »Es ist weder ein Pelikan noch überhaupt ein Vogel. Es wird Sie interessieren zu erfahren, dass es mir gelungen ist, dieses einzelne Exemplar zu schießen. Es war das einzige absolute Beweisstück über meine Entdeckungen, das ich mitbringen konnte.«

»Sie haben das Tier wirklich?« Hier war endlich eine greifbare Bestätigung.

»Ich hatte es. Es ging unglücklicherweise mit so vielem anderem bei demselben Bootsunfall, der mir meine Fotografien ruiniert hat, verloren. Ich griff danach, als es in den Wirbeln der Stromschnellen verschwand, und behielt nur einen Teil seines Flügels in der Hand. Ich wurde bewusstlos ans Ufer gespült, aber das elende Überbleibsel meines kostbaren Beweisexemplars war noch vorhanden. Ich werde es Ihnen jetzt zeigen. «

Er entnahm einer Schublade etwas, was mir wie der obere Teil des Flügels einer Fledermaus vorkam. Es war höchstens zwei Fuß lang, ein gebogener Knochen, von dem eine größere Hautfläche herabhing.

»Eine Riesenfledermaus«, flüsterte ich.

»Nichts dergleichen«, sagte der Professor streng. »Mir, der ich in einer wissenschaftlichen Atmosphäre lebe, fällt es wirklich schwer, sich vorzustellen, dass die Grundprinzipien der Zoologie so wenig bekannt sind. Ist es möglich, dass Sie nicht einmal die elementaren Tatsachen der vergleichenden Anatomie kennen, dass nämlich der Flügel eines Vogels nichts anderes ist als sein Unterarm, während der Flügel einer Fledermaus aus drei verlängerten und durch eine Haut verbundenen Fingern besteht? In diesem Fall ist der Knochen bestimmt nicht der Unterarm und Sie können selbst sehen, dass die Haut hier an einem einzelnen Knochen hängt, und deswegen kann er nicht von einer Fledermaus stammen. Aber wenn es weder ein Vogel noch eine Fledermaus ist, was ist es dann?«

Mein kleiner Wissensvorrat war erschöpft.

»Ich weiß es tatsächlich nicht«, sagte ich.

Er öffnete das Standard-Werk, auf das er mich schon einmal verwiesen hatte.

»Hier«, sagte er und zeigte auf das Bild eines außergewöhnlichen fliegenden Ungeheuers, »es ist eine ausgezeichnete Reproduktion des Dimorphodons oder Pterodactylus, eines fliegenden Reptils aus der Jurazeit. Auf der nächsten Seite befindet sich eine Zeichnung vom Bau seines Flügels. Vergleichen Sie diese, bitte, mit dem Stück in Ihrer Hand.«

Ich wurde von Erstaunen gepackt, als ich näher hinsah. Ich war überzeugt. Daran war nicht zu rütteln. Das angehäufte Beweismaterial wirkte überwältigend. Die Skizze, die Fotografie und dazu ein wirkliches Beweisstück – das war unwiderleglich. Ich sagte das dem Professor; sagte das mit Wärme; denn ich fühlte, dass man ihn ungerecht behandelt hatte. Er saß zurückgelehnt in seinem Stuhl, mit gesenkten Lidern und einem milden Lächeln, wie von plötzlichem Sonnenschein überstrahlt.

»Das ist die erstaunlichste Sache, von der ich je gehört habe«, sagte ich, obwohl mehr meine journalistische als meine wissenschaftliche Begeisterung geweckt war. »Das ist kolossal. Sie sind der Kolumbus der Wissenschaft, der eine verlorene Welt entdeckt hat. Es tut mir furchtbar Leid, dass ich anfänglich Zweifel hatte. Es ist ja alles so unglaublich. Aber ich verschließe mich einem Beweis nicht, wenn ich ihn sehen kann. Und das hier sollte eigentlich jeden überzeugen.«

Der Professor schnurrte vor Befriedigung.

»Und was taten Sie danach, Sir?«

»Die Regenzeit begann, Mr Malone, und meine Vorräte waren erschöpft. Ich erforschte einen Teil dieser riesigen Felswände, aber es war mir nicht möglich, irgendeinen nach oben führenden Pfad ausfindig zu machen. Der pyramidenförmige Fels, auf dem ich den Pterodactylus sah und schoss, bot die Möglichkeit eines Aufstiegs, und da ich mich etwas aufs Kraxeln verstehe, gelang es mir, bis zur halben Höhe hinaufzuklettern. Von hier aus konnte ich mir eine bessere Vorstellung von dem Felsplateau machen. Es kam mir sehr ausgedehnt vor. Weder nach Osten noch nach Westen konnte ich das Ende der grün bewachsenen Höhe erblicken. Unten breitete sich ein sumpfiges, dschungelartiges Gebiet voller Schlangen, Insekten und Fieber aus. Es bildet einen natürlichen Schutz des seltsamen Plateaus.«

»Bemerkten Sie irgendwelche weiteren Anzeichen von Leben?«

»Nein, Mr Malone, das nicht, aber wir hörten im Lauf der Woche, die wir am Fuß der Felsen zubrachten, sehr merkwürdige Geräusche von oben.«

»Aber das Tier, das der Amerikaner zeichnete? Wie erklären Sie sich das?«

»Wir können nur annehmen, dass er einen Weg gefunden hat, der auf das Plateau hinaufführt, und es dort gesehen hat. Wir wissen also, dass es einen Weg dort hinauf gibt. Wir wissen gleichfalls, dass es ein sehr schwieriger Weg sein muss, denn sonst wären diese Geschöpfe längst heruntergekommen und hätten die Umgebung verheert. Daran besteht kein Zweifel.«

»Aber wie sind sie denn da hinaufgekommen?«

»Ich glaube nicht, dass dieses Problem so schwer zu lösen ist«, sagte der Professor. »Dafür kann es nur eine einzige Erklärung gegen. Der südamerikanische Kontinent besteht, wie Sie gehört haben werden, größtenteils aus Granit. An diesem einzelnen Punkt in seinem Innern hat in weit zurückliegender Zeit eine große, plötzliche vulkanische Erhebung stattgefunden. Diese Felsen, wie ich hinzufügen muss, bestehen aus Basalt, sie sind also vulkanischen Ursprungs. Ein Gebiet etwa so groß wie Sussex wurde im Ganzen mit all seinem lebenden Inhalt gehoben und durch seine senkrechten Wände, deren Härte jeder Erosion trotzt, vom übrigen Kontinent abgeschlossen. Was ist das Resultat? Nun, die allgemeinen Naturgesetze sind aufgehoben. Die verschiedenen Bedingungen, die in der übrigen Welt den Kampf ums Dasein beeinflussen, wurden neutralisiert oder verändert. Es sind Geschöpfe am Leben geblieben, die unter anderen Umständen verschwunden wären. Sie werden wissen, dass sowohl der Pterodactylus als auch der Stegosaurus der Juraperiode angehören, also entwicklungsgeschichtlich sehr alt sind. Sie sind auf Grund dieser eigenartigen und zufälligen Verhältnisse erhalten geblieben.«

»Dieser Beweis ist sicher stimmig. Sie brauchen ihn doch nur den zuständigen Autoritäten zu unterbreiten.«

»Das hatte ich in meiner Naivität auch gedacht«, sagte der Professor bitter. »Ich kann Ihnen nur sagen, dass ich mich darin getäuscht habe und dass ich bei jedem Versuch einer großen, teils aus Dummheit und teils aus Eifersucht herrührenden Ungläubigkeit begegnet bin. Es ist nicht meine Art, Mr Malone, mich vor irgendjemandem zu beugen oder den Beweis für eine Sache anzutreten, wenn man meine Worte anzweifelt. Ich habe mich nicht einmal herabgelassen, die Beweisstücke, die ich in Händen habe, vorzuzeigen. Die ganze Sache wurde mir zuwider – ich mochte nicht mehr davon sprechen. Wenn Leute wie Sie, alberne Vertreter öffentlicher Neugierde, die Ruhe meiner Privatwohnung störten, war ich nicht imstande, ihnen mit würdiger Haltung zu begegnen. Ich gebe zu, dass ich von Natur aus etwas heftig bin, und wenn man mich herausfordert, neige ich zu Gewalttätigkeit. Ich fürchte, dass Sie das auch bemerkt haben.«

Ich schlug die Augen nieder und schwieg.

»Meine Frau hat mir in dieser Hinsicht öfters Vorwürfe gemacht, und doch glaube ich, dass jeder Mann von Ehre ebenso gehandelt hätte. Heute Abend allerdings habe ich vor, ein außerordentliches Beispiel von Selbstbeherrschung zu geben. Ich lade Sie zu einer öffentlichen Diskussion ein.« Er überreichte mir eine auf dem Schreibtisch liegende Karte. »Wie Sie sehen, wird Professor Percival Waldron, ein Naturwissenschaftler von einigem Ruf, um 8 Uhr 30 im Saal des Zoologischen Instituts einen Vortrag über ›Die Zeitalter der Erde‹ halten. Ich bin eigens aufgefordert worden, auf der Rednerbühne anwesend zu sein, um dem Vortragenden den Dank der Versammlung auszusprechen. Ich will diese Gelegenheit nutzen, um sehr vorsichtig und mit Takt einige Bemerkungen fallen zu lassen, die das Interesse des Auditoriums erwecken könnten und bei einigen vielleicht den

Wunsch entstehen lassen, etwas tiefer in die Materie einzudringen. Natürlich keine Einzelheiten, Sie verstehen, sondern nur eine Andeutung, dass es noch wissenschaftliches Neuland gibt. Ich werde mich fest im Zaum halten und sehen, ob es mir bei dieser Selbstbeherrschung gelingt, ein günstigeres Resultat zu erzielen.«

»Und ich darf kommen?«, fragte ich eifrig.

»Aber natürlich«, antwortete er herzlich. Er sagte das in einer so außerordentlich freundlichen Art, die fast noch überwältigender war als seine Heftigkeit. Sein wohlwollendes Lächeln war wunderbar, wenn seine beiden Wangen sich zwischen halb geschlossenen Augen und dem großen Bart zu roten Äpfeln blähten. »Kommen Sie auf jeden Fall. Es wird mir eine Erleichterung sein, wenn ich weiß, dass ich einen Bundesgenossen, wenn auch nur einen schwachen und unwissenden, im Saal habe. Ich vermute, dass die Zuhörerschaft sehr groß sein wird, denn Waldron, obwohl er ein absoluter Scharlatan ist, hat eine bedeutende Gefolgschaft. Nun, Mr Malone, ich habe Ihnen viel mehr Zeit gewidmet als beabsichtigt. Das Individuum soll niemals für sich allein in Anspruch nehmen, was der ganzen Welt zukommt. Ich würde mich freuen, Sie heute Abend beim Vortrag zu sehen. Inzwischen dürfen Sie natürlich keinen öffentlichen

Gebrauch von dem Material machen, das ich Ihnen gegeben habe.«

»Aber McArdle – mein Nachrichtenredakteur, Sie verstehen – wird doch wohl wissen wollen, was ich gemacht habe.«

»Erzählen Sie ihm, was Sie wollen, Sie können ihm neben anderem sagen, wenn er noch irgendeinen anderen aufdringlichen Menschen zu mir schickt, würde ich ihm einen Besuch mit der Reitpeitsche machen. Aber ich verlasse mich darauf, dass nichts von alledem in der Zeitung erscheint. Schön. Also heute Abend ½ 9 Uhr im Zoologischen Institut.«

Mein letzter Eindruck bestand aus roten Wangen, einem blauschwarzen gekräuselten Bart und herrischen Augen, als er mich mit einer Handbewegung entließ.

Viertes Kapitel

Es war teilweise den körperlichen Erschütterungen bei meinem ersten Besuch, teilweise den seelischen Erregungen, die den zweiten begleiteten, zuzuschreiben, dass ich mich etwas zermürbt fühlte, als ich wieder auf der Straße stand. In meinem schmerzenden Schädel hatte nur ein Gedanke Platz, und zwar der, dass tatsächlich etwas Wahres in der Erzählung dieses Mannes lag, dessen Konsequenzen ungeheuerlich waren, und dass sich für die »Gazette« eine wunderbare Auflagensteigerung erzielen ließe, wenn ich nur die Erlaubnis bekäme, das Material zu benutzen. Ich warf mich in ein am Ende der Straße stehendes Taxi und fuhr zur Redaktion. McArdle saß wie gewöhnlich an seinem Schreibtisch.

»Nun«, rief er erwartungsvoll, »wie ist die Sache gelaufen? Sie sehen aus, als wären Sie im Krieg gewesen, junger Mann, Sie brauchen mir nicht erst zu erzählen, dass er Sie angegriffen hat.«

»Wir hatten zuerst eine kleine Differenz.«

»Was ist das bloß für ein Mensch! Und was taten Sie dann?«

»Nun, er wurde dann etwas vernünftiger und wir kamen ins Gespräch. Aber ich habe nichts aus ihm herausholen können – nichts, was für eine Veröffentlichung in Frage käme.«

»Da bin ich mir nicht so sicher. Sie haben jedenfalls ein blaues Auge mitgebracht und das lässt sich doch veröffentlichen. Wir können dieses Schreckensregime nicht mehr dulden, Mr Malone. Wir müssen diesem Menschen einmal Anstand beibringen. Ich möchte morgen einen kleinen Leitartikel bringen, der Wellen schlagen wird. Liefern Sie mir also das Material und ich werde den Burschen für immer brandmarken. ›Professor Münchhausen.‹ Wie wäre das als fette Überschrift? ›Sir John Mandeville redivivus‹ – ›Cagliostro‹ – alle diese Betrüger und Scharlatane der Geschichte. Ich werde ihn als den Schwindler entlarven, der er ist.«

»Ich würde das nicht tun, Mr McArdle.«

»Warum nicht?«

»Weil er gar kein Schwindler ist.«

»Was?«, brüllte McArdle. »Sie wollen mir doch wohl nicht erzählen, dass Sie seinen Unsinn über Mammuts und Mastodonten und große Seeschlangen tatsächlich glauben?«

»Nein, davon weiß ich gar nichts. Ich wüsste auch nicht, dass er so etwas behauptet hat, aber ich glaube, er hat wirklich etwas Neues entdeckt.«

»Dann schreiben Sie es um Himmels willen auf, Mann!«

»Das würde ich wohl gern, aber alles, was ich weiß, hat er mir im Vertrauen mitgeteilt und unter der Bedingung, dass ich nicht darüber schreibe.« Ich fasste die Mitteilungen des Professors in einigen wenigen Sätzen zusammen. »So steht die Sache.«

McArdle machte ein sehr ungläubiges Gesicht.

»Gut, Mr Malone«, sagte er schließlich. »Diese wissenschaftliche Versammlung heute Abend berührt Ihr privates Versprechen in keiner Weise. Ich nehme nicht an, dass irgendeine Zeitung darüber berichten wird, denn über Waldron ist schon ein Dutzend Mal etwas gebracht worden, und niemand weiß, dass Challenger sprechen wird. Das wird ein Mordsgeschäft werden, wenn wir Glück haben. Sie werden auf jeden Fall hingehen und uns einen schönen runden Bericht bringen. Ich werde bis Mitternacht ein paar Spalten freilassen.«

Da ich an diesem Tag noch viel zu tun hatte, aß ich mit Tarp Henry früh im Savage-Club zu Abend. Dabei gab ich ihm einen kurzen Bericht über meine Erlebnisse. Er hörte mir mit einem skeptischen Lächeln auf seinem hageren Gesicht zu und brach in schallendes Gelächter aus, als ich ihm sagte, dass der Professor mich überzeugt habe.

»Mein lieber Junge, so etwas gibt es im wirklichen Leben nicht. Man macht nicht zufälligerweise eine riesige Entdeckung und verliert dann das Beweismaterial. Überlassen Sie das den Romanschreibern. Der Bursche steckt voller Tricks wie das Affenhaus im Zoo. Das ist alles absoluter Schwindel.«

»Aber der amerikanische Poet?«

»Hat niemals existiert.«

»Ich habe sein Skizzenbuch gesehen.«

»Challengers Skizzenbuch.«

»Sie glauben, dass er das Tier gezeichnet hat?«

»Aber natürlich, wer denn sonst?«

»Und die Fotografien?«

»Die Fotografien zeigen überhaupt nichts. Sie geben doch selber zu, dass Sie nur einen Vogel gesehen haben.«

»Einen Pterodactylus.«

»Sagt er. Den Pterodactylus hat er Ihnen in den Kopf gesetzt.«

»Gut, aber wie steht es mit den Knochen?«

»Der erste davon stammt aus einem Irish Stew und der zweite wurde eigens zum Zweck der Beweisführung zusammengebastelt. Wenn Sie geschickt sind und Ihr Geschäft verstehen, können Sie mit einem Knochen ebenso gut schwindeln wie mit einer Fotografie.«

Ich fing an, mich etwas unbehaglich zu fühlen. Vielleicht hatte ich mich doch etwas vorschnell einfangen lassen. Dann kam mir plötzlich ein glücklicher Gedanke.

»Wollen sie zum Vortrag gehen?«

Tarp Henry blickte nachdenklich vor sich hin.

»Er erfreut sich nicht gerade allgemeiner Beliebtheit, dieser geniale Challenger«, sagte er. »Es gibt eine Reihe von Leuten, die mit ihm abrechnen wollen. Man kann wohl sagen, er ist einer der bestgehassten Menschen Londons. Falls die Medizinstudenten auf der Bildfläche erscheinen, fliegen die Fetzen. Ich habe keine Lust, einen Bärenzwinger zu betreten.«

»Aber Sie könnten ihm schließlich eine Chance geben und sich anhören, was er zu sagen hat.«

»Ja, das könnte ich wohl. Das wäre auch nur fair. Schön, ich komme also mit.«

Als wir beim Institut ankamen, bemerkten wir, dass der Andrang noch größer war, als wir erwartet hatten. Eine Reihe von Autos, denen weißbärtige Professoren entstiegen, hielt vor dem Portal, während ein dunkler Strom von bescheidenen Fußgängern, der sich durch den überwölbten Torweg wälzte, bewies, dass die Zuhörerschaft sich nicht nur aus Wissenschaftlern, sondern auch aus Laien rekrutierte. Und tatsächlich wurde uns, sobald wir

Platz genommen hatten, klar, dass auf der Galerie und auf den hinteren Bankreihen ausgesprochener Übermut herrschte. Hinter mir erblickte ich ein paar junge Leute, die ich für Medizinstudenten hielt. Offenbar hatte jedes große Krankenhaus eine Gruppe von ihnen hergeschickt. Die Stimmung war zunächst noch fröhlich und ausgelassen. Man sang im Chor Strophen von Gassenhauern, und zwar mit einer Begeisterung, die eine etwas seltsame Einleitung zu einem wissenschaftlichen Vortrag bildete, und schon machte sich eine Neigung zu persönlichen Neckereien geltend, die für viele die Aussicht auf einen vergnügten Abend eröffnete, selbst wenn sie damit die Empfänger dieser zweifelhaften Ehrungen in Verlegenheit brachten.

Als der alte Dr. Meldrum mit seinem wohl bekannten verbeulten Zylinder auf der Rednerbühne erschien, erhob sich die allgemeine Frage: »Wo haben Sie bloß diesen Deckel her?«, woraufhin er ihn schnell abnahm und verstohlen unter seinem Stuhl verbarg. Als der rheumatische Professor Watley zu seinem Sitzplatz humpelte, hagelte es von allen Seiten herzliche Erkundigungen nach dem Befinden seiner großen Zehe, was ihn begreiflicherweise verlegen machte. Die stärkste Demonstration fand jedoch statt, als mein neuer Bekannter, Professor Challenger, eintrat und sich zu seinem Platz am äußersten Ende in der ersten Reihe auf die Rednertribüne begab. Sobald sein schwarzer Bart sich um die Ecke schob, brach ein derartiges Willkommensgeheul aus, dass das Gefühl in mir aufstieg, Tarp Henry könnte mit seinem Argwohn Recht haben, dass sich die Leute hier nicht nur wegen des Vortrags, sondern vor allem deshalb versammelt hatten, weil dem Gerücht nach der berühmte Professor an der Diskussion teilnehmen würde.

Von den vordersten Bänken her, auf denen die gut gekleideten Leute saßen, ertönte bei seinem Eintritt allgemeines Gelächter, das den Eindruck erweckte, als wäre ihnen die soeben stattfindende Demonstration der Studenten nicht unwillkommen. Die Begrüßung bestand tatsächlich in einem furchtbaren Gebrüll, das dem Aufruhr in einem Raubtierkäfig glich, wenn der Wärter mit dem Futter kommt. Es schwang vielleicht auch ein aggressiver Unterton darin mit, doch im Großen und Ganzen klang es wie ein Freudengeheul; eher wie der lärmende Empfang für einen Menschen, der einen amüsiert und interessiert, als für einen, den man nicht mag oder sogar verabscheut.

Challenger lächelte mit dem Ausdruck milder

und duldsamer Geringschätzung, etwa wie ein freundlicher Mann auf das Geschrei von Kindern reagiert. Er nahm ruhig Platz, atmete heftig aus, ließ die Hand zärtlich über seinen Bart gleiten und blickte mit halb gesenkten Lidern und hochmütigen Augen auf die vor ihm sitzende Menge. Kaum hatte der bei seinem Eintritt entstandene Aufruhr sich gelegt, als Professor Ronald Murray, der Vorsitzende, und Professor Waldron, der Redner, nach vorn traten und die Veranstaltung begann.

Professor Murray wird mir hoffentlich nicht böse sein, wenn ich sage, dass er den gewöhnlichen Fehler der meisten Engländer hat, dass man ihn beim Reden nicht versteht. Warum Leute, die etwas zu sagen haben, was wert ist, auch gehört zu werden, sich nicht die Mühe geben verständlich sprechen zu lernen, ist eines der Geheimnisse des modernen Lebens. Ihre Methoden sind um nichts unvernünftiger als wenn man versuchen wollte, eine kostbare Flüssigkeit durch ein verschlossenes Rohr zu leiten. Professor Murray richtete, nicht ohne ein humorvolles Zwinkern zu dem rechts von ihm stehenden silbernen Leuchter, einige tiefsinnige Bemerkungen an seine weiße Halsbinde und die auf dem Tisch stehende Wasserkaraffe. Darauf setzte er sich und Professor Waldron, der berühmte Populärwissenschaftler, erhob sich unter allgemeinem Beifallsgemurmel.

Er war ein großer und hagerer Mann mit einer harten Stimme und arrogantem Benehmen, aber er beherrschte die Kunst, seinen Gedanken eine angemessene Form zu geben und sich so auszudrücken, dass er sie auf verständliche und sogar interessante Weise an ein Laienpublikum weitergeben konnte. Dabei behandelte er die schwierigsten Dinge mit einem Schuss von Humor und das Vorrücken der Tag- und Nachtgleiche oder die Entwicklungsgeschichte der Säugetiere verwandelten sich in seinem Vortrag in eine sehr vergnügliche Angelegenheit.

Es war ein Überblick über die Schöpfungsgeschichte aus der Vogelperspektive betrachtet und wissenschaftlich beleuchtet, die er uns in klarer und zum Teil bildhafter Sprache darbot. Er erzählte uns, wie die Erdkugel zuerst als riesige Masse feuriger Gase durch den Weltraum flackerte. Dann schilderte er die Abkühlung und Verfestigung, das Schrumpfen als Ursache der Gebirgsbildung, die Verwandlung des Dampfes in Wasser und die langsame Entstehung des Schauplatzes, auf dem sich das unerklärliche Drama des Lebens abspielen sollte.

Über den Ursprung des Lebens selbst drückte er

sich etwas unbestimmt aus. Dass seine ersten Keime kaum den ursprünglichen Glutzustand überlebt haben könnten, wäre mit ziemlicher Sicherheit auszuschließen. Sie wären infolgedessen erst später gekommen. Hatte das Leben sich aus den abgekühlten, anorganischen Bestandteilen der Erdkruste entwickelt? Sehr wahrscheinlich. Oder waren sie durch einen Meteor von außen auf die Erde gelangt? Das war kaum denkbar. Im Großen und Ganzen sprach der Gelehrte sehr undogmatisch über diese Dinge. Wir wären nicht imstande – oder wenigstens bis heute noch nicht –, in unseren Laboratorien organisches Leben aus anorganischen Elementen zu erzeugen. Die Kluft zwischen toter und lebendiger Materie hätte von unserer Chemie noch nicht überbrückt werden können. Aber es gäbe eine höhere und feinere Chemie der Natur, die mit großen Kräften und über unvorstellbare Zeiträume wohl Resultate erzielen könne, die für uns unerreichbar wären. Hierbei müsse man es bewenden lassen.

Das führte den Vortragenden zur großen Stufenleiter animalischen Lebens, die, tief unten mit Mollusken und kleinen Wassertieren beginnend, Sprosse für Sprosse über Reptilien und Fische zuletzt bis zur Kängururatte hinaufführt, die ihre Jungen lebendig zur Welt bringt und als direkte

Vorgängerin aller Säugetiere und daher vermutlich auch aller im Saal Anwesenden zu betrachten sei.

»Nein, nein!«, rief ein skeptischer Student im Hintergrund. Wenn der junge Gentleman mit dem roten Schlips, der gerade »Nein! Nein!« gerufen habe und der vermutlich annimmt, aus einem Ei geschlüpft zu sein, ihn nach dem Vortrag erwarten wolle, so würde er sich freuen, das seltsame Wesen kennen zu lernen. (Gelächter.) Der Gedanke, dass die Erschaffung dieses Gentlemans mit dem roten Schlips im Lauf dieses unendlich langen Entwicklungsprozesses den Höhepunkt bilden würde, wäre seltsam. Sollte der Prozess damit schon abgeschlossen sein? Wäre dieser Gentleman als endgültiger Typus, als Sinn und Zweck dieser Entwicklung anzusehen? Er hoffe, die Empfindungen des Gentlemans mit dem roten Schlips nicht zu verletzen, wenn er behaupte, dass, welche Tugenden der Gentleman in seinem Privatleben auch immer haben möge, die ungeheuren Entwicklungsvorgänge im Universum keinen rechten Sinn hätten, wenn sie mit seiner Erzeugung bereits enden sollten. Die Kräfte der Evolution wären noch nicht erschöpft, sondern wirken dauernd in Richtung einer immer größeren Vollendung weiter.

Nachdem der Vortragende den Zwischenrufer so unter allgemeinem Gekicher mit rednerischer Anmut vorgeführt hatte, wandte er sich wieder der Darstellung der Vergangenheit zu: der Austrocknung der Meere, dem Auftauchen von Sandbänken, dem trägen, schleimigen Leben an ihren Ufern, den überfüllten Lagunen, der Neigung der Seetiere, sich auf die Schlammbänke zurückzuziehen, dem Überfluss der Nahrung, der sie dort erwartete, und ihre daraus resultierende riesige Größe. »Hier, meine Damen und Herren«, fügte er hinzu, »liegt der Ursprung jener Furcht erregenden Gattung der Saurier, die uns noch heute erschrecken, wenn wir sie in Wealden oder in den Schieferplatten bei Solnhofen erblicken, die aber glücklicherweise lange vor dem ersten Erscheinen des Menschen auf unserem Planeten ausgestorben sind.«

»Das ist die Frage!«, ertönte eine dumpfe Stimme auf der Rednerbühne.

Professor Waldron war ein absolut disziplinierter Mann und mit der Gabe eines beißenden Humors ausgerüstet, wie er am Beispiel des Gentlemans mit dem roten Schlips bewiesen hatte.

Aber dieser Einwurf erschien ihm so lächerlich, dass er nicht wusste, was er damit anfangen sollte. So sieht ein Astronom aus, der von jemandem angegriffen wird, der die Erde fanatisch für eine flache Scheibe erklärt. Er machte eine kurze Pause und wiederholte dann mit erhobener Stimme die Worte: »Die ausgestorben waren, bevor der Mensch auf der Erde erschien.«

»Das ist die Frage!«, dröhnte die Stimme von neuem.

Waldrons erstaunter Blick lief die Reihe er Professoren auf der Rednerbühne entlang, bis seine Augen zu Challenger kamen, der sich mit geschlossenen Augen und amüsiertem Gesichtsausdruck in seinem Stuhl zurücklehnte, als würde er im Schlaf lächeln.

»Ich sehe«, sagte Waldron achselzuckend, »es ist mein Freund Professor Challenger.« Und er nahm, als würden diese Worte alles erklären und keiner weiteren Reaktion mehr bedürfen, unter allgemeinem Gelächter den Faden seines Vortrags wieder auf.

Aber der Vorfall war damit durchaus nicht erledigt. Welche Wege durch die Wildnis vergangener Zeiten der Vortragende auch beschritt, alle schienen sie immer zu der Behauptung hinzuführen, dass das prähistorische Leben erloschen sei, worauf jedes Mal sofort das Gebrumm von Professor Challenger ertönte. Die Zuhörerschaft begann diese Einwürfe schon jedes Mal vorauszuahnen und brüllte vor Entzücken, wenn sie fielen. Die überladenen Bänke der Studenten stimmten mit ein und jedes Mal, wenn Challengers Bart sich öffnete, ertönte aus hundert Kehlen, bevor er noch ein Wort gesagt hatte, der allgemeine Ruf: »Das ist die Frage!«, während eine Gegenpartei »Pfui« und »Zur Ordnung!« schrie. Waldron, obwohl ein erfahrener Redner, wurde nervös. Er zögerte, stammelte, wiederholte sich, verhedderte sich in einem langen Satz und drehte sich schließlich wütend nach dem Urheber dieser Störungen um.

»Das ist in der Tat unerträglich«, rief er und blickte mit funkelnden Augen zu seinem Gegner hinüber. »Ich muss Sie bitten, Professor Challenger, ihre Zwischenbemerkungen zu unterlassen.«

Es wurde still im Saal. Die Studenten waren starr vor Entzücken, als sie sahen, dass die hohen Götter im Olymp miteinander in Streit gerieten. Challenger erhob sich langsam vom Stuhl.

»Ich muss im Gegenteil Sie bitten, Professor Waldron, keine Behauptungen mehr aufzustellen, die nicht im absoluten Einklang mit den wissenschaftlichen Tatsachen stehen.«

Diese Worte lösten einen Sturm aus. »Pfui, Pfui!«, »Lasst ihn doch sprechen!«, »Schmeißt ihn raus!«, »Werft ihn von der Rednerbühne!«, »Fair

Play!« ertönte es aus dem allgemeinen Aufruhr, in dem sich Gelächter und Flüche mischten.

Der Vorsitzende war aufgesprungen, winkte mit beiden Händen und blökte aufgeregt: »Professor Challenger – persönliche Ansichten – später –«, das waren die einzigen Worte, die man in diesem undeutlichen Gemurmel unterscheiden konnte. Der Störenfried verneigte sich, lächelte, strich seinen Bart und ließ sich wieder auf seinen Stuhl fallen. Waldron, hochrot und in kriegerischer Stimmung, fuhr mit seinen Ausführungen fort. Hin und wieder, wenn er eine Behauptung aufstellte, warf er einen giftigen Blick zu seinem Gegner hinüber, der, anscheinend in tiefem Schlummer versunken, mit einem breiten, glücklichen Lächeln auf dem Gesicht dasaß.

Schließlich war der Vortrag zu Ende – ich neige zu der Annahme, dass es ein vorzeitiges Ende war; denn der Schluss war übereilt und ohne Zusammenhang. Der Faden der Beweisführung war roh zerrissen und die Zuhörerschaft aufgeregt und erwartungsvoll. Waldron setzte sich und nach einer Aufforderung des Vorsitzenden erhob sich Professor Challenger und trat an den vorderen Rand der Rednerbühne. Im Interesse meiner Zeitung habe ich seine Rede wörtlich stenographiert:

»Meine Damen und Herren«, begann er trotz

anhaltenden Lärms von den hinteren Reihen. »Verzeihung – meine Damen, Herren und Kinder – ich muss um Entschuldigung bitten, dass ich versehentlich eine beträchtliche Gruppe meiner Zuhörerschaft ausgelassen habe.« (Tumult, während der Professor dastand, eine Hand erhob und liebenswürdig mit seinem riesigen Kopf nickte, als wäre er der Papst, der der Menge seinen Segen erteilt.) »Ich bin bestimmt worden, Professor Waldron den Dank der Versammlung für den sehr anschaulichen und fantasievollen Vortrag auszusprechen, den wir soeben gehört haben. Er enthält einige Punkte, mit denen ich nicht übereinstimme, und es war meine Pflicht, jeweils auf sie hinzuweisen. Nichtsdestoweniger hat Professor Waldron seine Aufgabe gut gelöst, die darin bestand, einen allgemein verständlichen und interessanten Bericht darüber zu geben, was *er* für die Geschichte unseres Planeten hält. Volkstümliche Vorträge hören sich ja ganz gut an. Aber Professor Waldron (er blinzelte mit liebenswürdigem Lächeln zu dem Vortragenden hinüber) wird entschuldigen, wenn ich sage, dass sie notwendigerweise sowohl oberflächlich als auch irreführend sind, sobald sie dem Verständnis einer ungebildeten Zuhörerschaft angepasst werden müssen. (Ironischer Beifall.) Populärwissenschaftler sind ihrer Natur nach Schmarotzer. (Professor Waldron protestierte ärgerlich gestikulierend.) Sie sind auf Ruhm aus oder machen die Arbeit, die von ihren bescheidenen und unbekannten Kollegen geleistet worden ist, zu Geld. Die unbedeutendste neue Erkenntnis, die in einem Laboratorium gewonnen wurde, jeder winzige Baustein zum Tempel der Wissenschaft ist weit wertvoller als eine populäre Arbeit aus zweiter Hand, die einem eine müßige Stunde vertreibt, aber keine praktischen Resultate hervorbringen kann. Ich spreche diese einleuchtenden Gedanken nicht aus, um Professor Waldron persönlich herabzusetzen, sondern damit Sie nicht den Sinn für die richtigen Maßstäbe verlieren und nicht einen Vikar mit dem Erzbischof verwechseln.« (In diesem Augenblick sah man Waldron mit dem Vorsitzenden flüstern, der sich halb erhob und irgendetwas Ernstes zu seiner Wasserkaraffe sagte.)

»Aber genug davon.« (Lauter und andauernder Beifall.) »Lassen Sie mich jetzt zu einem Gegenstand von allgemeinerem Interesse übergehen. Worin besteht der besondere Grund, aus dem ich, ein echter Forscher, Einwände gegen die wissenschaftliche Sorgfalt des Vortragenden erhoben habe? Sie beziehen sich auf die Beständigkeit gewisser Typen tierischen Lebens auf der Erde. Ich spreche von diesen Dingen nicht als Dilettant oder, wie ich hinzufügen darf, als Populärwissenschaftler, sondern als einer, dessen wissenschaftliches Gewissen ihn zwingt, sich stets eng an die Tatsachen zu halten. Und daher sage ich, dass Professor Waldron mit der Annahme, dass die so genannten prähistorischen Tiere nicht mehr existieren, weil er selbst sie niemals gesehen hat, im Unrecht ist. Sie sind in der Tat, wie er gesagt hat, unsere Vorfahren. Aber sie sind, wenn ich den Ausdruck gebrauchen darf, unsere zeitgenössischen Vorfahren, die auch heute noch mit all ihrer Scheußlichkeit und Gefährlichkeit zu finden sind, wenn jemand den Mut, die Energie und die Ausdauer hat, ihren Schlupfwinkel aufzusuchen. Geschöpfe, von denen wir annehmen, dass sie der Juraperiode angehörten, Ungeheuer, die unsere größten und wildesten Säugetiere verschlingen könnten, existieren noch heute. (Unsinn! Beweise! Woher wissen Sie das? Das ist die Frage!)

Woher ich das weiß, fragen Sie mich? Ich weiß es, weil ich ihre geheimen Schlupfwinkel besucht habe. Ich weiß es, weil ich einige von ihnen gesehen habe. (Beifall! Lärm und eine Stimme: »Lügner!«) Ich ein Lügner? (Starke und lärmende Zustimmung.) Habe ich jemanden sagen hören, dass ich ein Lügner wäre? Will der Mensch, der mich einen Lügner nannte, freundlicherweise aufstehen, damit ich ihn kennen lernen kann. (Eine Stimme: »Hier ist er, Sir!« und ein harmloser, kleiner Mensch mit einer Brille, heftig um sich schlagend, wurde inmitten einer Gruppe von Studenten hochgehoben.) Sie haben es gewagt, mich einen Lügner zu nennen? (»Nein! Nein!«, schrie der Angeklagte und verschwand wieder wie der Teufel in der Schachtel.) Sollte irgendeine Person in diesem Saal es wagen, meine Glaubwürdigkeit anzuzweifeln, so würde ich mich freuen, nach dem Vortrag einige Worte mit ihr wechseln zu können. (»Lügner!«) Wer hat das gesagt? (Wieder wurde ein harmloser, sich heftig sträubender Mensch in die Höhe gehoben.) Wenn ich zu Ihnen hinunterkomme – (Allgemeiner Chorgesang: »Komm, Herzchen, komm«, unterbrach die Verhandlungen für einige Augenblicke, während der Vorsitzende, der aufgestanden war und die Hände rang, die Musik zu dirigieren schien. Der Professor mit seinem flammenden Gesicht, den geblähten Nüstern und dem gesträubten Bart geriet jetzt in eine wahre Berserkerwut.) Jeder große Entdecker ist auf die gleiche Ungläubigkeit gestoßen – das ist das wahre Merkmal einer Generation von Narren. Wenn ihnen große Erkenntnisse mitgeteilt werden, haben sie nicht die Intuition, die Vorstellungskraft, sie zu begreifen. Sie können nur die Männer, die ihr Leben für die Erschließung neuer Wissenschaftsgebiete einsetzen, mit Schmutz bewerfen. Ihr verfolgt die Propheten! Galilei, Darwin und ich –« (Anhaltender Beifall und vollständige Unterbrechung).

All diese eiligst hingekritzelten Notizen geben kaum einen Eindruck von dem furchtbaren Chaos, zu dem die Versammlung sich bis zu diesem Zeitpunkt entwickelt hatte. Die Aufregung war so entsetzlich, dass verschiedene Damen sich bereits eiligst zurückzogen. Ernste und würdige alte Herren schienen von der allgemein herrschenden Stimmung ebenso erfasst zu sein wie die Studenten und ich sah, wie weißbärtige Männer aufstanden und ihre Fäuste drohend gegen den trotzigen Professor schüttelten. Die riesige Zuhörerschaft brodelte wie ein Topf mit kochendem Wasser. Der Professor trat einen Schritt vor und erhob die Hände. Es war etwas so Stolzes, Fesselndes und Männliches in seiner Erscheinung, dass das Klatschen und Schreien unter seiner gebieterischen Geste und seinen herrischen Augen langsam aufhörte. Er schien eine letzte Mitteilung machen zu wollen. Alles schwieg, um sie zu hören.

»Ich will Sie nicht aufhalten«, sagte er, »es ist

nicht der Mühe wert. Wahrheit ist Wahrheit, und der Lärm einer Menge alberner junger Leute – und ich fürchte hinzufügen zu müssen, auch der gleichfalls albernen alten Leute – kann nichts daran ändern. Ich erhebe den Anspruch, der Wissenschaft neue Wege gewiesen zu haben. Sie bestreiten das! (Beifall.) Dann werde ich Sie auf die Probe stellen. Wollen Sie einen oder mehrere von Ihnen als Vertreter bestimmen, die in Ihrem Namen meine Behauptungen prüfen?«

Summerlee, der alte Professor für Vergleichende Anatomie, ein großer, dürrer und unfreundlicher Mensch mit dem vertrockneten Aussehen eines Theologen, erhob sich inmitten der Zuhörerschaft. Er wünsche, sagte er, Professor Challenger die Frage vorzulegen, ob die Resultate, auf die er in seinen Ausführungen angespielt habe, die Früchte seiner vor zwei Jahren unternommenen Reise zu den Quellgebieten des Amazonas seien.

Professor Challenger bejahte das.

Summerlee wünschte zu wissen, wie es möglich sei, dass Professor Challenger behaupten könne, Entdeckungen in diesen Gebieten gemacht zu haben, die von Wallace, Bates und anderen früheren Forschern mit anerkanntem wissenschaftlichem Ruf übersehen worden wären.

Professor Challenger antwortete, dass Summerlee anscheinend den Amazonas mit der Themse verwechsle, der Erstere wäre tatsächlich ein etwas größerer Strom. Es würde Mr Summerlee wohl interessieren zu hören, dass zusammen mit dem Orinoko, der ja mit dem Amazonas zusammenhänge, einige 50.000 Meilen Land neu erforscht seien und dass es in einem so riesigen Gebiet durchaus nicht ganz ausgeschlossen sei, dass man etwas finde, was ein anderer nicht gesehen habe.

Mr Summerlee erklärte mit einem sauren Lächeln, dass er den Unterschied zwischen der Themse und dem Amazonas, der auf der Tatsache beruhe, dass irgendeine Behauptung bezüglich der Ersteren nachgeprüft werden könne, während das bei dem Letzteren nicht der Fall sei, wohl zu würdigen wisse. Er würde sich Professor Challenger verpflichtet fühlen, wenn er die geografische Länge und Breite der Gegend, in der sich prähistorische Tiere finden würden, angeben könne.

Professor Challenger erwiderte, dass er derartige Informationen aus guten Gründen zurückhalte. Er wäre aber bereit, sie mit gehöriger Vorsicht einem von der Zuhörerschaft gewählten Ausschuss zu geben. Ob Mr Summerlee geneigt wäre, einem solchen Ausschuss beizutreten und seine Behauptungen selbst nachzuprüfen?

Professor Summerlee: »Ja, das will ich.« (Großer Applaus.)

Professor Challenger: »Dann gebe ich Ihnen die Versicherung, dass ich Ihnen Material übergeben werde, das Sie brauchen, um die richtige Stelle zu finden. Es ist allerdings, da Mr Summerlee meine Behauptungen kontrollieren will, nur gerecht, wenn ich wünsche, dass noch einer oder mehrere mit ihm gehen, die ihn kontrollieren. Ich will Ihnen nicht verschweigen, dass es dabei Schwierigkeiten und Gefahren zu bestehen gibt. Mr Summerlee wird einen jüngeren Kollegen brauchen können. Darf ich um freiwillige Meldungen bitten?«

So kann das Leben eines Mannes plötzlich an einem Wendepunkt stehen. Hätte ich mir beim Betreten dieses Saals vorstellen können, dass ich im Begriff war, mich selbst für ein wilderes Abenteuer, als ich mir je hätte träumen lassen, zu verpflichten? Aber Gladys – war dies nicht die richtige Gelegenheit, von der sie gesprochen hatte? Gladys hätte gewünscht, dass ich mich meldete. Ich sprang auf und begann zu reden, ehe ich mir überlegt hatte, was ich eigentlich sagen wollte. Tarp Henry, mein Begleiter, zupfte an meinen Rockschößen und ich hörte ihn flüstern: »Setzen Sie sich doch, Malone. Machen Sie sich doch nicht selbst öffentlich zum Esel.« Im selben Augenblick bemerkte ich, dass ein großer, schlanker Mann mit dunkelbraunem Haar, einige Sitzplätze vor mir, auch aufgesprungen war. Er starrte mit ärgerlichen Augen zu mir herüber, aber ich lehnte es ab, zurückzutreten.

»Ich werde mitgehen, Herr Vorsitzender«, rief ich immer wieder von neuem zur Rednerbühne hinüber.

»Name! Name!«, riefen die Zuhörer.

»Mein Name ist Edward Dunn Malone. Ich bin Berichterstatter von der ›Daily Gazette‹. Ich erhebe den Anspruch, ein unbedingt unvoreingenommener Zeuge zu sein.«

»Und wie ist Ihr Name, mein Herr?«, fragte der Vorsitzende meinen hoch gewachsenen Rivalen.

»Ich bin Lord John Roxton. Ich bin bereits am Amazonas gewesen, kenne das ganze Gebiet und bin für dieses Unternehmen besonders geeignet.«

»Lord John Roxtons Ruf als Sportsmann und Reisender ist ja weltbekannt«, sagte der Vorsitzende. »Es würde aber bestimmt gut sein, wenn wir auch ein Mitglied der Presse auf einer solchen Expedition dabei hätten.«

»Dann rege ich an«, sagte Professor Challenger, »dass diese beiden Herren als Vertreter der Versammlung gewählt werden, Professor Summerlee auf seiner Reise zur Nachprüfung und Berichterstattung über die Wahrheit meiner Behauptungen zu begleiten.«

So entschied sich inmitten von Lärm und Beifall unser Schicksal. Und bald ging ich im Menschenstrom unter, der sich dem Ausgang zuwälzte, noch halb betäubt von dem großen, neuen Projekt, das sich so urplötzlich vor mir entwickelt hatte. Als ich aus dem Saal trat, bemerkte ich für einen Augenblick den Ansturm lachender Studenten auf dem Bürgersteig und einen Arm, der mitten unter ihnen einen auf- und abtanzenden Regenschirm schwang. Und dann glitt, umgeben von Lärm und Beifall, Professor Challengers kleines Auto davon. Und ich schritt im silbernen Licht die Regent Street hinunter, voller Gedanken an Gladys und das, was die Zukunft mir bringen sollte.

Plötzlich fühlte ich eine Berührung am Ellbogen. Ich drehte mich um und blickte in die humorvollen und zugleich herrischen Augen des großen, schlanken Mannes, der sich gleichfalls als Freiwilliger zu unserem seltsamen Unternehmen gemeldet hatte.

»Mr Malone, wenn ich recht verstanden habe«, sagte er. »Wir werden beide mit von der Partie sein – wie? Meine Wohnung ist hier gerade gegenüber im Albany. Hätten Sie wohl eine halbe Stunde für mich Zeit? Denn es gibt noch einige Dinge, die ich dringend mit Ihnen besprechen möchte.«

Fünftes Kapitel

Lord John Roxton und ich gingen gemeinsam die Vigo Street hinunter und durch das düstere Portal des berühmten aristokratischen Wohnblocks. Am Ende eines langen, dunklen Ganges stieß mein neuer Bekannter eine Tür auf und schaltete das elektrische Licht ein. Eine Anzahl von Lampen mit farbigen Schirmen tauchte den ganzen großen Raum vor uns in einen rötlichen Schimmer. Im Türeingang stehend hatte ich den allgemeinen Eindruck außerordentlichen Komforts und großer Eleganz, kombiniert mit einer ausgesprochen männlichen Atmosphäre. Überall mischte sich der Luxus eines reichen Mannes von Geschmack mit der sorglosen Unordnung des Studenten. Schwere Pelze und seltsame schillernde Matten aus irgendeinem orientalischen Basar waren auf dem Boden ausgebreitet. Gemälde und grafische Blätter, die sogar meine unerfahrenen Augen als sehr wertvoll und selten erkannten, bedeckten überall die Wände. Skizzen von Boxern, von Tennis spielenden Mädchen und von Reitpferden wechselten mit einem sinnlichen Fragonard ab, einem kriegerischen Giradet und einem verträumten Turner. Inmitten dieses verschiedenartigen Wandschmucks waren Trophäen angebracht, die mir sofort die Tatsache lebhaft ins Gedächtnis zurückriefen, dass Lord John Roxton einer der großen, allen Sätteln gerechten Sportsmänner und Athleten von heute war. Ein Paar gekreuzte Ruder, das eine dunkelblau, das andere kirschrot gefärbt, über dem Kaminsims, verriet den Oxford-Studenten, während die Säbel und Boxhandschuhe über und unter ihnen die Werkzeuge eines Spitzenathleten waren. Wie ein rund um das Zimmer herumlaufendes Wandrelief wirkte eine Reihe herrlicher Geweihe, die besten ihrer Art aus allen vier Ecken der Welt, über denen der Kopf des seltenen weißen Nashorns vom Oberlauf des Nils mit seinen anmaßend herabhängenden Lippen thronte.

In der Mitte des kostbaren roten Teppichs stand ein Louis-quinze-Tisch in Schwarz mit Gold, eine reizende Antiquität, die aber durch Weinspuren und von Zigarrenstummeln herrührende Flecke entweiht war. Darauf stand ein silbernes Rauchgeschirr und ein polierter Whiskybehälter. Schweigend füllte der Hausherr aus diesem und einem daneben stehenden Siphon zwei hohe Gläser. Nachdem er mich in einen Armstuhl genötigt und ein Glas in meine Nähe gestellt hatte, reichte er mir eine lange milde Havannazigarre. Dann nahm er mir gegenüber Platz und blickte mich lange und fest mit seinen seltsamen, blitzenden und rücksichtslosen Augen, die das kalte Hellblau eines Gletschersees zeigten, an.

Durch den dünnen Schleier von Zigarrenrauch unterschied ich die Einzelheiten eines Gesichts, das mir bereits von vielen Fotografien her bekannt war – die scharf gebogene Nase, die hohen, straffen Wangen, das dunkle, rötliche, sich bereits etwas lichtende Haar, den krausen, männlichen Schnurrbart, den schmalen, herausfordernden Knebelbart auf dem vorgeschobenen Kinn. Etwas in diesem Gesicht erinnerte an Napoleon III., etwas an Don Quichotte und wieder etwas an das Wesen eines englischen Landedelmannes, diesen scharf beobachtenden Mann, der frische Luft, Hunde und Pferde schätzte. Seine Haut war von Sonne und Wind gegerbt. Er hatte buschige, überhängende Augenbrauen, was seinen kalten Augen ein fast wildes Aussehen gab, ein Eindruck, der durch seine kräftige, gefurchte Stirn noch verstärkt wurde. Sein Körper war mager, aber stark gebaut. Tatsächlich hatte er schon oft den Beweis geliefert, dass nur wenige Leute in England fähig waren, so andauernde Anstrengungen zu ertragen wie er. Seine Größe betrug wenig über sechs Fuß, aber wegen seiner eigenartig gerundeter Schultern wirkte er etwas kleiner. So sah also der berühmte Lord John Roxton aus, als er mir gegenübersaß, die Zigarre zwischen die Zähne geklemmt und mich während eines langen und in Verlegenheit setzenden Schweigens fest ansah.

»Nun«, sagte er schließlich, »das wäre also beschlossene Sache, mein lieber junger Freund. Wir haben uns Hals über Kopf in die Sache hineingestürzt, Sie und ich. Ich vermute, dass Sie nicht daran gedacht haben, als Sie zur Versammlung gingen – hm?«

»Kein Gedanke daran!«

»Mir ging's ebenso. Ich habe auch nicht daran gedacht, und jetzt stecken wir bis zum Hals in der Suppe drin, und dabei bin ich erst seit drei Wochen aus Uganda zurück. Habe einen Besitz in Schottland gepachtet und den Vertrag unterzeichnet. Schöne Sache das – was? Und wie steht's mit Ihnen?«

»Nun, bei mir gehört das alles direkt zum Geschäft. Ich bin Redakteur bei der ›Gazette‹.«

»Ach ja –, Sie erwähnten das, als Sie sich meldeten. Übrigens hätte ich da eine kleine Aufgabe für Sie, wenn Sie mir helfen möchten.«

»Mit Vergnügen.«

»Fürchten Sie sich vor etwas?«

»Um welche Gefahr handelt es sich denn?«

»Nun, es handelt sich um Ballinger – er ist nicht ungefährlich. Sie haben doch von ihm gehört?«

»Nein.«

»Aber Menschenskind, wo haben Sie denn gelebt? Sir John Ballinger ist der beste Herrenreiter in ganz Nordengland. Auf glatter Strecke kann ich es mit ihm aufnehmen, aber im Springen ist er mir überlegen. Nun, kurz und gut, es ist ein offenes Geheimnis, dass er, solange er nicht trainiert, stark trinkt – einen Rekord aufstellen, nennt er das. Er liegt seit Donnerstag im Delirium und rast wie ein Teufel. Er wohnt hier über mir. Die Ärzte sagen, dass es mit ihm zu Ende geht, wenn es nicht gelingt, ihm etwas Nahrung einzuflößen. Aber da er mit einem Revolver auf der Decke im Bett liegt und schwört, dass er jedem, der sich ihm nähert, sechs Kugeln in den Bauch schießen will, ist da so etwas wie ein Streik unter seinem Bedienungspersonal ausgebrochen. Er ist ein Dickschädel, ein rüder Patron und außerdem ein sicherer Schütze. Aber kann man einen Sportsmann von nationalem Rang so sterben lassen, wie?«

»Was beabsichtigen Sie denn zu tun?«, fragte ich.

»Nun, ich denke, dass wir beide ihn unterkriegen. Vielleicht schläft er gerade und schlimmstenfalls kann er nur einen von uns anschießen, also hat der andere die Möglichkeit, sich auf ihn zu stürzen. Wenn es uns gelingt, mit der Bettdecke seine Arme niederzuhalten und ihm dann einen Magenschlauch einzuführen, werden wir dem alten Knaben schon etwas Lebenselixier einflößen.«

Das war eine ziemlich verzweifelte Aufgabe, die mir da so plötzlich zufiel. Ich glaube ja nicht, dass ich ein besonders tapferer Mann bin. Meine irische Fantasie lässt mir alles Unbekannte nämlich viel furchtbarer erscheinen, als es ist. Andererseits war mir Abscheu vor Feigheit anerzogen worden und nichts war mir schrecklicher, als für feige gehalten zu werden. Ich kann wohl sagen, ich könnte mich in einen Abgrund hinunterstürzen wie die Hunnen in den Geschichtsbüchern, wenn man meinen Mut in Zweifel gezogen hätte. Aber ich hätte es mehr aus Stolz und Furcht als aus echtem Mut heraus getan. Deshalb antwortete ich, obwohl bei der Vorstellung des unter der Wirkung des Alkohols delirierenden Kranken über uns jeder Nerv in mir erbebte, mit möglichst sorgloser Stimme, dass ich bereit sei mitzugehen. Eine weitere Bemerkung Lord Roxtons über die uns bevorstehende Gefahr hätte meine Erregung nur noch steigern können.

»Reden macht die Sache nicht besser«, sagte

ich, »lassen Sie uns gehen.« Ich sprang auf und er erhob sich gleichfalls. Dann klopfte er mir mit einem vertrauensvollen Lächeln zwei- oder dreimal auf die Brust und stieß mich schließlich in meinen Stuhl zurück.

»So ist's richtig, mein Söhnchen. Sie sind schon richtig«, sagte er.

Ich blickte überrascht auf.

»Ich habe heute Morgen schon selbst nach John Ballinger gesehen. Er hat mir ein Loch in meinen Kimono gerissen. Gesegnet sei seine alte, schwache Hand! Aber wir haben ihm eine Jacke übergeworfen und er wird in einer Woche wiederhergestellt sein. Nun, lassen wir das, mein Junge, denken Sie nicht mehr daran! Sehen Sie, ganz unter uns gesprochen, ich halte diese südamerikanische Angelegenheit für eine höchst ernsthafte Sache, und wenn ich einen Gefähren bei mir habe, so wünsche ich mir einen Mann, auf den ich mich verlassen kann. Darum habe ich Sie auf die Probe gestellt und ich muss sagen, dass Sie sie gut bestanden haben. Sie sollen sehen, alle Last wird auf uns beiden liegen; denn dieser alte Summerlee wird von Anfang an ein Kindermädchen nötig haben. Übrigens, sind Sie etwa der Malone, der die Rugby-Medaille für Irland kriegen soll?«

»Vielleicht eine überzählige.«

»Mir kam Ihr Gesicht so bekannt vor. Ich war nämlich dabei, als Sie den Angriff gegen Richmond führten, das war der schönste Lauf, den ich in der ganzen Saison gesehen habe. Ich versäume niemals ein Rugby-Match, wenn ich es nur irgend ermöglichen kann, denn es ist das männlichste Spiel, das wir haben. – Nun, ich habe Sie aber schließlich nicht hergebeten, um mich mit Ihnen über Sport zu unterhalten. Wir müssen unsere Geschichte in Ordnung bringen. Hier stehen die Schiffsverbindungen auf der ersten Seite der ›Times‹. Am übernächsten Freitag geht ein Dampfer der Booth-Linie nach Para. Wenn der Professor und Sie es einrichten können, sollten wir den doch nehmen – was meinen Sie? Schön. Ich werde das mit ihm vereinbaren. Wie steht es mit Ihrer Ausrüstung?«

»Dafür wird meine Zeitung sorgen.«

»Können Sie schießen?«

»Auf mittlere Entfernung einigermaßen.«

»Ach du lieber Himmel, nicht besser? So etwas zu lernen, daran denkt ihr jungen Burschen doch immer zuletzt. Ihr seid wie Bienen ohne Stachel, deren Blick nicht über den Bienenstock hinausreicht, und werdet ein schönes Gesicht machen, wenn eines Tages jemand kommt und euch den Honig maust. Aber in Südamerika müssen Sie mit einem Gewehr umgehen können; denn wenn unser Freund, der Professor, nicht ein Wahnsinniger oder ein Lügner ist, könnten wir dort auf ein paar drollige Viecher stoßen. Was für eine Büchse haben Sie?«

Er ging zu einem Eichenschrank hinüber und als er dessen Tür öffnete, konnte ich einen Blick auf eine glänzende Reihe paralleler Gewehrläufe werfen, die wie Orgelpfeifen nebeneinander standen.

»Ich werde mal sehen, ob ich hier etwas für Sie habe«, sagte er.

Er entnahm dem Schrank nacheinander eine ganze Reihe schöner Gewehre, ließ das Schloss klingend auf- und zuschnappen und beklopfte sie, als er sie wieder zurückstellte, so zärtlich, wie eine Mutter ihre Kinder liebkosen würde.

»Dies ist eine Bland, Kaliber 577, eine hochbrisante Express-Büchse. Ich habe den großen Burschen damit erwischt«, sagte er und blickte zu dem weißen Nashorn hinauf. »Zehn Meter weiter, und er hätte mich *seiner* Sammlung hinzugefügt.«

»An dieser Kugel hängt seine einzige Hoffnung,
Sie ist des Schwachen treuer Schutz.«

»Ich hoffe, Sie kennen Ihren Gordon, denn er ist der Dichter des Pferdes und der Flinte und der

Männer, die mit beiden umgehen. Hier ist noch eine brauchbare Waffe, Kaliber 470, Zielfernrohr, geteilter Auswerfer, Kernschuss auf 350 Meter. Das ist die Büchse, die ich vor drei Jahren gegen die Sklavenhändler in Peru gebraucht habe. Ich kann Ihnen sagen, ich habe in diesen Gebieten als Gottesgeißel gewirkt, obwohl Sie das in keinem Parlamentsbericht finden werden. Es gibt Zeiten, mein Junge, in denen jeder von uns für Menschenrechte und Gerechtigkeit eintreten muss, wenn er sich nicht für den Rest seines Lebens kläglich fühlen will. Aus diesem Grund habe ich einen eigenen kleinen Krieg unternommen, ihn selbst erklärt, durchgeführt und beendet. Jede von diesen Kerben bedeutet einen Sklavenhändler. Eine schöne Reihe – was? Diese große hier steht für Pedro Lopez, ihren Häuptling, den ich in einem Seitengewässer des Putomayo niederschoss. Aber hier ist etwas, was sich für Sie eignen würde.« Er entnahm dem Schrank eine schöne Büchse in Braun und Silber. »Gute Gummipolsterung am Kolben, genaues Visier, Kammer für fünf Patronen. Dieser Büchse können Sie Ihr Leben anvertrauen.« Er reichte sie mir und verschloss den Schrank. »Übrigens«, fuhr er fort und ließ sich wieder in seinen Stuhl nieder, »was wissen Sie über Professor Challenger?«

»Ich habe ihn heute zum ersten Mal gesehen.«

»Hm, mir geht es nicht anders. Es ist doch komisch, dass wir beide unter versiegelter Order eines Mannes fahren, den wir gar nicht kennen? Er scheint mir ein anmaßender alter Knabe zu sein. Seine Kollegen von der Wissenschaft sind offenbar auch nicht gerade entzückt von ihm. Wie sind Sie denn dazu gekommen, sich für seine Angelegenheiten zu interessieren?«

Ich erzählte ihm kurz meine Erlebnisse von heute Morgen, denen er aufmerksam zuhörte. Dann zog er eine Karte von Südamerika hervor und legte sie auf den Tisch.

»Ich glaube, dass alles, was er Ihnen gesagt hat, auf Wahrheit beruht«, sagte er ernst, »und kann Ihnen versichern, ich habe einige Gründe dafür, wenn ich so etwas sage. Südamerika ist eine Gegend, die ich liebe, und ich bin der Meinung, wenn Sie es an der richtigen Stelle vom Golf von Darién bis nach Feuerland durchqueren, dass es das großartigste, reichste und wundervollste Stück Erde auf unserem Planeten ist. Die Menschen kennen es noch nicht und können seine Entwicklungsmöglichkeiten gar nicht beurteilen. Ich bin da überall gewesen, von einem Ende bis zum anderen, und habe während meines Krieges gegen die Sklavenhändler auch ein paar Dürreperioden miterlebt. Und in dieser Gegend habe ich tatsächlich einige Gerüchte in der Art gehört – Erzählungen von Indianern und ähnlichen Leuten –, hinter denen mir aber doch etwas zu stecken scheint. Je genauer man dieses Land kennen lernt, junger Freund, desto mehr werden Sie verstehen, dass dort alles möglich ist – alles! Es gibt dort nur schmale Wasserwege zum Reisen und darüber hinaus ist alles unerforschtes Gebiet. Hier zum Beispiel, in Matto Grosso« – er fuhr mit der Zigarre über einen Teil der Karte – »oder hier oben in dieser Ecke, wo drei Länder zusammenstoßen, würde mich nichts überraschen. Wie der alte Knabe heute Abend sagte, gibt es hier 50.000 Meilen Wasserwege innerhalb eines riesigen Urwalds. Das ist so ziemlich die Größe von Europa. Wir beiden könnten durch eine Entfernung von Schottland bis Konstantinopel voneinander getrennt sein, und doch wären wir beide im selben riesigen brasilianischen Urwald. Die Menschen haben bis jetzt nur hier und da einen Pfad oder eine kleine Lichtung in diesen Irrgarten gehauen. Dazu kommt, dass der Strom Höhenunterschiede bis zu vierzig Fuß hat und das halbe Land in einen undurchdringlichen Morast verwandelt.

Warum sollte es in einem solchen Land nicht

irgendetwas Neues und Wunderbares geben? Und warum sollten wir beide nicht die Leute sein, es ausfindig zu machen? Übrigens«, fügte er hinzu, worauf sein eigenartiges hageres Gesicht vor innerer Freude leuchtete, »Jagderlebnisse gibt es da in Hülle und Fülle. Ich bin wie ein alter Golfball, der seine weiße Farbe seit langem verloren hat. Das Leben kann mich hin- und herwerfen, ohne dass es ein sichtbares Zeichen bei mir hinterlässt. Aber die Gefahren der Jagd, junger Freund, die bilden das Salz des Daseins. Sie machen das Leben wieder lebenswert. Wir sind alle viel zu sehr verweichlicht, zu träge und zu bequem. Geben Sie mir große, unbewohnte Gebiete, freien Raum, eine Büchse in die Faust und die Aufgabe, etwas, was sich lohnt, aufzuspüren. Ich habe mich im Krieg versucht, im Rennen und mit Flugzeugen. Aber diese Jagd auf Bestien, die wie Ausgeburten einer tollen Fantasie erscheinen, ist denn doch eine fabelhafte Sache.« Er lächelte vor Freude über diese Aussicht.

Vielleicht erzähle ich zu ausführlich über meinen neuen Bekannten. Aber da er für lange Zeit mein Kamerad sein wird, habe ich versucht, ihn so zu schildern, wie ich ihn zuerst sah, mit seiner klugen Persönlichkeit und den kleinen Eigentümlichkeiten seiner Sprache und Denkungsweise.

Aber die Notwendigkeit, meinen Bericht über die Versammlung zu schreiben, entriss mich schließlich seiner Gesellschaft. Ich verließ ihn, wie er im rötlichen Schimmer dasaß und das Schloss seines Lieblingsgewehrs ölte, während er beim Gedanken an die Abenteuer, die uns erwarteten, still vor sich hinlächelte. Es war mir völlig klar, dass ich in ganz England keinen kühleren Kopf und mutigeren Mann hätte finden können.

Am Abend saß ich, müde nach all den wunderbaren Ereignissen des Tages, noch spät bei McArdle, dem Nachrichtenredakteur, und erklärte ihm die ganze Situation, die er für wichtig genug hielt, sie am nächsten Morgen Sir George Beaumont, dem Chef zu unterbreiten. Wir kamen überein, dass ich ausführliche Berichte über meine Erlebnisse in Form von Briefen von unterwegs an McArdle schicken sollte, und dass diese entweder nach ihrem Eintreffen in der »Gazette« abgedruckt oder für eine spätere Publikation zurückgehalten werden sollten, je nach den Wünschen Professor Challengers, da wir ja noch nicht wissen konnten, welche Bedingungen er an die Informationen, die uns den Weg in das unbekannte Land weisen sollten, knüpfen würde. Auf eine telegrafische Anfrage erhielten wir keine Antwort, sondern nur einen gegen die Presse gerichteten Wutausbruch, der mit der Bemerkung schloss, dass er uns, sobald wir ihm die Abfahrtszeit unseres Schiffes mitgeteilt hätten, bei der Abfahrt alle Informationen, die er für angebracht hielt, übergeben würde. Auf eine zweite Frage erhielten wir überhaupt keine Antwort mehr, mit Ausnahme eines kläglichen Gewimmers seiner Frau, dass ihr Gatte bereits in furchtbare Aufregung versetzt sei und dass sie hoffe, wir würden seinen Zustand nicht noch verschlimmern. Ein dritter Versuch, der etwas später unternommen wurde, endete mit einem furchtbaren Krach und wir erhielten vom Telefonamt die Mitteilung, dass die Leitung Professor Challengers gestört wäre. Darauf verzichteten wir auf jeden weiteren Versuch, mit ihm in Verbindung zu treten.

Und nun, meine geduldigen Leser, kann ich mich nicht mehr länger direkt an Sie wenden. Von jetzt an (falls überhaupt eine Fortsetzung dieser Erzählung Sie erreichen sollte) kann dies nur noch durch die Zeitung, die ich vertrete, geschehen. Ich lege den Bericht über die bisherigen Ereignisse, die zu einer der bemerkenswertesten Expeditionen aller Zeiten geführt haben, in die Hand meines Redakteurs. Falls ich nicht nach England zurückkehren sollte, gibt es also wenigstens Aufzeichnungen darüber, wie alles zustande kam. Ich schreibe diese letzten Zeilen im Salon des Passagierdampfers »Franziska«, von dem sie durch den Lotsen in die Hände McArdles gelangen werden.

Lassen Sie mich, bevor ich mein Notizbuch schließe, ein letztes Bild zeichnen – ein Bild, das die letzte Erinnerung, die ich von dem alten Kontinent mit mir nehme, wiedergibt. Es ist ein feuchter, nebliger Morgen im Spätfrühling, ein dünner, kalter Regen fällt hernieder. Drei vor Nässe glänzende, in Regenmäntel gehüllte Figuren schreiten den Kai hinunter und besteigen über eine Planke den großen Dampfer, der den Blauen Peter gehisst hat. Vor ihnen ein Träger, der einen Gepäckkarren, hoch beladen mit Koffern, Decken und Gewehrfutteralen, vor sich herschiebt. Professor Summerlee, eine lange, melancholische Erscheinung, kommt mit schleppendem Gang und gesenktem Haupt daher, wie einer, der seinen Entschluss bereits zutiefst bereut. Lord John Roxton mit lebhaftem Schritt, das schmale, eifrige Gesicht strahlt zwischen Jägermütze und Halstuch heraus. Was mich betrifft, bin ich froh, die anstrengenden Tage der Vorbereitung und den Abschiedsschmerz hinter mir zu haben, und ich zweifle nicht daran, dass man es mir ansieht. Plötzlich, gerade als wir beim Schiff ankommen, ertönt hinter uns ein Ruf. Es ist Professor Challenger, der uns versprochen hatte, sich zu verabschieden. Schnaufend, mit gerötetem Gesicht, stürzt seine reizbare Gestalt hinter uns her.

»Nein, danke sehr«, sagt er, »ich ziehe es durchaus vor, nicht mit an Bord zu gehen. Ich habe Ihnen nur einige Worte zu sagen und das kann sehr gut auch hier geschehen. Ich bitte Sie, sich nicht einzubilden, dass ich Ihnen in irgendeiner Weise zu Dank verpflichtet wäre, wenn Sie diese Reise unternehmen. Ich möchte Sie nicht darüber im Unklaren lassen, dass diese Frage mir absolut gleichgültig ist, und ich lehne es ab, Ihnen gegenüber auch nur die geringste persönliche Verpflichtung einzugehen. Wahrheit ist Wahrheit und nichts von dem, was Sie berichten werden, kann sie irgendwie beeinflussen, wenn es auch Aufsehen erregt und die Neugierde zahlreicher gänzlich belangloser Leute befriedigt. Meine Anweisungen für Sie und die Angaben über die Reiseroute sind in diesem versiegelten Umschlag enthalten. Sie werden ihn öffnen, sobald sie eine Stadt am Amazonas erreicht haben, die Manaos genannt wird. Aber nicht vor dem Tag und der Stunde, die außen darauf vermerkt sind. Hinsichtlich der strikten Beobachtung meiner Bedingungen verlasse ich mich ganz auf Ihre ehrenhafte Gesinnung.

Ihrer Berichterstattung, Mr Malone, will ich keinerlei Beschränkung auferlegen, da die Erörterung der Tatsachen die Aufgabe Ihrer Zeitung ist. Aber ich verlange, dass Sie nichts bringen werden, was nicht zu Ihrer speziellen Aufgabe gehört, und dass vor Ihrer Rückkehr tatsächlich nichts veröffentlicht wird. Leben Sie wohl, Mr Malone, Sie haben es immerhin geschafft, meine Einstellung zu dem ekelhaften Beruf, den Sie unglücklicherweise ausüben, etwas zu mildern. Leben Sie wohl, Lord John. Die Wissenschaft ist, wenn ich Sie richtig beurteile, für Sie ein Buch mit sieben Siegeln; aber Sie können sich zu den Jagdgründen gratulieren, die auf Sie warten. Sie werden ohne Zweifel Gelegenheit haben, in der Jagdzeitung zu beschreiben, wie Sie den riesigen Dimorphodon erlegt haben. Und auch Sie, Professor Summerlee, leben Sie wohl. Wenn Sie noch fähig sind, Ihre Kenntnisse zu verbessern, wovon ich, offen gesagt, nicht überzeugt bin, werden Sie bestimmt als gelehrter Mann nach London zurückkehren.«

Damit machte er auf dem Absatz kehrt und eine Minute später sah ich von Deck aus seine untersetzte Gestalt in der Ferne entschwinden. Und wir, wir fahren schon den Kanal hinunter. Ein letztes Glockenzeichen für die Post und ein Lebewohl für den Lotsen. Und „Hinunter fahren wir, weit hinunter den alten Weg«. Gott segne alle unsere Lieben daheim und lasse uns gesund zurückkehren.

Sechstes Kapitel

Ich will meine Leser, in deren Hände dieser Bericht vielleicht gelangt, nicht mit einer Schilderung unserer luxuriösen Überfahrt auf dem Dampfer der Booth-Linie langweilen. Auch von unserem einwöchigen Aufenthalt in Para will ich nicht erzählen, sondern nur die große Liebenswürdigkeit der Pereira da Pinta-Company, die uns bei der Beschaffung unserer Ausrüstung behilflich war, erwähnen. Auch unsere Fahrt stromaufwärts auf dem breiten, träge dahinfließenden, lehmfarbenen Strom mit einem Dampfer, der nicht viel kleiner war als der, mit dem wir über den Ozean gefahren waren, soll nur kurz berührt werden. Schließlich gelangten wir durch die Enge von Obidos und erreichten die Stadt Manaos. Hier wurden wir von den mäßigen Reizen des dortigen Gasthofes durch Mr Shortman, den Agenten der Britisch-Brasilianischen Handelsgesellschaft, befreit. In seiner gastlichen Hacienda verbrachten wir die Zeit bis zu dem Tag, an dem wir ermächtigt waren, den Brief, der die uns von Professor Challenger gegebenen Anweisungen enthielt, zu öffnen.

Bevor ich zu den überraschenden Vorgängen dieses Tages komme, möchte ich meine Reisegefährten und unsere in Südamerika angeheuerten Helfer etwas näher beschreiben. Ich spreche ganz offen und überlasse das Material ganz Ihrer Diskretion, Mr McArdle, denn der Bericht geht ja durch Ihre Hände, bevor er an die Öffentlichkeit gelangt.

Die wissenschaftlichen Kenntnisse von Professor Summerlee sind zu gut bekannt, als dass ich mich der Mühe zu unterziehen brauchte, davon zu reden. Er ist für eine schwierige Expedition wie die unsere besser ausgerüstet, als man auf den ersten Blick glauben möchte. Seine lange, hagere und sehnige Gestalt trotzt der Ermüdung und sein trockenes, halb sarkastisches und oft durchaus unsympathisches Wesen wird von keinem Wechsel der äußeren Umstände beeinflusst. Obwohl er bereits über 65 ist, habe ich ihn nie über die Strapazen der Reise stöhnen hören. Ich hatte seine Anwesenheit ursprünglich als eine Last für unsere Expedition angesehen. Aber ich muss gestehen, ich habe mich davon überzeugt, dass seine Widerstandskraft ebenso groß wie die meine ist. Seine Gemütsart ist natürlich sauertöpfisch und skeptisch. Von Anfang an hat er nie seine Meinung verhehlt, dass Professor Challenger ein absoluter

Betrüger ist, dass unsere ganze Expedition absolut unnütz ist und wir in Südamerika nichts als Enttäuschungen und Gefahren und in England entsprechenden Hohn ernten würden. Das waren die Ansichten, mit denen er uns unter fortwährendem Grimassieren und erregtem Wackeln seines Ziegenbartes auf dem ganzen Wege von Southampton bis Manaos in den Ohren lag. Nach unserer Landung fand er einigen Trost in der Schönheit und dem Formenreichtum der Insekten- und Vogelwelt um ihn her; denn der Wissenschaft ist er voll und ganz ergeben. Tagelang flitzte er mit der Schrotflinte und dem Schmetterlingsnetz durch die Wälder und die Abende verbrachte er mit dem Präparieren der neu gewonnenen Arten. Zu seinen kleineren Eigenheiten gehört, dass er sich nicht um sein Äußeres kümmert, nicht gerade reinlich ist und mit großer Hingabe aus einer kurzen Rosenholzpfeife raucht, die er nur selten aus dem Mund nimmt. In seiner Jugend hat er verschiedene wissenschaftliche Expeditionen mitgemacht (er war mit Robertson in Neu-Guinea), und das Leben im Zelt und Kanu ist nichts Neues für ihn.

Lord John Roxton hat eine gewisse Ähnlichkeit mit Professor Summerlee. In anderen Punkten bilden sie jedoch den äußersten Gegensatz zueinander. Er ist zwanzig Jahre jünger, aber er hat denselben dürren, mageren Körper. Sein Äußeres habe ich, wie ich mich erinnere, bereits in dem Abschnitt meiner Erzählung, den ich in London zurückgelassen habe, beschrieben. Er ist außerordentlich sauber und ordentlich, kleidet sich immer mit großer Sorgfalt mit weißen Drillichanzügen und hohen braunen Moskitostiefeln und rasiert sich mindestens einmal am Tag. Wie alle Tatmenschen ist er wortkarg und versinkt leicht in Gedanken. Aber er gibt stets lebhaft Antwort und beteiligt sich mit seiner wunderlichen, launigen, halb scherzhafter Art an jeder Konversation. Seine geografischen Kenntnisse, und ganz besonders seine Kenntnis von Südamerika, sind verblüffend und er glaubt fest an den Erfolg unserer Reise und lässt sich auch durch das Hohnlächeln Professor Summerlees nicht erschüttern. Er hat eine sanfte Stimme und ein ruhiges Wesen, aber hinter seinen leuchtenden Augen spürt man die Anlage zu großer Heftigkeit und eine unbeugsame Entschlossenheit, Eigenschaften, die umso gefährlicher sind, als sie für gewöhnlich durch einen festen Willen im Zaum gehalten werden. Von seinen eigenen Taten in Brasilien und Peru sprach er wenig. Aber es war eine Entdeckung für mich, als ich die Begeisterung bemerkte, die seine Anwesenheit unter den am Flussufer wohnenden Indianerstämmen hervorrief, die ihn als ihren Helden und Beschützer ansahen. Die Ruhmestaten des Roten Häuptlings, wie sie ihn nannten, sind bei ihnen schon zur Legende geworden. Aber die zugrunde liegenden Tatsachen waren, soweit ich in Erfahrung bringen konnte, schon erstaunlich genug.

So war Lord John etwa vor einigen Jahren in jenes Niemandsland an den unbestimmten Grenzen zwischen Peru, Brasilien und Kolumbien gekommen. In diesem gewaltigen Gebiet wächst der wilde Kautschukbaum, und dieser ist, wie im Kongo, für die Eingeborenen zu einem Fluch geworden, den man nur mit ihrer Sklavenarbeit in den alten Silberminen von Darién unter der alten spanischen Herrschaft vergleichen kann. Eine Hand voll schurkischer Mestizen beherrscht das Land, bewaffnet diejenigen Indianer, die ihnen Unterstützung gewähren, und verwandelt den Rest in Sklaven, die sie durch unmenschliche Qualen in Angst und Schrecken halten und zum Kautschuksammeln zwingen, der dann nach Para verfrachtet wird.

Lord John Roxton machte sich zum Fürsprecher dieser Unglücklichen, erntete für seine Mühe aber nur Drohungen und Beleidigungen. Er erklärte darauf Pedro Lopez, dem Anführer der Sklaventreiber, förmlich den Krieg, bildete aus weggelaufenen Sklaven eine kleine, seinem Befehl unterstehende Truppe, bewaffnete diese und führte einen Feldzug, der damit endete, dass er selbst den berüchtigten Mestizen tötete und das von diesem verkörperte System vernichtete.

Kein Wunder, dass der Mann mit dem dunklen rötlichen Haar, der sanften Stimme und dem freien, offenen Wesen an den Ufern des großen südamerikanischen Stromes beträchtliches Aufsehen erregte, obwohl die Empfindungen, die er einflößte, natürlich gemischt waren, da die Dankbarkeit der Eingeborenen durch die Rachegefühle derjenigen aufgewogen wurde, die sie gern weiterhin ausgebeutet hätten. Eine nützliche Folge seiner früheren Erlebnisse war, dass er die »Lingoa Geral«, einen seltsamen Dialekt, der zu einem Drittel aus portugiesischen und zu zwei Dritteln aus indianischen Ausdrücken besteht, beherrschte, der überall in Brasilien gesprochen wird.

Ich habe an anderer Stelle schon erwähnt, dass Lord John Roxton von Südamerika nahezu besessen war. Er konnte von diesem großen Land nicht ohne Begeisterung sprechen, und diese Begeisterung war ansteckend, denn, unwissend, wie ich war, fesselte sie meine Aufmerksamkeit und erregte meine Neugierde. Ich wollte, ich könnte den Zauber seiner Rede wiedergeben, diese besondere Mischung aus genauester Kenntnis und urwüchsiger Fantasie, die ihr etwas so Faszinierendes verlieh, dass selbst das zynische und skeptische Lächeln des Professors aus seinem hageren Gesicht verschwand, sobald er ihm zuhörte. Er konnte einem die ganze Geschichte dieses mächtigen Stroms erzählen, der so schnell erforscht worden war (denn einige der ersten Eroberer Perus hatten den ganzen Kontinent tatsächlich auf seinen Gewässern durchquert) und hinsichtlich des ganzen Landes, das hinter den ewig wechselnden Uferszenerien liegt, doch so unbekannt geblieben war.

»Was ist dort?«, rief er aus und deutete mit dem Finger nach Norden, »Wald, Sumpf und undurchdringlicher Dschungel. Wer weiß, was sich darin verbirgt? Und dort im Süden? Eine Wildnis aus sumpfigen Wäldern, wo niemals ein Weißer gewesen ist. Überall, wo wir hinblicken, stehen wir dem Unbekannten gegenüber. Was kennen wir außer den schmalen Flussläufen? Wer will sagen, was in einem solchen Lande möglich ist? Warum sollte der alte Challenger nicht Recht haben?« Bei dieser direkten Herausforderung erschien auf Professor Summerlees Gesicht wiederum ein höhnisches Lächeln und er saß schweigend da, schüttelte missbilligend den Kopf und hüllte sich in die Wolke aus seiner Rosenholzpfeife.

Soviel zunächst über meine beiden weißen Reisegefährten, deren Charakter und Eigenheiten im weiteren Verlauf dieser Geschichte ebenso wie die meinen ans Licht treten werden. Aber wir hatten bereits eine Reihe von Leuten angeworben, die bei den zukünftigen Ereignissen keine geringe Rolle spielen sollten. Der Erste ist ein riesiger Schwarzer mit Namen Zambo, ein schwarzer Herkules, willig wie ein Pferd und einigermaßen intelligent. Wir hatten ihn in Para auf Empfehlung der Dampfschiffsgesellschaft, auf deren Schiffen er ein gebrochenes Englisch gelernt hatte, angenommen.

Ebenfalls in Para hatten wir Gomez und Manuel, zwei Mestizen aus dem oberen Stromgebiet, die gerade mit einer Ladung Mahagoni heruntergekommen waren, engagiert. Es sind dunkelhäutige Burschen, bärtig und wild, gewandt und sehnig wie Panter. Beide haben ihr ganzes Leben in jenen Gebieten des oberen Amazonas verbracht, die wir im Begriff waren zu erforschen, und aus diesem Grund hatte Lord John sie auch in unseren Dienst genommen. Einer von ihnen, Gomez, bot den weiteren Vorteil, dass er ausgezeichnet Englisch spricht. Diese Männer waren für einen Lohn von fünfzehn Dollar im Monat bereit, als unsere persönlichen Diener zu fungieren, zu kochen, zu rudern oder sich sonst wie nützlich zu machen. Außer diesen hatten wir noch drei Mojo-Indianer aus Bolivien angeworben, die die geschicktesten Fischer und Bootsbauer unter allen Uferstämmen sind. Ihren Anführer nannten wir Mojo, nach seinem Stamm, und die anderen trugen die Namen José und Fernando. Das Personal der kleinen Expedition, das in Manaos auf seine Anweisungen wartete, bevor es aufbrechen konnte, bestand also aus drei Weißen, zwei Mestizen, einem Schwarzen und drei Indianern.

Nach einer langweiligen Woche rückten Tag und Stunde unseres Aufbruchs heran. Stellen Sie sich ein schattiges Wohnzimmer in der Hazienda Santo Ignacio, zwei Meilen von der Stadt Manaos entfernt, vor. Draußen greller, metallischer Sonnenschein, unterbrochen vom Schatten der Palmstämme, schwarz und massiv, wie die Bäume selbst. Die Luft war ruhig und vom ununterbrochenen Gesumm der Insekten erfüllt, einem tropischen Chor, der vom tiefen Summen der Bienen bis zum hohen scharfen Summen der Moskitos reichte. Jenseits der Veranda lag ein kleiner, gerodeter Garten, begrenzt von Kaktushecken und geschmückt von blühendem Gesträuch, um das große blaue Schmetterlinge und zierliche Kolibris im funkelnden Licht herumflatterten. Drinnen saßen wir um den Bambustisch herum, auf dem der versiegelte Brief lag. Der Umschlag trug in der eckigen Handschrift Professor Challengers folgende Worte: »Instruktionen für Lord John Roxton und seine Reisegenossen, zu öffnen in Manaos, am 15. Juli, um Punkt 12 Uhr.« Lord John hatte seine Uhr auf dem Tisch vor sich liegen. »Wir haben noch sieben Minuten«, sagte er. »Der alte Knabe ist sehr genau.« Professor Summerlee lächelte ironisch und nahm den Brief in seine magere Hand.

»Was macht es denn schon aus, ob wir den Brief jetzt oder nach sieben Minuten öffnen?«, sagte er. »Das gehört wieder einmal zu dem ganzen Schwindelsystem, für das der Schreiber bekannt ist, wie ich leider sagen muss.«

»Nein bitte, wir müssen die Spielregeln genau beachten«, sagte Lord John. »Das ist nun einmal die Angelegenheit des alten Challenger und wir sind in seinem Auftrag hier und es wäre unaufrichtig von uns, wenn wir seinen Anweisungen nicht wörtlich Folge leisteten.«

»Eine nette Geschichte, das!« rief der Professor in bitterem Ton. »Ich fand das Ganze schon in London verrückt, aber ich muss sagen, dass es mir umso verrückter vorkommt, je länger ich damit zu tun habe. Ich weiß nicht, was dieser Brief enthält. Wenn aber keine exakten Angaben darin sind, bin ich in großer Versuchung, den nächsten Dampfer zu nehmen, der flussabwärts geht – um mich in Para auf der ›Bolivia‹ einzuschiffen. Schließlich habe ich noch etwas Wichtigeres auf der Welt zu tun, als hier herumzurennen, um die Behauptungen eines Wahnsinnigen zu widerlegen. Nun, der Moment dürfte jetzt gekommen sein, Roxton.«

»Es ist so weit«, sagte Lord John. »Lassen Sie die Trompete blasen.« Er ergriff den Brief, öffnete ihn mit seinem Federmesser und zog ein gefaltetes Blatt Papier hervor. Er schlug es sorgfältig auf und glättete es auf der Tischplatte. Es war ein weißes Stück Papier. Er drehte es um. Auch die Rückseite war weiß. Wir blickten einander in verwirrtem Schweigen an, das durch den höhnischen Klang von Professor Summerlees verächtlichem Lachen unterbrochen wurde.

»Das ist ein offenes Geständnis«, rief er aus. »Was wollen Sie noch mehr? Dieser Bursche gesteht also selbst, dass er ein Schwindler ist. Es bleibt uns nichts anderes übrig, als heimzukehren und diesen unverschämten Betrüger zu entlarven.«

»Unsichtbare Tinte vielleicht«, warf ich ein.

»Ich glaube nicht«, sagte Lord Roxton, indem er das Papier gegen das Licht hielt. »Nein, mein Lieber, wir brauchen uns nichts vorzumachen. Ich kann meine Hand dafür ins Feuer legen, dass auf diesem Papier niemals etwas geschrieben worden ist.«

»Darf ich hereinkommen?«, dröhnte eine Stimme von der Veranda her.

Der Schatten einer untersetzten Gestalt schob sich über den sonnenbeschienenen Flecken. Diese Stimme! Diese mächtigen Schultern! Mit einem Ausruf des Erstaunens sprangen wir auf, als Challenger, einen runden Strohhut mit einem farbigen Band auf dem Kopf – mit den Händen in den Rocktaschen und seine Segeltuchschuhe im Gehen zierlich aufsetzend –, in der Öffnung vor uns erschien. Er warf den Kopf zurück und stand in der hellen Sonnenglut vor uns, mit seinem üppigen, an die alten Assyrer erinnernden Bart, mit all seiner angeborenen Unverschämtheit, die sich in seinen halb gesenkten Augenlidern und seinen unduldsamen Augen äußerte.

»Ich fürchte«, sagte er, indem er seine Uhr hervorzog, »dass ich einige Minuten zu spät gekommen bin. Als ich Ihnen diesen Brief übergab, hatte ich nicht die Absicht, wie ich Ihnen gestehen muss, Sie den Brief öffnen zu lassen, denn ich war fest entschlossen, vor der festgesetzten Stunde zu Ihnen zu stoßen. Die unglückliche Verzögerung verdanke ich teils einem unfähigen Lotsen und teils einer etwas zudringlichen Sandbank. Ich fürchte, dass sie meinem Kollegen, Professor Summerlee, zu einigen Flüchen Anlass gegeben hat.«

»Ich muss gestehen, Herr Professor«, sagte Lord John mit leicht ärgerlicher Stimme, »dass Ihr Erscheinen für uns eine beträchtliche Erleichterung bedeutet. Denn ich hatte den Eindruck, dass unser Vorhaben bereits zu einem vorzeitigen Ende gekommen war. Sogar jetzt noch fällt es mir schwer, Ihr außerordentlich merkwürdiges Vorgehen zu verstehen.«

Statt zu antworten, trat Professor Challenger näher, schüttelte mir und Lord John die Hand, verbeugte sich ironisch vor Professor Summerlee und ließ sich in einen Korbstuhl fallen, der unter seinem Gewicht krachte und schwankte.

»Ist alles fertig für die Abreise?«, fragte er.

»Es kann morgen früh losgehen.«

»Gut. Also morgen. Sie brauchen jetzt keine Orientierungskarten mehr, da Sie den unschätzbaren Vorteil meiner eigenen Führung haben werden. Ich war von Anfang an entschlossen, die Leitung Ihrer Expedition zu übernehmen. Auch die beste Karte würde, wie Sie ohne weiteres zugeben werden, nur ein kläglicher Ersatz für meine eigene Intelligenz und Führung sein. Was die kleine List angeht, die ich Ihnen gegenüber mit diesem Brief angewendet habe, so wollte ich mir damit unerwünschte Nötigungen, mit Ihnen gemeinsam zu reisen, ersparen.«

»Von mir wären die nicht gekommen, Herr Kollege«, bemerkte Professor Summerlee offenherzig. »Nicht solange es noch irgendein anderes Schiff auf dem Ozean gegeben hätte.«

Challenger tat ihn mit einer geringschätzigen Bewegung seiner haarigen Hand ab. »Ihr gesunder Menschenverstand wird mir, woran ich nicht zweifle, darin Recht geben und Sie anerkennen lassen, dass es für mich besser war, die Überfahrt allein zu machen und erst in dem Augenblick aufzutauchen, wo meine Anwesenheit nötig war. Dieser Augenblick ist jetzt gekommen. Sie sind in guten Händen. Sie werden Ihr Ziel ohne Fehlschläge erreichen. Von jetzt an übernehme ich das Kommando über die Expedition und ich muss Sie ersuchen, Ihre Vorbereitungen noch heute Abend abzuschließen, damit wir morgen in der Früh aufbrechen können. Meine Zeit ist kostbar, und das wird auch ohne Zweifel, wenn auch in geringerem

Maße, für die Ihrige gelten. Ich schlage daher vor, dass wir unsere Reise so schnell wie möglich fortsetzen, bis ich bewiesen habe, was Sie sehen wollten.«

Lord John Roxton hatte eine große Barkasse, die »Esmeralda«, gechartert, die uns den Fluss hinaufbringen sollte. Was das Klima betrifft, so war die Zeit, die wir für unsere Expedition wählten, unwesentlich, denn die Temperatur bleibt im Sommer wie im Winter zwischen 25 und 33 Grad Celsius. Mit der Feuchtigkeit allerdings verhielt es sich anders; die Regenzeit dauert von Dezember bis Mai und in diesem Zeitraum steigt der Fluss langsam an, bis er eine Höhe von fast vierzig Fuß über seinem tiefsten Stand erreicht. Er überflutet die Ufer, bildet große Lagunen, die sich über ein riesiges Gebiet, Gapo genannt, ausbreiten, das für Fußreisen größtenteils zu sumpfig und für Boote zu flach ist. Im Juni fängt das Wasser an zu fallen und erreicht seinen Tiefstand im Oktober und November. Unsere Expedition fiel also in den Beginn der Trockenzeit, wenn der große Strom und seine Nebenflüsse mehr oder weniger im normalen Zustand sind.

Die Strömung ist nur gering, da das Gefälle nicht mehr als acht Zoll auf eine Meile beträgt. Kein Strom konnte für die Schifffahrt geeigneter sein, da der vorherrschende Wind aus Südost kommt und Segelboote daher ohne Unterbrechung bis zur Grenze Perus gelangen können, während sie sich abwärts von der Strömung treiben lassen. Die ausgezeichneten Maschinen der »Esmeralda« machten uns jedoch unabhängig vom trägen Dahinfließen des Stromes und wir kamen so rasch vorwärts wie auf einem stehenden Gewässer. Drei Tage lang dampften wir auf einem Strom nach Nordwesten, der sogar hier, fast tausend Meilen von der Mündung entfernt, so außerordentlich breit war, dass man die Ufer von der Mitte aus nur als Schatten am Horizont erkennen konnte.

Am vierten Tage nach unserer Abfahrt von Manaos fuhren wir in einen Nebenfluss ein, der an seiner Mündung nur wenig schmaler als der Hauptstrom war. Er verengte sich aber schnell und nach zweitägiger Fahrt erreichten wir ein Indianerdorf. Der Professor bestand darauf, zu landen und die »Esmeralda« wieder nach Manaos zurückzusenden. Wir würden bald an Stromschnellen gelangen, erklärte er, die die weitere Benutzung der Barkasse unmöglich machten. Vertraulich fügte er hinzu, dass wir uns jetzt dem Zugang zum unbekannten Land näherten und dass es umso besser wäre, je weniger Personen wir in das Geheimnis einweihten. Er ließ sich daher von jedem von uns das Ehrenwort geben, dass wir weder etwas veröffentlichen noch auch sonst etwas sagen würden, was einen konkreten Anhaltspunkt über unsere Reiseroute geben könnte. Auch die Hilfsmannschaften wurden feierlichst in diesem Sinn vereidigt. Aus diesem Grund bin ich gezwungen, in meinen Aufzeichnungen klare Ortsangaben zu unterlassen, und ich möchte meine Leser nicht darüber im Unklaren lassen, dass ich in allen Kartenskizzen oder Diagrammen die Lage der einzelnen Stellen zwar im richtigen Verhältnis einzeichnen, die Himmelsrichtungen aber absichtlich durcheinander bringen werde. Meine Angaben werden daher in keiner Weise als genauer Wegweiser zu jenem Land dienen können. Professor Challengers Gründe für die Geheimhaltung mögen berechtigt sein oder nicht, wir hatten jedenfalls keine andere Möglichkeit, als sie zu akzeptieren, denn er wäre sicher eher im Stande gewesen, die ganze Expedition im Stich zu lassen, als die Bedingungen, unter denen er uns führen wollte, zu ändern.

Mit dem Abschied von der »Esmeralda« am 2. August hatten wir die letzte Verbindung mit der Außenwelt verloren. In den vier Tagen, die seitdem vergangen sind, haben wir von den Indianern zwei große Kanus gekauft, die aus so leichtem Material (Häute über ein Bambusgerüst gespannt) gebaut sind, dass wir sie um die Hindernisse im Strom herumtragen können. Wir haben sie mit allen unseren Ausrüstungsgegenständen beladen und noch zwei weitere Indianer, die uns bei der Fahrt auf dem Fluss unterstützen sollen, angeworben. Wie ich höre, sind es dieselben – Ataca und Ipetu waren ihre Namen –, die Professor Challenger bereits auf seiner früheren Reise begleitet hatten. Der Gedanke, diese Reise wiederholen zu müssen, schien sie zu erschrecken. Da aber der Häuptling in diesen Gegenden patriarchalische Gewalt über seine Stammesmitglieder hat, blieb diesen, wenn für ihn ein gutes Geschäft in Aussicht war, keine Wahl. Und so brachen wir am nächsten Morgen zu unserer Fahrt ins Unbekannte auf. Diesen Bericht schicke ich durch ein Kanu stromabwärts und es ist vielleicht unser letztes Lebenszeichen für alle, die an unserem Schicksal Anteil nehmen. Ich habe ihn, unserer Vereinbarung entsprechend, an Sie, verehrter Mr McArdle, gerichtet und überlasse es ganz Ihnen, ihn zu vernichten, zu ändern oder irgendwie sonst darüber zu verfügen. Durch die zuversichtliche Art Professor Challengers – und trotz des andauernden Skeptizismus von Professor Summerlee – habe ich keinen Zweifel, dass unser Anführer seine Behauptungen beweisen wird und dass wir tatsächlich am Vorabend höchst bedeutsamer Ereignisse stehen.

Siebentes Kapitel

Unsere Freunde daheim dürften sich mit uns freuen, denn wir sind am Ziel und stehen kurz davor, den Beweis für die Richtigkeit der Behauptungen Professor Challengers zu liefern. Wir haben das Plateau zwar noch nicht ersteigen können, aber es liegt vor uns und sogar Professor Summerlee ist etwas kleinlaut geworden. Nicht dass er auch nur einen Augenblick zugeben würde, dass sein Rivale im Recht wäre, aber er ist in seinen unaufhörlichen Einwänden immerhin weniger beharrlich und meistens in schweigende Beobachtung versunken. Ich will jedoch der Reihe nach berichten und den Faden meiner Erzählung dort wieder aufnehmen, wo ich ihn habe fallen lassen. Wir senden jetzt einen unserer Eingeborenen, der sich eine Verletzung zugezogen hat, zurück und ich übergebe ihm diesen Brief zur Beförderung, wenn auch mit erheblichen Zweifeln, ob er seine Adresse jemals erreichen wird.

Als ich das letzte Mal schrieb, waren wir im Begriff, das indianische Dorf, wo uns die »Esmeralda« abgesetzt hatte, zu verlassen. Ich muss meinen weiteren Bericht mit einer unerfreulichen Mitteilung beginnen. Denn wir hatten heute Abend die erste schwere persönliche Auseinandersetzung, die leicht ein schlimmes Ende hätte nehmen können (die unaufhörlichen Reibereien zwischen den beiden Professoren übergehe ich). Ich habe unseren englisch sprechenden Mestizen Gomez erwähnt, einen tüchtigen Arbeiter und willigen Burschen, der, wie fast alle dieser Leute, äußerst neugierig zu sein scheint. Er versteckte sich gestern Abend in der Nähe unseres Zeltes, in dem wir unsere Pläne diskutierten, und wurde dabei von dem riesigen Schwarzen Zambo, der ihn beobachtet hatte und der uns ebenso treu ist wie er, wie alle seiner Rasse, die Mischlinge hasst, aus seinem Versteck herausgeholt und zu uns gebracht. Gomez zückte sein Messer und hätte den Schwarzen bestimmt niedergestoßen, wenn es diesem mit seinen enormen Kräften nicht gelungen wäre, ihn zu entwaffnen. Die Sache wurde fürs Erste mit einer Verwarnung beigelegt und die beiden Gegner gezwungen, sich die Hand zu reichen, und man darf hoffen, dass alles wieder in Ordnung ist.

Was die Fehden unserer beiden gelehrten Männer angeht, so werden sie ständig und erbittert fortgesetzt. Ich muss zugeben, dass Challenger sich in höchstem Maß herausfordernd benimmt, aber auch Summerlee hat eine scharfe Zunge, die das Verhältnis nicht besser macht. Gestern Abend sagte Challenger, dass er nur ungern am Themsekai spazieren geht, weil niemand es gern hat, seinen letzten Bestimmungsort vor Augen zu haben. Natürlich ist er innerlich fest davon überzeugt, dass er einst in der Westminster-Abtei ruhen wird. Summerlee antwortete jedoch mit einem sauertöpfischen Lächeln: Soweit er wisse, wäre das Millbank-Gefängnis doch schon lange abgerissen. Challengers Selbstbewusstsein ist viel zu groß, als dass er sich durch diese Worte getroffen gefühlt hätte. Er lächelte nur in seinen Bart hinein und wiederholte: »So ist es, so ist es«, mit dem mitleidigen Ton, wie man ihn Kindern gegenüber gebraucht. In der Tat, sie sind beide Kinder – der eine vertrocknet und streitsüchtig, der andere Furcht einflößend und überheblich –, und doch hat jeder von ihnen ein Gehirn, das ihm einen Platz in den ersten Reihen seines wissenschaftlichen Zeitalters anweist.

Schon am nächsten Tage brachen wir tatsächlich zu unserer bedeutsamen Expedition auf. Alles, was wir besaßen, ließ sich leicht in den beiden Kanus verstauen. Das Personal verteilten wir gleichmäßig, wobei wir im Interesse des allgemeinen Friedens in jedem der beiden Boote je einen der Professoren unterbrachten. Ich persönlich war mit Challenger zusammen, der gut gelaunt war und dessen ganzes Wesen stille Ekstase und Wohlwollen ausstrahlte. Da ich aber bereits einige andere Erfahrungen mit ihm gemacht habe, würde ich mich nicht wundern, wenn plötzlich ein Gewittersturm den Sonnenschein unterbräche. Es ist unmöglich, sich in seiner Nähe unbefangen zu fühlen, und ebenso unmöglich, sich mit ihm zu langweilen, denn man stellte ständig bange Vermutungen an, nach welcher Seite sein erregbares Temperament wohl umschlagen wird.

Zwei Tage lang fuhren wir auf dem gut schiffbaren, einige hundert Meter breiten Strom hinauf, dessen Wasser dunkel und klar war. Meist konnte man bis auf den Grund sehen. Das ist bei der Hälfte der Nebenflüsse des Amazonas so, während die andere Hälfte gelbliches und trübes Wasser führt. Die dunkle Farbe rührt von pflanzlichen Verfallstoffen her, während die anderen Verunreinigungen ihren Ursprung in lehmigem Boden haben. Zweimal gelangten wir an Stromschnellen, und in beiden Fällen mussten wir unsere Besitztümer etwa eine halbe Meile weit tragen, um sie zu umgehen. Der Urwald auf beiden Seiten war noch in seinem ursprünglichen Zustand, in dem er leichter zu durchqueren ist, als wenn er mit jüngeren Baumbeständen durchsetzt ist, und wir hatten dadurch keine großen Schwierigkeiten beim Transport unserer Kanus.

Niemals werde ich das geheimnisvolle, feierliche Schweigen darin vergessen. Die Höhe der Bäume, die Dicke der Stämme übertraf alles, was ich mir in meinem Stadtleben gewohnten Seele jemals hätte vorstellen können. Wie prächtige Säulen ragten sie empor. In großer Höhe über unseren Köpfen konnten wir undeutlich erkennen, wo sich ihre Zweige zu gotischen Spitzbögen zusammenfügten und zu einer grünen Decke verflochten, durch die nur gelegentlich ein goldener Sonnenstrahl drang, um mit einem zitternden Lichtpfeil das majestätische Halbdunkel zu erhellen. Als wir geräuschlos auf dem dichten, weichen Teppich moderner Vegetation dahinschritten, legte sich ein Schweigen auf unsere Seele, wie es uns im Zwielicht eines Doms überkommt, und sogar Professor Challengers laut schallende Reden verwandelten sich in ein Flüstern.

Wäre ich allein gewesen, ich hätte nicht gewusst, unter welchen riesigen Gewächsen ich dahinging, aber unsere Männer der Wissenschaft bezeichneten uns die Zedern, die großen Baumwollbäume, die Mahagonistämme und jene ganze Mischung verschiedener Pflanzen, die den Bedarf der ganzen Welt decken kann. Leuchtende Orchideen und wundervoll gefärbte Moose glommen auf den dunklen Stämmen, und wo ein verirrter Sonnenstrahl auf goldene Allamandas, auf die scharlachroten Sternblüten der Tasconia oder das üppige Tiefblau der Ipomaea fiel, wurde der Traum aus einem Märchenland lebendig. In diesen weiten Urwäldern muss sich das Leben, das die Dunkelheit verabscheut, immer nach oben zum Licht durchkämpfen. Jede Pflanze, selbst die kleinste, windet sich zur grünen Oberfläche empor, indem sie sich um stärkere und größere Brüder herumwindet. Riesig und üppig sind die Schlinggewächse entwickelt. Aber auch solche, die man an anderen Orten nicht als Kletterpflanzen zu sehen gewohnt ist, lernen die Kunst, sich der dunklen Tiefe zu entziehen, so umklammern die gewöhnliche Nessel, der Jasmin und sogar die Jacitara-Palme die Zedernstämme und streben danach, deren Kronen zu erreichen.

Tierisches Leben regte sich kaum inmitten dieser gewölbten Bogengänge, die sich während unseres Marsches vor uns auftaten. Aber eine beständige Unruhe hoch über unseren Köpfen erzählte von der bunten Welt der Schlangen und Affen, der Vögel und Faultiere, die dort oben im Sonnenschein leben und mit Erstaunen auf unsere kleinen, dunklen, vorwärts stolpernden Gestalten in der unermesslichen dämmerigen Tiefe unter ihnen herabblickten. Bei Sonnenauf- und -untergang ertönte das vielstimmige Geheul der Brüllaffen und das schrille Geschnatter der Papageien, während in den heißen Stunden des Tages nur das laute Summen der Insekten, ähnlich dem Geräusch einer entfernten Brandung, an unser Ohr drang. Sonst regte sich nichts inmitten der riesigen Stämme, die langsam in der Dunkelheit verschwanden, die uns einhüllte. Nur einmal bewegte sich ein krummbeiniges schleichendes Tier, vielleicht ein Ameisenbär oder etwas Ähnliches, schwerfällig durch das Dunkel. Es war die einzige Spur von tierischem Leben, die ich auf dem Boden dieses großen Urwalds bemerkte.

Und doch gab es Anzeichen dafür, dass sogar menschliches Leben in dieser geheimnisvollen Abgeschiedenheit existierte. Am dritten Tag nach unserer Abfahrt hörten wir aus der Ferne ein eigenartiges tiefes Klopfen, das rhythmisch und feierlich in unregelmäßigen Abständen den ganzen Vormittag hindurch anhielt. Die beiden Boote paddelten wenige Meter voneinander entfernt, als wir das Geräusch zum ersten Mal hörten, und unsere Indianer verharrten in reglosem Schweigen, als hätten sie sich in Bronzestatuen verwandelt, und lauschten mit dem Ausdruck des Schreckens auf den Gesichtern in die Ferne.

»Was ist denn das?«, fragte ich.

»Trommeln«, sagte Lord John in gleichgültigem Ton, »Kriegstrommeln, die kenne ich von früher her.«

»Ja, Sir, Kriegstrommeln«, sagte Gomez, der Mestize, »wilde Indianer, Banditen, keine Ansässigen. Sie belauern uns auf unserem Wege und wollen uns töten, wenn sie können.«

»Wie können die uns denn auflauern?«, fragte ich und starrte in die dunkle, reglose Weite hinein.

Der Mestize zuckte die Achseln.

»Die Indianer wissen Bescheid. Sie beobachten uns. Reden die Trommelsprache miteinander, töten uns, wenn sie können.«

Am Nachmittag desselben Tages – nach meinem Taschenkalender war es Dienstag, der 18. August – hörte man mindestens sechs oder sieben Trommeln aus verschiedenen Richtungen. Manchmal erklangen sie im lebhaften Tempo, manchmal langsam; zuweilen unterschied man klar Frage und Antwort. Eine weit im Osten rasselte plötzlich im hohen Stakkato, worauf nach einer Pause die Antwort in einem dumpfen Rollen aus dem Norden erfolgte. Dieses unaufhörliche

Getrommel hatte etwas unbeschreiblich Zermürbendes und Drohendes an sich und wir meinten in ihm allmählich die Worte des Mestizen zu erkennen: »Wir werden euch töten, wenn wir können, wir werden euch töten, wenn wir können.«

Nichts regte sich sonst in den schweigenden Wäldern. Der tiefe Friede und die besänftigende Ruhe der Natur lagen in diesem grünen Vorhang der Vegetation. Aber aus weiter Ferne hinter ihm tönte immer wieder die eine Botschaft unserer Mitmenschen herüber. »Wir werden euch töten, wenn wir können«, sagten die Menschen im Osten, »wir werden euch töten, wenn wir können«, sagten die Menschen im Norden.

Den ganzen Tag über grollten und flüsterten die Trommeln und ihre Drohungen spiegelten sich in den Gesichtern unserer farbigen Begleiter wider. Sogar der verwegene, wichtigtuerische Gomez schien entmutigt. Ich aber habe an diesem Tag ein für allemal festgestellt, dass unsere beiden Professoren, Summerlee und Challenger, jenen höchsten Grad an Tapferkeit besaßen, der Darwin bei den Gauchos in Argentinien oder Wallace unter den malaiischen Kopfjägern aufrechterhielt: die Tapferkeit des Forschers.

Eine gütige Natur hat es so eingerichtet, dass das menschliche Gehirn nicht an zwei Dinge gleichzeitig denken kann. Also hat es, wenn es von wissenschaftlichem Interesse erfüllt ist, keinen Raum mehr für persönliche Rücksichten. Den ganzen Tag über beobachteten unsere beiden Professoren während der unaufhörlichen und geheimnisvollen Drohungen jeden fliegenden Vogel und jeden Strauch am Ufer. Mit manchem scharfen Wortgefecht, in dem das Knurren von Summerlee in rascher Folge mit dem tiefen Brummen Challengers abwechselte, aber ohne eine Empfindung für die drohende Gefahr. Sie nahmen nicht mehr Rücksicht auf die Trommel schlagenden Indianer, als wenn sie miteinander im Rauchsalon des Royal Society Club in der St. James Street gesessen hätten. Nur einmal ließen sie sich herab, diesen Gegenstand zu diskutieren.

»Miranha- oder Amajuaca-Kannibalen«, sagte Challenger und wies mit dem Daumen auf den vom Trommeln widerhallenden Wald weisend.

»Kein Zweifel, Herr Kollege«, antwortete Summerlee. »Ich nehme an, dass sie wie all diese Stämme einen polysynthetischen Dialekt haben und von mongolischem Typus sind.«

»Auf jeden Fall polysynthetisch«, sagte Challenger mit Nachsicht. »Ich wusste nicht, dass irgendein anderer Typus der Sprache auf diesem Kontinent vorkommt und ich habe Aufzeichnungen von mehr als hundert von ihnen. Die Mongolentheorie betrachte ich allerdings mit tiefem Argwohn.«

»Dabei sollte man meinen, dass sogar eine ganz oberflächliche Kenntnis der vergleichenden Anatomie sie bestätigen könnte«, sagte Summerlee gereizt.

Challenger schob das aggressive Kinn vor, bis sein Gesicht nur noch aus Bart und Hutkrempe zu bestehen schien. »Ohne Zweifel, mein Herr, muss ein oberflächliches Wissen diese Wirkung haben. Gründlichere Kenntnisse würden allerdings zu anderen Schlussfolgerungen führen.« Sie funkelten einander in gegenseitiger Herausforderung an, während um uns herum das ferne Trommeln ertönte: »Wir werden euch töten, wenn wir können, wir werden euch töten, wenn wir können.«

In dieser Nacht verankerten wir unsere Kanus mit schweren Steinen in der Mitte des Stroms und trafen Vorbereitungen für einen eventuellen Angriff. Es ereignete sich jedoch nichts und in der Früh setzten wir unseren Weg fort, während sich das Trommeln hinter uns verlor. Um drei Uhr nachmittags kamen wir an eine ziemlich große Stromschnelle, die mehr als eine Meile lang war – dieselbe, in der Professor Challenger auf seiner ersten Reise Schiffbruch erlitten hatte. Ich muss gestehen, dass ihr Anblick mir Genugtuung bereitete, denn es war die erste direkte Bestätigung, so unbedeutend sie auch sein mochte, für die Wahrheit seines Berichts.

Die Indianer trugen zuerst unsere Boote und dann unsere Vorräte durch den Busch, der an dieser Stelle sehr dicht ist, während wir vier Weißen, die Gewehre auf den Schultern, zum Schutz gegen eine eventuell vom Wald herkommende Gefahr, neben ihnen hergingen. Wir hatten die Stromschnelle vor Einbruch der Dunkelheit passiert und waren noch etwa zehn Meilen weiter stromaufwärts vorgedrungen, um dann für die Nacht Anker zu werfen. Meiner Schätzung nach hatten wir an dieser Stelle von der Mündung bis hierher nicht weniger als 100 Meilen auf dem Nebenfluss zurückgelegt.

Am frühen Vormittag des nächsten Tages kam dann die große Kursänderung. Seit Sonnenaufgang war Professor Challenger auffallend unruhig und musterte ständig mit prüfendem Blick beide Ufer. Plötzlich stieß er einen Ausruf der Befriedigung aus und wies auf einen einzelnen Baum hin, der schräg über das Flussufer ragte.

„Wofür halten Sie das?«, fragte er.

»Das ist bestimmt eine Assaipalme«, sagte Summerlee.

»Richtig. Und es war eine Assaipalme, die ich als Landmarke gewählt hatte. Die verborgene Öffnung ist eine halbe Meile oberhalb auf der anderen Seite des Stroms. Es gibt da keine Lücke zwischen den Bäumen. Das ist das Wunderbare und das Geheimnisvolle daran. Dort, wo Sie die hellgrünen Sträucher statt des dunkelgrünen Unterholzes sehen, dort zwischen den großen Baumwollbäumen ist mein eigenes Eingangstor in das Unbekannte. Also vorwärts. Sie werden es bald sehen.«

Es war in der Tat ein wunderbarer Ort. Als wir die Stelle, die durch eine Reihe hellgrüner Sträucher bezeichnet wurde, erreicht hatten, stießen wir unsere beiden Kanus mit dem Bootshaken einige hundert Meter hindurch und gelangten schließlich in einen ruhigen und flachen Flusslauf, dessen klares und durchscheinendes Wasser über einen sandigen Grund floss. Er mochte etwa zwanzig Meter breit sein und seine Ufer waren auf beiden Seiten mit üppiger Vegetation bedeckt. Wohl niemand, der nicht bemerkt hatte, dass ein kurzes Stück lang Schilf an die Stelle von Buschwerk getreten war, hätte die Existenz dieses Flusslaufes ahnen können oder sich das Vorhandensein des vor uns liegenden Märchenlandes träumen lassen.

Denn es war ein Märchenland. Das wunderbarste, das die Fantasie sich vorstellen konnte. Die dichte Vegetation schloss ich über uns zu einer natürlichen Pergola zusammen und durch diesen grünen Tunnel floss der grüne, durchsichtige Fluss in goldenem Zwielicht dahin. Schön in sich selbst, aber bezaubernd durch die seltsamen Farben, die das zitternde Licht von oben in seltsamen Tönungen über ihn ausgoss. Klar wie Kristall, reglos wie eine Glasscheibe, grün wie die Ränder eines Eisbergs erstreckte er sich vor uns unter dem grünen Bogengang, während jeder Schlag unserer Ruder tausend gekräuselte kleine Wellen auf seiner leuchtenden Oberfläche hervorrief. Es war ein zauberhafter Weg in ein Wunderland.

Alle Anzeichen von Indianern waren verschwunden, aber das tierische Leben war zahlreicher und die Zahmheit all dieser Lebewesen zeigte, dass sie noch keinen Jäger kennen gelernt hatten. Drollige kleine, schwarzsamtene Äffchen mit schneeweißen Zähnen und glänzenden, spöttischen Augen schnatterten während der Fahrt zu uns herunter. Mit einem plumpen, schweren Aufklatschen warf sich zuweilen ein Kaiman vom Ufer ins Wasser. Einmal starrte ein dunkelfarbiger, plumper Tapir aus einer Lücke im Gebüsch zu uns herüber und trottete dann in den Wald zurück. Auch die gelbe, sehnige Gestalt eines großen Pumas schoss durch das Unterholz und seine grünen, tückischen Augen starrten über seine gefleckte Schulter zu uns herüber. Vielfältig war auch das Vogelleben, insbesondere bemerkten wir Scharen von Stelzvögeln, Störchen, Kranichen und Ibissen in blauen, scharlachroten und weißen Farben auf jedem Baumstamm, der vom Ufer ins Wasser ragte, während es im kristallklaren Wasser von Fischen aller Formen und Farben wimmelte.

Drei Tage lang ruderten wir in diesem Tunnel mit seinem gedämpften grünen Licht dahin. Auf größere Entfernung hätte man kaum sagen können, wo das grüne Wasser aufhörte und der grüne Bogengang anfing. Kein Zeichen menschlichen Lebens störte den tiefen Frieden dieses seltsamen Wasserweges.

»Keine Indianer mehr. Zu viel Furcht. Curipuri«, sagte Gomez.

»Curipuri ist der Geist der Wälder«, erklärte Lord John. »Das ist der Name für alles, was teuflisch ist. Die armen Kerle denken, dass sich in dieser Richtung irgendetwas Fürchterliches befindet, und meiden deswegen die Gegend.«

Am dritten Tage wurde klar, dass unsere Reise in den Booten nicht länger fortgesetzt werden konnte, denn der Strom wurde rasch flacher. Mindestens zweimal gerieten wir innerhalb einer Stunde auf Grund. Schließlich ruderten wir die Boote bis ins Unterholz am Ufer und verbrachten die Nacht am Flussufer. Am nächsten Morgen gingen Lord John und ich einige Meilen allein durch den Wald, wobei wir aber immer in der Nähe des Flusses blieben. Da dieser aber immer flacher wurde, kehrten wir zurück und bestätigten, was Professor Challenger bereits vermutet hatte, dass wir von nun an die Kanus nicht mehr mitnehmen konnten. Wir zogen sie also ans Ufer, verbargen sie im Gebüsch und kennzeichneten einen Baum mit der Axt, um sie wieder zu finden. Dann verteilten wir die Lasten unter uns – Gewehre, Munition, Lebensmittel, ein Zelt, Decken und das Übrige – und machten uns, nachdem jeder sich sein Bündel geschultert hatte, zum beschwerlichen Teil unserer Reise auf.

Ein unglücklicher Streit zwischen unseren beiden reizbaren Geistern stand an Anfang dieses neuen Reiseabschnittes. Challenger hatte ab dem Augenblick seiner Ankunft der ganzen Expedition Anweisungen gegeben, und zwar sehr zum Missbehagen Summerlees. Jetzt kam die Sache anlässlich eines diesem gegebenen Auftrags (es handelte sich um den Transport eines Vakuum-Barometers) unvermittelt zum Ausbruch.

»Darf ich Sie fragen, mein Herr«, sagte Summerlee mit unheimlicher Ruhe, »mit welchem Recht Sie es sich herausnehmen, uns Befehle zu erteilen?«

Challenger richtete sich mit vor Wut blitzenden Augen auf. »Ich tue das, Professor Summerlee, als Leiter dieser Expedition.«

»Und ich muss Ihnen sagen, mein Herr, dass ich Sie in dieser Eigenschaft nicht anerkenne.«

»Ach, wirklich?« Challenger verbeugte sich spöttisch. »Vielleicht haben Sie die Freundlichkeit, meine Stellung etwas genauer zu umreißen.«

»Jawohl, mein Herr. Sie sind ein Mann, dessen Glaubwürdigkeit bezweifelt wird. Und dieser Ausschuss ist mitgekommen, um sie zu überprüfen. Sie befinden sich in Gesellschaft Ihrer Richter, mein Herr!«

»Ach, du lieber Gott!«, sagte Challenger und setzte sich auf den Rand seines Kanus. »In diesem Fall werden Sie natürlich Ihre eigenen Wege gehen und ich werde Ihnen folgen, wie es mir passt. Wenn ich nicht der Anführer bin, können Sie auch nicht erwarten, dass ich Sie führe.«

Dem Himmel sei Dank gab es noch zwei normale Menschen – Lord John Roxton und mich –, die es verhinderten, dass wir wegen der Launenhaftigkeit und Tollheit unserer gelehrten Professoren mit leeren Händen nach London zurückkehren mussten. Was für ein Hin und Her, Bitten und Erklären, bevor es uns gelang, die beiden zu besänftigen! Schließlich ließ sich Summerlee mit seinem höhnischen Lächeln und seiner Pfeife doch bewegen, weiterzumarschieren, und Challenger kam grollend und schimpfend hinterher. Ein glücklicher Zufall wollte es, dass wir zu dieser Zeit die Entdeckung machten, dass unsere beiden Gelehrten eine recht geringe Meinung von Dr. Illingworth in Edinburgh hatten. Das war von jetzt an unserer Rettung. Jede gefährliche Situation wurde behoben, sobald wir den Namen dieses schottischen Zoologen erwähnten, da unsere beiden Professoren dann sofort in ihrer Verachtung und Beschimpfung des gemeinsamen Rivalen ein zeitweiliges Bündnis schlossen.

Als wir im Gänsemarsch am Ufer entlangmarschierten, stellten wir bald fest, dass der Fluss sich immer mehr verengte und sich schließlich in einem großen, grünen Sumpf aus schwammigem Moos verlor, in das wir bis zu den Knien versanken. Die Gegend wimmelte von Moskitos und anderen Insekten. Wir waren daher froh, als wir endlich wieder festen Grund unter den Füßen spürten und einen Bogen um den verseuchten Sumpf machen konnten, dessen reiches Insektenleben aus der Ferne wie eine Orgel zu uns herüberdröhnte.

Zwei Tage, nachdem wir unsere Kanus zurückgelassen hatten, entdeckten wir, dass der ganze Charakter der Landschaft sich veränderte. Unser Weg führte beständig aufwärts und während des Aufstiegs wurde der Wald immer lichter und verlor seine tropische Üppigkeit. Die riesigen Bäume der alluvialen Amazonasebene wichen Phönix- und Kokospalmen, die in einzelnen, mit dichtem Unterholz durchsetzten Gruppen zusammenstanden. In den feuchten Vertiefungen breiteten Mauritiapalmen ihre zierlich herabhängenden Wedel aus.

Wir konnten uns nur mit Hilfe des Kompasses orientieren und ein- oder zweimal gab es Differenzen in der Auffassung zwischen Challenger und den beiden Indianern. Dabei vertraute, um die empörten Worte des Professors zu zitieren, die ganze Expedition, »den trügerischen Instinkten primitiver Wilder mehr als einem feinnervigen Vertreter der modernen europäischen Kultur«. Dass wir aber Recht hatten, so zu verfahren, zeigte sich am dritten Tag, als Challenger zugeben musste, dass er verschiedene Markierungspunkte von seiner früheren Reise her wieder erkannte. An einer Stelle stießen wir tatsächlich auf feuergeschwärzte Steine, aus denen man auf einen Lagerplatz schließen konnte.

Der Weg stieg immer noch an und wir überquerten in den nächsten zwei Tagen einen felsübersäten Abhang. Die Vegetation hatte wieder einen anderen Charakter angenommen und nur der Elfenbein-Baum blieb uns treu. Daneben gab es eine große Anzahl wunderbarer Orchideen, unter denen ich die seltene Nuttonia vexillaria und die herrlichen kirsch- und scharlachroten Blüten der Cattleya und des Odontoglossums kennen lernte. Einige Bäche mit kieselbedecktem Grund und farngeschmückten Ufern rieselten die flachen Schluchten des Berges hinunter. Die Ufer ihrer felsigen Teiche boten uns jeden Abend geeignete Stellen für unser Nachtlager und zugleich die Gelegenheit, eine Unmenge von kleinen, blaurückigen Fischen, die in Größe und Form unserer Forelle ähnelten, für ein köstliches Abendessen zu fangen.

Am neunten Tage unseres Marsches, als wir nach meiner Rechnung etwa 120 Meilen zurückgelegt hatten, ließen wir die Bäume hinter uns, die immer kleiner wurden, bis sie zuletzt nur noch die Größe von Buschwerk hatten. An ihre Stelle trat ein riesiges Bambusdickicht, durch das wir uns unseren Weg mit den Macheten der Indianer schlagen mussten. Wir brauchten einen ganzen Tag von sieben Uhr morgens bis acht Uhr abends mit nur zwei Unterbrechungen von je einer Stunde, um dieses Hindernis zu überwinden. Etwas Einförmigeres und Ermüdenderes als diesen Marsch kann man sich nicht vorstellen, denn sogar an den am meisten gelichteten Stellen konnte ich nicht weiter als etwa zehn Meter sehen, während mein Blick sonst vor mir durch die Rückseite der Baumwolljacke Lord Johns und an den Seiten durch eine gelbe Mauer, die etwa einen Fuß von mir entfernt war, begrenzt wurde. Von oben fiel ein schmaler Streifen Sonnenlicht herab und fünfzehn Fuß über unseren Köpfen sahen wir die Bambusrohre gegen den tiefblauen Himmel schwanken. Ich weiß nicht, was für eine Art von Lebewesen ein solches Dickicht bewohnt, aber mehrmals hörten wir ganz in unserer Nähe, wie große, schwere Tiere es durchbrachen. Aus ihren Stimmen schloss Lord John auf eine Art wildes Rind. Gerade als die Nacht hereinbrach, hatten wir den Bambusgürtel durchquert und schlugen, erschöpft von diesem harten Tag, unser Lager auf.

Am nächsten Morgen waren wir bereits früh wieder auf und fanden, dass der Charakter der Landschaft sich neuerlich verändert hatte. Hinter uns stand die Bambusmauer, so scharf begrenzt, als würde sie einen Flusslauf begleiten. Vor uns befand sich eine leicht ansteigende offene Ebene, die mit Gruppen von Baumfarnen bedeckt war und in einem langen Kamm endete. Wir erreichten ihn mittags und entdeckten auf der anderen Seite ein flaches Tal, das wiederum in eine sanfte Anhöhe überging. An dieser Stelle ereignete sich ein Vorfall, dem man je nach Auffassung eine gewisse Bedeutung beimessen kann.

Professor Challenger, der mit den beiden Indianern die Vorhut bildete, blieb plötzlich stehen und wies mit der Hand aufgeregt nach rechts. Als wir aufblickten, sahen wir in der Entfernung von etwa einer Meile etwas, das wie ein riesiger grauer Vogel aussah, mit langsamem Flügelschlag vom Boden aufsteigen und dann ruhig davongleiten. Er flog sehr tief und in gerader Richtung und verschwand zwischen den Baumfarnen.

»Haben Sie das gesehen?«, schrie Challenger frohlockend. »Summerlee, haben Sie das gesehen?«

Sein Kollege starrte noch immer auf die Stelle, an der das Tier verschwunden war. »Was glauben Sie, was es war?« fragte er.

»Allem Anschein nach ein Pterodactylus.«

Summerlee brach in höhnisches Gelächter aus. »Ein Pterodactylus«, sagte er. »Das war ein Storch oder ich habe noch nie einen Storch gesehen.«

Challenger war zu wütend, um etwas zu erwidern. Er schwang sich seine Last wieder auf den Rücken und setzte seinen Marsch fort. Lord John allerdings, der zu mir nach vorn kam, war ernster, als man es sonst bei ihm gewohnt war. Er hatte seinen Zeiss-Fernstecher in der Hand.

»Ich habe es scharf gesehen, bevor es über die Bäume hinwegglitt«, sagte er. »Ich möchte mich nicht festlegen, was es war. Aber ich wette um meinen Ruf als Sportsmann, dass mir so ein Vogel noch nie unter die Augen gekommen ist.«

So stehen die Dinge jetzt also. Befinden wir uns hier tatsächlich am Rand des Unbekannten? Und stoßen wir hier auf die Vorposten jener verschollenen Welt, von der unser Anführer spricht? Ich gebe den Vorfall hier so wieder, wie er sich ereignet hat, und damit Sie genauso viel wissen wie ich. Er blieb übrigens der einzige seiner Art, denn wir sahen sonst nichts mehr, was bemerkenswert gewesen wäre.

Und nun, meine lieben Leser (wenn ich überhaupt welche habe), habe ich Sie den breiten Strom hinaufgeführt, durch den Schilfgürtel, den grünen Tunnel entlang, über den palmenbestandenen Abhang hinauf, durch das Bambusdickicht und über die Ebene mit den Baumfarnen. Endlich liegt das Ziel unserer Reise in voller Sicht vor uns. Als wir den zweiten Hügelkamm überschritten, erblickten wir vor uns eine unregelmäßige, palmenbewachsene Ebene und dann jene Reihe von roten Felswänden, die ich auf dem Bild gesehen hatte. Dort liegt sie, während ich hier schreibe, und es besteht kein Zweifel darüber, dass es dieselbe ist. Die Ebene läuft bogenförmig von uns fort und erstreckt sich vor uns, so weit das Auge reicht. Challenger stolziert wie ein prämierter Pfau herum und Summerlee ist schweigsam, wenn auch noch immer skeptisch. Einer der nächsten Tage sollte wohl einige unserer Zweifel klären. Inzwischen aber, da José aus Furcht auf einer Rückkehr besteht, will ich ihm diesen Brief übergeben und hoffe nur, dass er schließlich seine Adresse erreichen wird. Ich werde weiter berichten, sobald ich dazu Gelegenheit habe. Ich habe dem Brief eine behelfsmäßige Karte unserer Reiseroute beigefügt, die meinen Bericht vielleicht noch besser verständlich macht.

Achtes Kapitel

Etwas Schreckliches ist über uns hereingebrochen. Wer hätte das voraussehen können? Ich sehe kein Ende unserer aufregenden Erlebnisse. Vielleicht sind wir dazu verurteilt, unser ganzes Leben an diesem seltsamen, unzugänglichen Ort zuzubringen. Ich bin noch so betäubt, dass ich weder unsere augenblickliche Situation verstehe noch unsere Aussichten für die Zukunft ganz überblicken kann. Die Gegenwart erfüllt meine betäubten Sinne mit tiefstem Schrecken und die Zukunft erscheint mir dunkel wie die Nacht.

Niemals haben sich Menschen in einer schlimmeren Lage befunden und es wäre nutzlos, unsere genaue geografische Lage anzugeben und unsere Freunde zu einer Rettungsaktion aufzurufen. Selbst wenn eine käme, wäre unser Schicksal aller menschlichen Wahrscheinlichkeit nach längst entschieden, bevor sie in Südamerika eintreffen könnte.

Wir sind in der Tat so weit von jeder menschlichen Hilfe entfernt, als befänden wir uns auf dem Mond. Wenn es uns gelingt, durchzukommen, so werden wir es allein unseren eigenen Kräften zu verdanken haben. Ich habe drei hervorragende Männer zu Gefährten, Männer von großer Intelligenz und unerschütterlichem Mut. Darin liegt unsere einzige Hoffnung. Solange ich die zuversichtlichen Gesichter meiner Kameraden sehe, steigt ein Schimmer von Hoffnung in dem Dunkel vor mir auf. Äußerlich, glaube ich, mache ich einen ebenso gefassten Eindruck wie sie, innerlich aber erfüllt mich die allergrößte Besorgnis.

Ich will jetzt, so genau wie ich es kann, die Ereignisse, die zu dieser Katastrophe geführt haben, der Reihe nach und in allen Einzelheiten erzählen.

Als ich meinen letzten Brief beendete, stellte ich fest, dass wir sieben Meilen von einer riesigen, rötlichen Felswand entfernt waren, die ohne Zweifel jenes Plateau, von dem Professor Challenger erzählte, wie eine hohe Mauer umgibt. Als wir uns ihr näherten, schien sie mir an einigen Stellen noch höher zu sein, als er behauptet hatte – erreichte sie doch teilweise mindestens tausend Fuß –, und die Felsen waren auf sonderbare Art geriffelt, wie es meines Wissens nach für Basaltformationen charakteristisch ist. Etwas Ähnliches kann man in den Salisbury Crags bei Edinburgh sehen. Der Gipfel war allem Anschein nach von einer üppigen Vegetation bedeckt, die dicht am Rand aus Sträuchern und weiter dahinter aus vielen hohen Bäumen bestand. Von Lebewesen war nichts zu sehen.

In jener Nacht schlugen wir unser Lager am Fuß der Felswand auf – es war ein wüster und einsamer Ort. Die Felsen über uns waren nicht nur steil, sondern wölbten sich oben sogar nach außen. Ein Aufstieg kam also nicht in Frage. Ganz in unserer Nähe befand sich eine hohe, dünne Felsspitze, die ich, wenn ich mich recht erinnere, schon früher erwähnt habe. Sie ähnelt einem dicken, roten Kirchturm, dessen oberes Ende auf gleicher Höhe mit dem Plateau liegt, nur dass sie durch eine große Kluft von ihm getrennt ist. Auf ihrer Spitze steht ein hoher Baum. Sowohl das Plateau an dieser Stelle wie auch diese Felsnadel waren verhältnismäßig niedrig, etwa fünf- oder sechshundert Fuß hoch, denke ich.

»Dort oben«, sagte Professor Challenger und zeigte auf den Baum, »habe ich den Pterodactylus gesehen. Ich hatte den Felsen bis zur Hälfte erklommen, bevor ich ihn herunterschoss. Ich nehme an, dass ein guter Bergsteiger wie ich bis zur Spitze gelangen kann, obwohl man dem Plateau damit natürlich auch nicht näher käme.«

Als Challenger von seinem Pterodactylus sprach, blickte ich zu Professor Summerlee hinüber, und zum ersten Mal glaubte ich auf seinem Gesicht Zeichen für eine aufkeimende Überzeugung und Reue zu bemerken. Seine dünnen Lippen lächelten nicht mehr höhnisch und in seinen Augen lagen Erregung und Erstaunen. Challenger bemerkte es ebenfalls und kostete den Vorgeschmack seines Sieges aus.

»Natürlich«, sagte er sarkastisch, »glaubt Professor Summerlee, dass ich, wenn ich vom Pterodactylus spreche, einen Storch meine – nur ist das eine Art von Storch, die keine Federn hat, sondern eine lederartige Haut, ebensolche Flügel und Zähne in den Kiefern.« Er grinste und verbeugte sich zwinkernd, bis sein Kollege sich umdrehte und wegging.

Morgens, nach einem kargen Frühstück, das aus Kaffee und Maniok bestand – wir mussten mit unseren Vorräten sparsam umgehen –, hielten wir Kriegsrat ab, wie wir das Plateau am besten besteigen könnten.

Challenger führte den Vorsitz mit einer Feierlichkeit, als wäre er der Lord-Oberrichter. Stellen Sie sich ihn vor, wie er auf einem Felsblock vor uns saß, seinen lächerlichen Strohhut nach hinten geschoben, und uns mit seinen hochmütigen Augen unter seinen halb gesenkten Lidern ansah, während sein großer, schwarzer Bart hin und her wackelte, als er uns unsere gegenwärtige Lage und die zu treffenden Maßnahmen auseinander setzte.

Vor ihm saßen zunächst die drei übrigen Weißen: Ich selbst, sonnenverbrannt, jung und von unserem Fußmarsch in der frischen Luft gekräftigt, Summerlee, ernst, aber immer noch kritisch, mit seiner ewigen Pfeife, Lord John, scharf wie die Schneide eines Rasiermessers, seine elastische, lebhafte Gestalt auf sein Gewehr gestützt und die Adleraugen eifrig auf den Sprecher gerichtet. Hinter uns gruppierten sich die beiden dunkelhäutigen Mestizen und die kleine Schar von Indianern, während sich vor uns und über uns die riesigen roten Felswände, die uns von unserem Ziel trennten, auftürmten.

»Ich brauche nicht zu sagen«, erklärte unser Anführer, »dass ich gelegentlich meiner letzten Reise kein Mittel unversucht gelassen habe, das Plateau zu erklimmen, und ich glaube nicht, dass irgendein anderer erreichen wird, was mir nicht gelungen ist. Denn ich verstehe etwas vom Bergsteigen. Ich hatte damals keinerlei Hilfsmittel für das Klettern im Felsen bei mir, habe diesmal aber vorsorglicherweise alles Notwendige mitgebracht. Mit ihrer Hilfe ist es bestimmt möglich, bis zur Spitze dieses freistehenden Felsens zu gelangen. Die

Ersteigung des Plateaus ist freilich, da die Wände so weit überhängen, ein vergebliches Bemühen. Ich musste mich bei meinem letzten Besuch durch den Beginn der Regenzeit und abnehmende Vorräte allzu sehr beeilen. Dadurch war meine Zeit beschränkt und es war mir nur möglich, etwa sechs Meilen der Felswände in östlicher Richtung abzusuchen, ohne dass es mir gelang, einen Weg nach oben ausfindig zu machen. Was sollen wir jetzt also tun?«

»Es scheint nur einen vernünftigen Ausweg zu geben«, sagte Professor Summerlee. »Wenn Sie den Osten erforscht haben, müssten wir am Fuß der Bergwand nach Westen zu marschieren, um nach einer geeigneten Stelle für den Aufstieg zu suchen.«

»So ist es«, sagte Lord John. »Alle Wahrscheinlichkeit spricht dafür, dass dieses Plateau keine große Ausdehnung hat. Wir werden also darum herumgehen und entweder einen brauchbaren Weg nach oben finden oder zu unserem Ausgangspunkt zurückkehren.«

»Ich habe unserem jungen Freund hier bereits auseinander gesetzt«, sagte Professor Challenger (er sprach von mir immer nur, als wäre ich ein 10-jähriger Schuljunge), »dass es ganz unmöglich ist, hier irgendwo einen zum Aufstieg geeigneten Weg zu finden, und zwar aus dem einfachen Grund, weil das Plateau dann nicht isoliert wäre und jene Bedingungen, die dort die eigenartige Aufhebung der allgemeinen Naturgesetze veranlasst haben, nicht zustande gekommen wären. Ich gebe aber zu, dass es Stellen gibt, wo ein geschickter Kletterer nach oben gelangen kann, ein großes, schwerfälliges Tier aber nicht herunterkommen könnte. Es ist sogar sicher, dass es eine Stelle gibt, wo der Aufstieg möglich ist.«

»Woher wissen Sie das, mein Herr?«, fragte Summerlee scharf.

»Weil meinem Vorgänger, dem Amerikaner Maple White, ein solcher Aufstieg tatsächlich gelungen ist. Wie könnte er das Ungeheuer, das er in seinem Skizzenbuch gezeichnet hat, sonst gesehen haben?«

»In diesem Falle eilt Ihre Schlussfolgerung den bewiesenen Tatsachen etwas voraus«, sagte der sture Summerlee. »Ich glaube an das Vorhandensein des Plateaus, weil ich es gesehen habe, aber davon, dass es dort irgendeine Form tierischen Lebens gibt, habe ich mich noch nicht überzeugen können.«

»Woran Sie glauben, mein Herr, oder woran Sie nicht glauben, ist tatsächlich von außerordentlich geringer Bedeutung. Ich stelle mit Vergnügen fest, dass sie wenigstens das Plateau selbst schon bemerkt haben.« Er blickte hinauf und sprang dann zu unserem Erstaunen von seinem Felsblock herunter, packte Summerlee im Genick und drehte ihm das Gesicht nach oben. »Nun, mein Herr«, donnerte er, heiser vor Aufregung, »soll ich Ihnen behilflich sein, festzustellen, dass das Plateau sehr wohl tierisches Leben aufweist?«

Ich sagte bereits, dass der Rand der Klippe von einem dichten Saum überhängenden Grüns bedeckt war. Aus dieser grünen Linie trat plötzlich ein schwarzes, glänzendes Wesen hervor. Als es langsam herauskam und über den Abgrund blickte, sahen wir, dass es eine sehr große Schlange mit einem eigenartig flachen, spatenförmigen Kopf war. Es schwankte und bebte für die Dauer einer Minute über uns und die Morgensonne glänzte auf den glatten Windungen seines Körpers. Dann zog es sich langsam wieder zurück und verschwand.

Summerlee war von dem Anblick so benommen, dass er widerstandslos stillhielt, als Challenger sein Gesicht nach oben bog. Jetzt aber stieß er seinen Kollegen zurück und nahm seine würdige Haltung wieder ein.

»Ich wäre Ihnen sehr verbunden, Professor Challenger«, sagte er, »wenn Sie mir in Zukunft Ihre Beobachtungen mitteilen würden, ohne mich am

Kinn zu packen. Sogar das Erscheinen einer ganz gewöhnlichen Felsen-Pythonschlange scheint mir eine derartige Vertraulichkeit nicht zu rechtfertigen.«

»Trotzdem – es gibt tierisches Leben auf dem Plateau«, erwiderte sein Kollege triumphierend. »Und nun, nachdem diese wichtige Tatsache in einer Weise erwiesen wurde, die jedem, möge er noch so voreingenommen oder dumm sein, klar sein muss, bin ich der Meinung, dass wir nichts Besseres tun können, als unser Lager abzubrechen und nach Westen zu marschieren, bis wir die Möglichkeit eines Aufstiegs finden.«

Der Boden am Fuß der Felsen war steinig und uneben und wir kamen nur langsam und unter Schwierigkeiten voran. Plötzlich stießen wir jedoch auf etwas, was unsere Herzen höher schlagen ließ. Es war ein alter Lagerplatz mit verschiedenen leeren Chikagoer Konservenbüchsen, einer Flasche mit der Aufschrift »Brandy«, einem zerbrochenen Dosenöffner und einer Reihe anderer Gegenstände, wie sie Reisende zurückzulassen pflegen. Eine zerknüllte und zerfetzte Zeitung erwies sich als eine Nummer des »Chicago Democrat«, deren Datum allerdings verwischt war. »Das ist nicht meine«, sagte Challenger, »sie muss Maple White gehört haben.«

Lord John untersuchte interessiert einen großen Baumfarn, der die Lagerstätte beschattete. »Sehen Sie doch hier«, sagte er, »ich glaube, das ist ein Wegweiser.«

Ein Holzsplitter war so an den Stamm genagelt, dass er nach Westen zeigte.

»Höchstwahrscheinlich ein Wegweiser«, sagte Challenger. »Was sonst? Unser Vorgänger hat bei seinem gefährlichen Unterfangen dieses Zeichen hinterlassen, damit eine eventuell folgende Expedition ihn finden kann. Vielleicht stoßen wir auf unserem weiteren Marsch noch auf andere Hinweise.«

Und solche fanden wir in der Tat, aber sie waren von schrecklicher und völlig unerwarteter Art. Unmittelbar am Fuß der Felswand befand sich eine ausgedehnte, mit hohem Bambus bewachsene Stelle, wie wir sie früher bereits durchquert hatten. Viele von diesen Stämmen waren zwanzig Fuß hoch und endeten in scharfen, harten Spitzen, die wie gefährliche Speere wirkten. Wir schritten am Rand dieses Dickichts entlang, als mein Blick von etwas Weißem in seinem Inneren gefesselt wurde. Ich schob meinen Kopf zwischen die Stämme und erblickte einen menschlichen Schädel. Auch das ganze übrige Skelett war da, aber der Schädel hatte sich gelöst und lag einige Fuß weiter zum Freien hin.

Wir legten die Stelle mit einigen Machetenhieben frei und konnten den Schauplatz dieser Tragödie nun näher untersuchen. Von den Kleidern waren nur noch einige Fetzen zu unterscheiden, aber Reste von Stiefeln steckten noch an den Fußknochen. Es war klar, dass es sich bei diesem Toten um einen Europäer handelte. Eine goldene Uhr von der Firma Hudson, New York, und eine Kette, an der ein Füllfederhalter befestigt war, lagen zwischen den Knochen. Gleichfalls fand sich eine silberne Zigarettenschachtel, auf deren Deckel »J. C. von A. E. C.« eingraviert war. Aus dem Zustand des Materials konnte man schließen, dass die Katastrophe vor noch nicht allzu langer Zeit stattgefunden hatte.

»Wer kann das sein?«, fragte Lord John. »Armer Teufel! Alle Knochen seines Körpers scheinen gebrochen zu sein.«

»Und die Bambusstämme wachsen durch seine zerschmetterten Rippen«, sagte Summerlee. »Es ist eine schnell wachsende Pflanze, aber es ist bestimmt nicht anzunehmen, dass dieser Körper hier bereits so lange gelegen hat, dass sie bis zu einer Höhe von zwanzig Fuß emporgeschossen sind.«

»Über die Identität dieses Mannes«, sagte Professor Challenger, »besteht bei mir keinerlei Zweifel. Als ich den Amazonas hinauffuhr, bevor ich in der Hazienda eintraf, habe ich einige Nachforschungen über Maple White angestellt. In Para wusste man nichts von ihm. Glücklicherweise hatte ich einen bestimmten Anhaltspunkt, denn sein Skizzenbuch enthielt ein besonderes Bild, das ihn beim Frühstück mit einem Geistlichen in Rosario zeigte. Es gelang mir, diesen Priester ausfindig zu machen, und obwohl er sich als ein sehr streitbarer Bursche erwies, der es sehr übel nahm, dass ich ihm die ätzende Wirkung der modernen Wissenschaft auf seinen Glauben auseinander setzte, gab er mir nichtsdestoweniger einige positive Auskünfte. Maple White passierte Rosario vor vier Jahren, zwei Jahre bevor ich seinen toten Körper sah. Er war zu dieser Zeit nicht allein, sondern in Begleitung eines Freundes, eines Amerikaners mit Namen James Colver, der im Boot zurückblieb und dem Geistlichen nicht begegnet war. Ich denke also, dass wir hier ohne Zweifel vor den menschlichen Überresten dieses James Colver stehen.«

»Und es kann auch kein Zweifel darüber bestehen«, sagte Lord John, »auf welche Weise er hier seinen Tod gefunden hat. Er ist von oben heruntergefallen oder heruntergestoßen und von den Baumbusstämmen aufgespießt worden. Wodurch sollten sonst seine sämtlichen Knochen gebrochen sein und wie sonst sollten Stämme dieser enormen

Länge sonst wohl seinen Körper durchbohrt haben?«

Tiefes Schweigen senkte sich auf uns, als wir um diese zerschmetterten Überreste herumstanden und uns von der Wahrheit der Worte Lord John Roxtons überzeugten. Der vorstehende Rand der Felswände hing senkrecht über dem Bambusgestrüpp. Zweifellos war er von oben herabgefallen. Aber war er gefallen? Handelte es sich hier um einen Unglücksfall? Oder – verhängnisvolle und furchtbare Vermutungen begannen sich bereits um dieses unbekannte Land zu bilden.

Schweigend setzten wir unseren Weg entlang des Fußes der Felswand fort, die keine Unterbrechung zeigte, wie jene riesigen antarktischen Eisfelder, die sich von einem Horizont zum anderen erstrecken und die Mastspitzen der Expeditionsschiffe weit überragen. Auf den nächsten fünf Meilen konnten wir nicht die geringste Spalte feststellen. Und dann erblickten wir plötzlich etwas, was uns mit neuer Hoffnung erfüllte. In einer Aushöhlung des Felsens, die gegen Regen geschützt war, war mit Kreide ein grober Pfeil gezeichnet, der nach Westen wies.

»Wieder Maple White«, sagte Professor Challenger. »Er muss eine Vorahnung davon gehabt haben, dass ihm bald andere folgen würden.«

»Hatte er denn Kreide bei sich?«

»Ein Kasten mit farbiger Kreide hat sich in seinem Tornister vorgefunden. Ich erinnere mich, dass das weiße Stück ziemlich abgenutzt war.«

»Das ist sicher ein guter Beweis«, sagte Summerlee. »Wir können nichts Besseres tun, als seiner Anleitung zu folgen und weiter nach Westen zu gehen.« Nach etwa fünf weiteren Meilen erblickten wir wieder einen weißen Pfeil auf dem Felsen, und zwar an einer Stelle, an der wir zum ersten Mal eine kleine Spalte in der glatten Wand feststellten. Innerhalb dieser Spalte fand sich ein zweites Zeichen, das mit einer aufwärts gerichteten Spitze nach oben wies, als ob die angegebene Stelle über Bodenhöhe liege.

Es war ein düsterer Ort, denn die Felsmauern waren so riesig und der schmale Ausblick auf den Himmel so eng und durch einen doppelten Pflanzensaum so verdunkelt, dass nur mattes Licht auf den Boden fiel. Wir hatten seit vielen Stunden nichts gegessen und waren von dem steinigen und unebenen Weg sehr ermüdet, aber unsere Nerven waren viel zu angespannt, um jetzt ausruhen zu können. Wir ließen trotzdem unser Lager aufschlagen, und während die Indianer damit beschäftigt waren, drangen wir vier mit den beiden Mestizen in die schmale Schlucht ein.

Sie hatte am Anfang nicht mehr als vierzig Fuß Durchmesser, wurde aber schnell enger und endete in einem spitzen Winkel, dessen Wände für einen Aufstieg zu steil und glatt waren. Unser Vorgänger hatte also bestimmt auf etwas anders hinweisen wollen. Wir gingen zurück – die ganze Schlucht war nicht tiefer als eine Viertelmeile. Plötzlich entdeckte Lord John das Gesuchte. Hoch über unseren Köpfen zeichnete sich auf der dunklen Wand ein kreisförmiger schwarzer Fleck ab. Das konnte nur der Eingang einer Höhle sein.

Da sich an dieser Stelle der Wand Geröll angesammelt hatte, war es nicht schwer, hinaufzugelangen. Als wir die dunkle Stelle erreichten, waren alle Zweifel verschwunden. Wir fanden nicht nur einen Eingang in den Felsen, sondern an der einen Seite auch wieder ein Pfeilzeichen. Dies war die richtige Stelle und auf diesem Weg hatten Maple White und sein unglücklicher Kamerad den Aufstieg bewältigt.

Wir waren zu aufgeregt, um zum Lager zurückzukehren, und wollten sofort mit unseren Nachforschungen beginnen. Lord John hatte eine Taschenlampe in seinem Tornister, die uns jetzt gute Dienste leistete. Er ging voran, während wir einer nach dem anderen seinen Fußstapfen folgten. Die Höhle war offenbar von Wasser ausgewaschen worden, wie man aus den glatten Wänden und aus den rundlichen Kieselsteinen am Boden schließen konnte. Fünfzig Meter weit führte sie gerade in den Felsen hinein und stieg dann in einem Winkel von 45 Grad nach oben. Gleich darauf wurde der Aufstieg sogar noch steiler und wir waren gezwungen, auf Händen und Knien auf dem losen Gestein, das unter uns wegrutschte, weiterzukriechen. Plötzlich stieß Lord Roxton einen Schrei der Überraschung aus.

»Der Ausgang ist versperrt«, sagte er.

Hinter ihm herkriechend, erblickten wir in dem gelben Lichtfleck vor uns eine Mauer aus Basaltstücken, die bis zur Decke hinaufreichte.

»Die Decke ist eingestürzt.«

Vergebens räumten wir einige Steine beiseite. Die einzige Wirkung war, dass größere Blöcke in Bewegung gerieten und uns zu zerschmettern drohten. Mit unseren Mitteln konnten wir gegen sie nichts ausrichten. Der Weg, den Maple White zum Aufstieg benutzt hatte, war unbenutzbar.

Zu niedergeschlagen, um zu reden, stolperten wir den dunklen Tunnel wieder hinunter und gingen zum Lager zurück.

Ehe wir die Schlucht verlassen hatten, kam es jedoch zu einem Zwischenfall, der in Hinblick auf die späteren Ereignisse von Bedeutung ist.

Wir standen in einer kleinen Gruppe auf dem Grund der Schlucht, etwa vierzig Fuß unterhalb des Höhleneingangs, als plötzlich ein riesiger Felsblock mit unheimlicher Gewalt hinter uns niederstürzte. Es gelang uns nur mit knapper Not, zur Seite zu springen. Wir selbst konnten nicht sehen, woher der Block gekommen war, aber unsere Mestizen, die noch beim Eingang der Höhle waren, sagten, dass er an ihnen vorbeigesaust wäre und infolgedessen oben von der Felswand heruntergefallen sein müsse. Dort oben allerdings, im grünen Saum der Vegetation, die den Felsrand bedeckte, konnten wir keinerlei Bewegung feststellen. Aber es konnte kein Zweifel darüber bestehen, dass der Stein uns galt, und man durfte also mit Sicherheit auf Menschen – und zwar böswillige – auf dem Plateau schließen.

Wir zogen uns eiligst aus der Schlucht zurück, voll von Gedanken über diese neueste Entwicklung und ihren Einfluss auf unsere Pläne. Unsere Lage war schon vorher schwierig genug gewesen; aber wenn zu den natürlichen Hindernissen auch noch menschlicher Widerstand dazukam, war unser Fall hoffnungslos. Doch wenn wir zu der nur ein paar hundert Fuß über uns befindlichen Vegetation hinaufblickten, gab es auch nicht einen unter uns, der sich mit dem Gedanken, nach London zurückzukehren, bevor wir das Plateau gründlich erforscht hatten, anfreunden hätte können.

Wir erörterten unsere Lage und hielten es für das Beste, unseren Marsch um das Plateau herum fortzusetzen, um, wenn möglich, irgendeinen anderen Weg zu finden um hinaufzukommen. Die Felswand, die bereits beträchtlich niedriger geworden war, bog langsam von Westen nach Norden ab, und wenn wir in diesem Bogen den Abschnitt eines Kreises sahen, so konnte der Gesamtumfang des Plateaus nicht sehr groß sein. Schlimmstenfalls konnten wir also in einigen Tagen wieder an unserem Ausgangspunkt sein.

Die Marschleistung dieses Tages betrug insgesamt etwa zwanzig Meilen, ohne dass wir etwas Neues entdeckt hätten. Übrigens zeigte uns der Höhenmesser, dass wir uns seit dem Verlassen unserer Kanus in beständigem Anstieg mittlerweile dreitausend Fuß über dem Meersspiegel befanden. Daher auch der spürbare Unterschied sowohl in der Temperatur wie auch in der Vegetation. Wir hatten die furchtbaren Insekten, diese Geißel aller tropischen Länder, hinter uns gelassen. Nur wenige Palmen und manche Baumfarne waren geblieben. Aber die Riesenbäume aus den Urwäldern des Amazonasgebietes waren verschwunden. Ich freute mich, Winde, Passionsblume und Begonie, die mich an zu Hause erinnerten, hier zwischen den schroffen Felsen wieder zu sehen. Es gab da eine rote Begonie von genau derselben Farbe, wie jene, die in einem Blumentopf auf dem Fensterbrett einer gewissen Villa in Streatham steht – aber jetzt schweife ich in private Erinnerungen ab.

In dieser Nacht – ich spreche immer noch vom ersten Tag unseres Marsches um das Plateau herum – erwartete uns ein großes Erlebnis. Und zwar eins, das endgültig jeden Zweifel an den wunderbaren Dingen in unserer Nähe beseitigte.

Sie werden sich beim Lesen – und an dieser Stelle vielleicht zum ersten Mal – davon überzeugen, lieber Mr McArdle, dass unsere Zeitung mich nicht zu einer nutzlosen Sache hergeschickt hat und dass sie einen ganz wunderbaren Bericht zur Veröffentlichung abgeben wird, sobald wir nur Professor Challengers Erlaubnis dazu haben. Ich werde diesen Artikel aber nie veröffentlichen, wenn es mir nicht auch gelingt, stichhaltige Beweise nach England mitzubringen. Sonst würde mir für immer der Name eines journalistischen Münchhausen nachhängen. Ich zweifle nicht daran, dass Sie genauso empfinden und dass Sie den Ruf der »Gazette« mit diesem Abenteuer nicht aufs Spiel setzen wollen, bevor wir nicht in der Lage sind, dem Chor der Kritiker und Skeptiker, der auf solche

Artikel notwendigerweise laut würde, entgegentreten zu können. Und so muss auch der Bericht von diesem wunderbaren Vorfall, der eine so prächtige fette Überschrift für unsere gute alte Zeitung liefern könnte, den geeigneten Zeitpunkt zur Veröffentlichung in der Redaktionsschublade abwarten.

Und doch war alles vorüber wie ein Blitz und hatte keinerlei Folgen, außer in unseren Überzeugungen.

Und zwar hat sich Folgendes ereignet: Lord John hatte ein Ajouti – ein kleines Tier, das Ähnlichkeit mit einem Schwein hat – geschossen und wir waren dabei, nachdem wir die eine Hälfte davon den Indianern gegeben hatten, die andere Hälfte über unserem Feuer zu braten. Es wurde nach Eintritt der Dunkelheit ziemlich kühl und wir rückten alle ans Feuer heran. Die Nacht war mondlos, aber einige Sterne glänzten und man konnte die Ebene ein kleines Stück weit überblicken. Plötzlich stieß etwas Riesiges schwirrend aus der Dunkelheit herunter. Für einen Moment waren wir alle wie von einem Baldachin aus ledernen Flügeln bedeckt und ich hatte einen Augenblick das Bild eines langen, schlangenähnlichen Nackens, eines wilden, roten, gierigen Auges und eines großen, zuschnappenden Schnabels, der zu meinem Erstaunen mit kleinen, glänzenden Zähnen besetzt war, vor mir. Im nächsten Augenblick war es schon wieder verschwunden – und mit ihm das halbe Schwein. Ein riesiger, dunkler Schatten, zwanzig Fuß im Durchmesser, schwang sich in die Höhe. Für einen Augenblick verdunkelten die ungeheuren Flügel die Sterne und dann verschwand es hoch über uns hinter dem Rand der Felswand.

Wir saßen in schweigendem Staunen um das Feuer herum wie die Helden Virgils, als die Harpyen sich auf sie stürzten. Summerlee fand als Erster die Sprache wieder. »Professor Challenger«, sagte er mit seiner ernsten Stimme, die vor innerer Bewegung zitterte, »ich muss Sie um Verzeihung bitten. Ich bin völlig im Unrecht gewesen und bitte Sie, das Vergangene zu vergessen.«

Die Worte klangen herzlich und die beiden Männer schüttelten sich zum ersten Mal die Hand. So viel hatten wir also durch diesen unbezweifelbaren Anblick eines Pterodactylus gewonnen. Zwei solche Männer zusammenzubringen, das war ein gestohlenes Abendessen wert.

Wenn aber prähistorisches Leben auf dem Plateau existierte, konnte es jedenfalls nicht im Überfluss vorhanden sein, denn während der nächsten drei Tage bemerkten wir keine weiteren Anzeichen davon. Unser Marsch führte uns nach Norden und

Osten durch ein unfruchtbares und widerwärtiges Land, das abwechselnd aus steinbedeckten Wüsten und tiefen, an Wasservögeln reichen Sümpfen bestand. Das Vorwärtskommen war hier außerordentlich schwierig. Wenn wir nicht eine schmale Felskante, die am Rand der Mauer entlanglief, gefunden hätten, so wäre uns nur die Rückkehr übrig geblieben. Manchmal versanken wir bis zu den Hüften im Schlamm des alten, subtropischen Sumpfes. Und was die Sache noch schlimmer machte: Die Gegend schien ein Lieblingsbrutplatz der Jaracaca-Schlange, der giftigsten und angriffslustigsten Giftschlange Südamerikas, zu sein. Immer wieder krochen und sprangen diese schrecklichen Tiere über die Oberfläche des fauligen Morastes auf uns zu und wir konnten uns ihrer nur durch ständiges Bereithalten unserer Schrotflinten erwehren. Der Anblick einer trichterförmigen Bodenvertiefung, die mit üppig gedeihenden Flechten in hellgrüner Farbe bedeckt war, wird meine Erinnerung immer wie ein Albdruck belasten. Sie schien der bevorzugte Aufenthaltsort dieses ekelhaften Gewürms zu sein. Ihre Abhänge wimmelten von Schlangen, die alle auf uns zugekrochen kamen, denn es ist eine Eigenart der Jaracaca, dass sie jeden Menschen sofort angreift. Es waren zu viele, als dass wir sie hätten schießen können. Wir suchten unser Heil daher in der Flucht und liefen, bis wir völlig erschöpft waren. Niemals werde ich vergessen, wie wir beim Zurückblicken die Köpfe und Hälse unserer schrecklichen Verfolger sich im grünen Schilf heben und senken sahen. Jaracaca-Sumpf nannten wir diese Stelle auf der Karte, die wir von dieser Gegend entwarfen.

Die rötliche Farbe der Felswand ging langsam in ein Schokoladenbraun über; die Vegetation war nun weniger dicht und die Höhe der Kante sank bis auf etwa drei- oder vierhundert Fuß ab, aber nirgends fanden wir eine zum Aufstieg geeignete Stelle. Wenn überhaupt möglich, war dieser hier noch ungeeigneter als bei unserem Ausgangspunkt. Die absolute Steilheit der Wände erkennt man an der Fotografie, die ich von der Steinwüste aufnahm.

»Aber der Regen muss doch irgendwo herunterkommen«, sagte ich, als wir die Lage erörterten, »es muss Rinnen im Fels geben.«

»Unser junger Freund hat Augenblicke einer gewissen geistigen Klarheit«, sagte Professor Challenger, indem er mir auf die Schulter klopfte.

»Der Regen muss doch irgendwo bleiben«, wiederholte ich.

»Er hält unbedingt an seinem Gedanken fest. Nur schade, dass wir uns durch Augenschein bereits davon überzeugen mussten, dass es keine Rinnen in der Felswand gibt.«

»Aber wo bleibt das Wasser denn?«, fragte ich hartnäckig.

»Ich glaube, man darf mit Recht annehmen, dass es nach innen rinnt, wenn es nicht nach außen abfließt.«

»Dann ist also ein See in der Mitte.«

»Das nehme ich an.«

»Es ist mehr als wahrscheinlich, dass der See einen alten Krater ausfüllt«, sagte Summerlee. »Die ganze Formation ist, wie man sieht, weitgehend vulkanisch. Aber wie dem auch sei, ich würde mich nicht wundern, wenn die Oberfläche des Plateaus sich nach innen zu einem riesigen Wasserbecken in der Mitte hinabsenkt, der vielleicht durch einen unterirdischen Abfluss mit dem Jaracaca-Sumpf verbunden ist.«

»Vielleicht wird der Zufluss an Regenwasser auch durch Verdunstung ausgeglichen«, bemerkte Challenger, und dann verloren sich die beiden gelehrten Männer in einer ihrer üblichen wissenschaftlichen Diskussionen, die dem Laien so unverständlich waren, als würden sie miteinander chinesisch reden.

Am sechsten Tage hatten wir unseren Rundmarsch beendet und kamen wieder bei unserem

Lager neben dem einzeln stehenden Felsen an. Wir waren in verzweifelter Stimmung. Denn unsere Untersuchung war völlig ergebnislos geblieben und wir wussten nun absolut sicher, dass es nirgends eine Stelle gab, an der es die Möglichkeit gegeben hätte, die Felsen zu ersteigen. Die Stelle, die Maple White uns durch Pfeile als seinen eigenen erfolgreichen Weg gekennzeichnet hatte, war unpassierbar geworden.

Was blieb uns also zu tun übrig? Unsere Vorräte, die wir mit Hilfe unserer Gewehre ergänzen konnten, waren zwar noch reichlich, aber schließlich würde der Zeitpunkt kommen, an dem sie erschöpft waren. In wenigen Monaten würde auch die Regenzeit beginnen, die das Kampieren im Freien unmöglich machte. Der Felsen war härter als Marmor und jeder Versuch, Stufen hineinzuhauen, überstieg angesichts der gewaltigen Höhe sowohl unsere Zeit als auch unsere Hilfsmittel. Kein Wunder, dass wir einander an diesem Abend düster anblickten und schweigsam zu unseren Schlafdecken griffen. Ich erinnere mich, dass ich im Moment des Einschlafens noch Professor Challenger wie einen riesigen Ochsenfrosch am Feuer hocken sah. Den großen Kopf in seine Hände gestützt und anscheinend tief in Gedanken versunken überhörte er völlig, dass ich ihm Gute Nacht wünschte.

Am nächsten Morgen begrüßte uns ein ganz anderer Challenger – ein Challenger, dessen ganze Person Zufriedenheit und Stolz ausstrahlte. Als wir uns zum Frühstück versammelt hatten, blickte er uns mit falscher Bescheidenheit in die Augen, als wolle er sagen, ich weiß, dass ich Ihr ganzes Lob verdiene, aber ich bitte Sie, nichts zu sagen, um mir das Erröten zu ersparen. Sein Bart sträubte sich lebhaft. Er warf sich in die Brust und schob seine Hand vorn in seine Jacke. Das ist das Bild, das ihm bestimmt manchmal vorschwebt – wie er auf einem leeren Sockel am Trafalgar Square steht und den Schreckbildern auf den Straßen Londons noch ein neues hinzufügt.

»Heureka!«, rief er aus und die Zähne blitzten durch seinen schwarzen Bart. »Meine Herren, Sie können mir gratulieren und wir können uns gegenseitig gratulieren. Das Problem ist gelöst.«

»Sie haben einen Weg nach oben gefunden?«

»Ich wage es zu hoffen.«

»Und wo?«

Statt einer Antwort zeigte er auf die Spitze der Felssäule.

Unsere Gesichter – oder wenigstens meins – wurden lang, als wir hinaufblickten. Dass man durch Klettern hinaufkommen könne, hatte uns unser Anführer bereits versichert. Aber zwischen dem Felsen und dem Plateau lag ein furchtbarer Abgrund.

»Wir werden da niemals hinüberkommen«, stöhnte ich.

»Wir können wenigstens die Spitze erreichen«, erwiderte er. »Sobald wir oben sind, werde ich Ihnen zeigen, dass die Quellen eines erfinderischen Geistes noch lange nicht versiegt sind.«

Nach dem Frühstück packte er ein Bündel aus, das die von ihm mitgebrachten Klettergeräte enthielt. Er entnahm ihm eine Rolle starkes und leichtes Seil von etwa 150 Fuß Länge, Steigeisen, Klammern und anderes Gerät. Lord John war ein erfahrener Bergsteiger, und auch Summerlee hatte sich gelegentlich im Klettern geübt. Also war ich der einzige Anfänger. Aber meine Stärke und Gewandtheit würden meine mangelnde Erfahrung wohl ausgleichen. Die Aufgabe war tatsächlich nicht allzu schwer, obwohl es Augenblicke gab, in denen mir die Haare zu Berge standen. Die erste Hälfte ließ sich ziemlich leicht bewältigen, aber dann wurde die Wand immer steiler und wir mussten uns während der letzten fünfzig Fuß buchstäblich mit den Fingern und Zehen an den schmalen Vorsprüngen und Spalten im Felsen festklammern. Weder ich noch Summerlee hätten es geschafft, wenn nicht Challenger vor uns den Gipfel erreicht (es war ein außergewöhnliches Bild, diesen schwerfälligen Menschen so gewandt klettern zu sehen) und das Seil um den Stamm des großen Baumes, der oben wuchs, geschlungen hätte. Mit dieser Unterstützung konnten wir an der Wand hochkriechen, bis wir uns oben auf einer kleinen grasbewachsenen Plattform von etwa fünfundzwanzig Fuß Durchmesser zusammenfanden.

Nachdem ich wieder zu Atem gekommen war, beeindruckte mich als Erstes die großartige Aussicht über das Land, das wir durchquert hatten. Die ganze brasilianische Ebene schien zu unseren Füßen zu liegen. Sie erstreckte sich nach allen Seiten, bis sie im blauen Dunst am unendlich weit entfernten Horizont versank. Den Vordergrund bildete ein langer, steiniger und hie und da mit Baumfarnen bedeckter Abhang. Weiter weg, in der Mitte und gerade noch hinter dem sattelförmigen Bergrücken sichtbar, erkannte ich den gelbgrünen Bambusgürtel, den wir durchquert hatten. Und dann ging die stärker werdende Vegetation langsam in riesigen Urwald über, der sich, so weit das Auge reichte und wohl noch Tausende Meilen darüber hinaus, ausbreitete.

Ich war noch im Anblick dieses Panoramas versunken, als sich die schwere Hand des Professors auf meine Schulter legte.

»Hier herüber, mein junger Freund«, sagte er. »Vestigia nulla retrorsum. Nicht zurückschauen, sondern immer nach vorn.«

Als ich mich umblickte, sah ich, dass wir uns auf gleicher Höhe mit der Oberkante des Plateaus befanden und der grüne Buschrand mit den einzelnen Bäumen dazwischen war uns so nahe, dass man die Unzugänglichkeit des Plateaus kaum begreifen konnte. Nach einer ungefähren Schätzung war die trennende Kluft vierzig Fuß breit. Aber, soweit ich beurteilen konnte, hätte sie ebenso gut zwanzig Meilen breit sein können. Ich schlang einen Arm um den Baumstamm und beugte mich über den Abgrund. Tief unten erkannte ich die kleinen dunklen Gestalten unserer Hilfsmannschaft, die zu uns heraufsahen. Die Wand unter mir fiel absolut senkrecht ab, genau wie jene auf der anderen Seite.

»Das ist in der Tat merkwürdig«, sagte Professor Summerlee mit krächzender Stimme.

Ich drehte mich um und sah, wie er mit großem Interesse den Baum, an dem ich mich festhielt, prüfte. Diese glatte Rinde und die kleingerippten Blätter kamen mir sehr bekannt vor. »Das ist ja eine Buche!« rief ich aus.

»Richtig«, sagte Summerlee, »ein alter Bekannter in der Fremde.«

»Nicht nur ein alter Bekannter, lieber Herr Kollege«, sagte Challenger, »sondern auch, wenn ich das von Ihnen benutzte Bild weiter ausführen darf, ein außerordentlich wertvoller Bundesgenosse. Dieser Buchenstamm wird zu unserem Retter.«

»Beim Himmel«, rief Lord John, »eine Brücke!«

»Jawohl, meine Freunde, eine Brücke! Nicht umsonst habe ich gestern Abend noch eine Stunde lang gesessen und unsere Lage durchdacht. Ich erinnere mich, unserem jungen Freund gegenüber früher einmal die Bemerkung gemacht zu haben, dass G. E. C. sich am wohlsten fühlt, wenn er mit dem Rücken zur Wand steht. Sie werden zugeben, dass wir gestern Abend alle miteinander mit dem Rücken an der Mauer standen. Aber wo sich Willenskraft und Intelligenz vereinigen, gibt es immer einen Ausweg. Wir brauchen nur eine Zugbrücke, die sich über den Abgrund legen lässt. Bitte, was sagen Sie dazu?«

Das war tatsächlich eine ausgezeichnete Idee. Der Baum war mindestens sechzig Fuß hoch, und wenn es uns gelang, ihn so zu fällen, dass er auf die richtige Seite stürzte, würde er leicht hinüberreichen. Challenger hatte sich beim Aufstieg die Axt auf den Rücken gebunden, die er mir jetzt übergab.

»Unser junger Freund verfügt über die nötige Kraft und Ausdauer«, sagte er. »Ich denke, er eignet sich für diese Aufgabe am besten. Ich muss Sie allerdings bitten, dabei auf jedes eigene Denken zu verzichten und genau das zu tun, was ich Ihnen sage.«

Unter seiner Leitung schlug ich seitliche Kerben in den Baum, dass er in die gewünschte Richtung fallen musste. Er hatte bereits von Natur aus eine ausgesprochene Neigung zum Plateau hinüber, was die Sache relativ leicht machte. Ich legte mich zuletzt mit aller Kraft ins Zeug, wobei ich mich mit Lord John abwechselte. Nach etwa einer Stunde gab es einen lauten Krach, der Baum schwankte und fiel dann hinüber, wobei er seine Krone im Gebüsch auf der anderen Seite vergrub. Der gefällte Stamm rutschte fast bis an den Rand unserer Plattform und eine furchtbare Sekunde lang dachten wir, er würde hinunterstürzen. Aber schließlich blieb er wenige Zoll von der Kante entfernt liegen und unsere Brücke ins Unbekannte war fertig.

Wortlos schüttelten wir alle Professor Challenger, der seinen Strohhut abnahm und sich vor jedem von uns tief verbeugte, die Hand.

»Ich nehme für mich die Ehre in Anspruch«, sagte er, »als Erster das unbekannte Land zu betreten – zweifellos ein geeignetes Motiv für ein zukünftiges historisches Gemälde.«

Er näherte sich der Brücke, als Lord John ihm die Hand auf die Schulter legte. »Verehrter Herr Professor«, sagte er, »das kann ich leider nicht erlauben.«

»Nicht erlauben, mein Herr?«, fragte Challenger, wobei er den Kopf zurückwarf und den Bart vorschob.

»Wenn es sich um eine wissenschaftliche Angelegenheit handelt, werde ich mich, wie Sie wissen, Ihnen stets unterordnen, da Sie ein Vertreter der Wissenschaft sind. Aber auf meinem Gebiet müssen Sie sich mir unterordnen.«

»Ihr Gebiet, mein Herr?«

»Wir haben alle unseren Beruf und meiner ist: Soldat sein. Wir sind, wie ich die Sache auffasse, im Begriff, in ein neues Land einzudringen, das möglicherweise voller Feinde aller Art steckt, und aus Mangel an gesundem Menschenverstand und Geduld blindlings draufloszugehen, scheint mir nicht das richtige Verfahren zu sein.«

Dieser Einwand war zu vernünftig, als dass man ihn hätte übergehen können. Challenger warf den Kopf zurück und zog die breiten Schultern hoch.

»Gut. Und was schlagen Sie stattdessen vor?«

»Ich könnte mir denken, dass es da drüben einen Kannibalenstamm gibt, der im Gebüsch auf ein gutes Frühstück wartet«, sagte Lord John und blickte zum Plateau hinüber. »Es ist besser, Vorsicht zu üben, als in den Kochtopf zu wandern. Wir wollen zwar hoffen, dass uns keinerlei Gefahren erwarten, wollen aber doch so handeln, als gäbe es solche. Malone und ich werden deshalb noch einmal hinuntersteigen und unsere vier Gewehre und die beiden Mestizen heraufholen. Einer von uns kann dann hinübergehen und die übrigen werden ihn so lange mit ihren Gewehren decken, bis er feststellt, dass wir alle miteinander ohne Gefahr das Plateau betreten können.«

Challenger setzte sich auf den Baumstumpf und machte seiner Ungeduld durch Grunzen Luft. Aber Summerlee und ich waren einer Meinung darüber, dass Lord John unser Anführer sein musste, wenn es sich um solche praktischen Fragen handelte. Die Kletterei war jetzt, da wir das Seil an der schlimmsten Stelle zu Hilfe nehmen konnten, bedeutend einfacher. Innerhalb einer Stunde hatten wir die Gewehre und eine Schrotflinte hinaufgeschafft. Die Mestizen waren ebenfalls nach oben gekommen und hatten auf Lord Johns Anordnung ein Paket mit Vorräten nach oben getragen, für den Fall, dass die erste Erkundung des Plateaus längere Zeit in Anspruch nehmen sollte.

Jeder von uns war übrigens im Besitz eines Patronengurts.

»Nun, Professor Challenger, wenn sie ernstlich darauf bestehen, der Erste zu sein –«, sagte Lord John, als alle Vorbereitungen getroffen waren.

»Ich bin Ihnen sehr verbunden für die liebenswürdige Erlaubnis«, sagte der verärgerte Professor; denn es gab niemals einen Mann, der so unduldsam in allen Dingen war, die die Autorität betrafen. »Da Sie so liebenswürdig sind, es mir zu gestatten, werde ich gern die Gelegenheit ergreifen, mich als Pionier zu zeigen.« Er setzte sich rücklings auf den Baumstamm und ließ seine Beine auf beiden Seiten in den Abgrund hinunterbaumeln, hängte sich das Handbeil über den Rücken und hoppelte hinüber. Drüben richtete er sich auf und winkte mit den Armen.

»Endlich!« schrie er, »endlich!«

Ich blickte ängstlich mit dem unbestimmten Gefühl nach drüben, dass der grüne Vorhang irgendeine Gefahr für ihn bergen könnte. Es blieb aber alles ruhig, mit Ausnahme eines merkwürdigen bunten Vogels, der vor seinen Füßen aufflog und zwischen den Bäumen verschwand.

Summerlee war der Zweite. Diese zähe Energie in seinem zerbrechlichen Körper war bewundernswert. Er bestand darauf, zwei Gewehre mit hinüber zu nehmen. Damit waren jetzt beide Professoren bewaffnet. Dann kam ich, und ich musste mich zwingen, nicht in den furchtbaren Abgrund, den ich überquerte, hinunterzuschauen. Summerlee streckte mir den Kolben seines Gewehrs entgegen und einen Augenblick später konnte ich seine Hand erfassen. Zuletzt schritt Lord John – er schritt tatsächlich ohne Unterstützung – hinüber! Er muss Nerven aus Stahl haben.

Und dann waren wir drüben. Im Traumland. In der verlorenen Welt Maple Whites. Wir alle empfanden das als den Augenblick unseres höchsten Triumphes. Wer hätte ahnen können, dass es die Einleitung zu unserem größten Unglück war? Ich will mit kurzen Worten von dem furchtbaren Schlag berichten, der uns traf.

Wir waren vom Rand aus etwa fünfzig Meter in das dichte Gebüsch vorgedrungen, als ein furchtbares splitterndes Krachen hinter uns ertönte. Wir stürzten zum Rand der Felswand zurück: Die Brücke war verschwunden.

Tief unten am Fuß der Felswand erblickte ich, als ich hinuntersah, ein wirres Durcheinander von Zweigen und Splittern. Es war unser Buchenstamm. Hatte die Kante der Plattform nachgegeben und ihn abrutschen lassen? Einen Augenblick lang dachten wir das alle. Dann aber wurde an der uns abgewandten Seite des Felsens langsam ein dunkles Gesicht, das Gesicht Gomez', sichtbar. Ja, es war Gomez. Aber nicht mehr der Mestize mit dem beflissenen Lächeln und dem maskenähnlichen Ausdruck, das war ein Gesicht mit flammenden Augen und verzerrten Zügen, ein Gesicht, das vor Hass und wilder Freude über eine gelungene Rache bebte.

»Lord Roxton«, schrie er, »Lord John Roxton!«

»Nun«, sagte unser Gefährte, »hier bin ich.«

Ein gellendes Gelächter tönte über den Abgrund herüber.

»Ja, da bist du, du englischer Hund, und da wirst du bleiben! Ich habe gewartet und gewartet, und endlich ist meine Stunde gekommen. Der Aufstieg war schwer genug für euch, aber der Abstieg wird noch schwerer sein. Jetzt sitzt Ihr in der Falle, Ihr verfluchten Narren.«

Wir waren zu überrascht, um zu einer Reaktion fähig zu sein. Ein großer, abgebrochener Ast im Gras zeigte uns bald, wie er unsere Brücke zum Absturz gebracht hatte. Das Gesicht war verschwunden, aber schon tauchte es wieder auf, noch wütender als vorher. »Beinahe hätten wir euch schon mit dem Stein bei der Höhle umgebracht«, schrie er, »aber so ist es besser. Es geht langsamer und ist furchtbarer. Eure Knochen werden da drüben bleichen und niemand wird wissen, wo ihr liegt, um euch zu begraben. Wenn du im Sterben liegst, Roxton, dann denk an Lopez, den du vor fünf Jahren am Putomayo erschossen hast. Ich bin sein Bruder. Jetzt werde ich glücklich sterben, denn er ist gerächt.« Und mit der Hand zu uns hinüberdrohend, verschwand er.

Hätte der Mestize nur diesen Racheakt verübt und dann die Flucht ergriffen, so wäre für ihn vielleicht alles gut ausgegangen. Aber die tolle, unwiderstehliche Neigung des Südländers zur Dramatik wurde ihm zum Verhängnis. Roxton, der sich den Beinamen einer Geißel Gottes erworben hatte, war nicht der Mann, der sich ungestraft verhöhnen ließ.

Der Mestize stieg an der Rückseite der Felsspitze hinunter; bevor er jedoch unten ankam, war Lord John am Rand des Plateaus entlanggelaufen und hatte eine Stelle gefunden, von der aus er den Mann sehen konnte. Sein Gewehr krachte, und obwohl wir nichts sehen konnten, hörten wir einen Schrei und einige Sekunden später das Aufschlagen eines fallenden Körpers. Roxton kehrte mit steinernem Gesicht zu uns zurück.

»Ich habe gehandelt wie ein blinder Einfaltspinsel«, sagte er bitter. »Meiner Dummheit verdanken Sie diese grässliche Lage. Ich hätte daran denken sollen, dass diese Menschen gewohnt sind, Blutrache zu üben, und hätte mehr auf der Hut sein müssen.«

»Was ist mit dem anderen? Es haben doch zwei dazugehört, um den Baumstamm über die Kante zu rollen?«

»Ich hätte ihn auch niederschießen können, aber ich ließ ihn gehen. Vielleicht ist er unschuldig. Vielleicht wäre es aber doch besser gewesen, wenn ich ihn getötet hätte; denn er muss, wie Sie richtig sagen, mitgeholfen haben.«

Jetzt, nachdem wir die Erklärung des folgenschweren Vorfalls gehört hatten, erinnerte sich jeder von uns an so manches hinterhältige Benehmen des Mestizen – sein beständiger Wunsch, hinter unsere Pläne zu kommen, sein Versteck in der Nähe unseres Zeltes, seine verstohlenen hasserfüllten Blicke, die den einen oder anderen von uns manchmal überrascht hatten. Während wir noch unsere völlig veränderte Lage diskutierten, erregte eine merkwürdige Szene unsere Aufmerksamkeit, die sich unten auf der Ebene abspielte.

Ein Mann in weißer Kleidung, der nur der überlebende Mestize sein konnte, rannte davon, als wäre ihm der Teufel auf den Fersen. Knapp hinter ihm her lief der riesige Zambo, unser treuer Schwarzer, und schon stürzte er sich auf den

Flüchtling, umschlang ihn mit seinen Armen und rollte mit ihm über den Boden. Einen Augenblick später erhob sich Zambo, warf noch einen Blick auf den am Boden liegenden Mann und kam dann eiligst auf uns zugerannt. Die weiße Gestalt lag reglos auf der Ebene.

Die beiden Verräter hatten ihr Ende gefunden. Aber ihr Verbrechen war nicht mehr ungeschehen zu machen. Wir hatten keine Möglichkeit mehr, zur Felsspitze zurückzukehren. Hatten wir bisher der ganzen Welt angehört, so waren wir jetzt auf unser Plateau beschränkt. Dort unten lag die Ebene, über die wir zu unseren Kanus gelangen konnten, weit hinten, jenseits des violett verschleierten Horizonts war der Strom, der uns zur Zivilisation zurückführte, aber das verbindende Glied fehlte. Keine menschliche Erfindungsgabe hätte ein Mittel finden können, die Kluft, die zwischen uns und der Welt gähnte, zu überbrücken. Ein einziger Augenblick hatte unsere ganzen Lebensbedingungen verändert. Das war aber auch der Moment, um zu erkennen, aus welchem Holz meine drei Kameraden geschnitzt waren. Zwar waren sie ernst und nachdenklich, aber doch von ungebrochener Zuversicht. Im Augenblick konnten wir nichts anderes tun, als uns geduldig im Gebüsch niederzulassen und auf die Rückkehr Zambos zu warten. Bald erschien sein ehrliches schwarzes Gesicht über dem Felsen, und seine herkulische Gestalt tauchte auf der Plattform auf.

»Was ich jetzt tun sollen?«, rief er herüber. »Sagen mir und ich werden Ihre Befehle ausführen.«

Diese Frage war leichter gestellt als beantwortet. Eins war jedenfalls klar: Der Schwarze bildete das einzige vertrauenswürdige Bindeglied zwischen uns und der übrigen Welt. Er durfte uns unter keinen Umständen verlassen.

»Nein, nein«, schrie er, »ich Sie nicht verlasse. Was auch kommt, Sie mich immer hier finden. Aber unmöglich Indianer zurückhalten. Sagen immer, zuviel Curipuri hier sein, wollen nach Hause. Jetzt wollen fort, ich nicht kann halten sie.«

Tatsächlich hatten unsere Indianer in letzter Zeit öfters erkennen lassen, dass sie der Reise überdrüssig waren und heimkehren wollten. Wir waren überzeugt, dass Zambo die Wahrheit sprach und es ihm unmöglich sein würde, sie zurückzuhalten.

»Überrede sie, bis morgen zu bleiben, Zambo«, rief ich hinunter. »Ich werde ihnen dann einen Brief mitgeben.«

»Gut, Herr! Verspreche, sie bis morgen warten«, antwortete der Schwarze. »Aber was soll ich tun jetzt für Sie?«

Es gab allerlei für ihn zu tun und der treue Bursche erledigte alles gewissenhaft. Zuerst löste er nach unserer Anweisung das Seil vom Baumstamm los und warf uns das eine Ende herüber. Es war nicht dicker als eine Wäscheleine, aber doch sehr stark. Wenn es auch keine Brücke abgeben konnte, so war es für den Fall, dass wir klettern mussten, für uns doch von unschätzbarem Wert. Er befestigte darauf an dem anderen Ende des Seils das Paket mit Lebensmitteln, das er für uns heraufgebracht hatte, und wir zogen es zu uns herüber. Damit konnten wir mindestens eine Woche auskommen, selbst wenn wir sonst nichts anderes fanden. Schließlich stieg er hinunter und schaffte noch zwei weitere Pakete gemischten Inhalts – eine Munitionskiste und eine Reihe anderer Sachen – hinauf, die wir alle mit Hilfe des Seils zu uns herüberzogen. Als der Abend hereinbrach, stieg er hinunter und versicherte uns noch einmal, dass er die Indianer bis zum nächsten Morgen zurückhalten wolle.

Und so habe ich fast die ganze erste Nacht auf dem Plateau damit zugebracht, unsere Erlebnisse beim Schein einer Laterne niederzuschreiben.

Wir hatten etwas gegessen und uns nahe am Rand der Felswand ein Lager hergerichtet. Unseren Durst stillten wir mit zwei Flaschen Mineralwasser, die wir in einer der Kisten entdeckten. Wasser zu finden, ist für uns jetzt eine Überlebensfrage, aber ich denke, dass sogar Lord John für heute genug erlebt hatte, und niemand von uns hatte Lust auf einen ersten Vorstoß ins Unbekannte. Wir vermieden es, ein Feuer anzuzünden oder unnötige Geräusche zu machen.

Morgen (oder besser gesagt heute, denn der Tag bricht bereits an, während ich hier schreibe) werden wir einen ersten Versuch machen, in dieses seltsame Land vorzudringen. Ob ich in der Lage sein werde, nochmals zu schreiben, oder ob ich überhaupt jemals wieder schreibe, weiß ich nicht. Inzwischen sehe ich, dass die Indianer noch immer an ihrem Lagerplatz warten und ich bin sicher, das Zambo gleich kommen und den Brief holen wird. Ich kann nur hoffen, dass er wirklich ankommt.

P. S.: Je mehr ich darüber nachdenke, desto verzweifelter kommt mir unsere Lage vor. Ich sehe keine Möglichkeit zur Rückkehr. Wenn in der Nähe der Kante des Plateaus ein hoher Baum stehen würde, könnten wir eine neue Brücke in umgekehrter Richtung schlagen. Es gibt hier aber leider im Umkreis von fünfzig Metern keinen. Und unsere vereinten Kräfte würden nicht ausreichen, einen geeigneten Baum heranzuschaffen. Das Seil ist natürlich viel zu kurz, um damit hinunterklettern zu können. Unsere Lage ist hoffnungslos – hoffnungslos!

Neuntes Kapitel

Wir haben eine Reihe höchst merkwürdiger Dinge erlebt und erleben ständig neue. Mein ganzer Papiervorrat besteht aus fünf alten Notizbüchern und einer Anzahl loser Blätter und ich habe nur diesen einen Füllfederhalter. Aber solange ich meine Hand bewegen kann, will ich damit fortfahren, unsere Erlebnisse und Eindrücke niederzuschreiben. Denn da wir die einzigen Menschen sind, die derartige Dinge zu sehen bekommen, ist es außerordentlich wichtig, dass ich von ihnen berichte, solange sie mir noch frisch im Gedächtnis sind, bevor das Schicksal, das ständig drohend über uns hängt, uns ereilt. Ob Zambo diese Briefe zum Ufer hinuntertragen kann oder ob ich sie durch irgendein Wunder selbst mitnehmen kann oder ob später einmal irgendein kühner Forscher mit Hilfe eines Flugzeugs dieses Bündel Papier findet – auf jeden Fall weiß ich, dass das, was ich hier niederschreibe, einmal unsterblich sein wird.

Am Morgen nach dem Tag, an dem der verbrecherische Gomez uns den Rückweg vom Plateau abgeschnitten hatte, begann für uns ein ganz neuer Abschnitt unserer Erlebnisse. Der nächste Vorfall war nicht dazu angetan, mir eine sehr günstige Meinung über unseren Aufenthaltsort zu verschaffen. Als ich bei Tagesanbruch nach einem kurzen Schlaf erwachte, fiel mein Blick auf eine merkwürdige Erscheinung an meinem Bein. Die Hose war etwas hinaufgerutscht und ein Stück Haut oberhalb des Strumpfes lag bloß. An dieser Stelle haftete etwas, das wie eine dicke rötliche Traube aussah. Erstaunt über diesen Anblick beugte ich mich vor, um das Ding zu entfernen, als es zu meinem Schrecken zwischen meinen Fingern zerplatzte, wobei das Blut nach allen Seiten spritzte. Ein Schrei des Entsetzens brachte die beiden Professoren an meine Seite.

»Höchst interessant«, sagte Summerlee, wobei er sich über mein Schienbein beugte. »Ein riesiger Blutegel, noch nicht klassifiziert, wie ich glaube.«

»Die erste Frucht unserer Forschungsarbeit«, sagte Challenger in seiner dröhnenden Art. »Wir können nicht umhin, sie Ixodes Maloni zu nennen. Die kleine Unannehmlichkeit, von dem Tier gebissen worden zu sein, mein junger Freund, wird Ihnen angesichts des unschätzbaren Privilegs, Ihren Namen in den ewigen Annalen der Zoologie verewigt zu sehen, wohl nichts ausmachen. Unglücklicherweise haben Sie dieses Prachtexemplar im Moment seiner Sättigung zerstört.«

»Ekelhaftes Gewürm!«, schrie ich.

Professor Challenger zog mit einem Ausdruck des Protestes die grauen Augenbrauen hoch und legte mir begütigend die Hand auf die Schulter. »Sie sollten lernen, wissenschaftlicher zu denken und zu fühlen«, sagte er. »Für einen Mann mit philosophischer Veranlagung wie mich ist ein Blutegel mit seinem lanzenähnlichen Rüssel und seinem ausdehnbaren Magen ein ebenso schönes Werk der Natur wie ein Pfau oder das Nordlicht. Es schmerzt mich, wenn ich Sie in einer so unangemessenen Weise sprechen höre. Ich zweifle aber nicht daran, dass wir mit genügend Ausdauer noch das eine oder andere Exemplar auftreiben werden.»

»Das ist sogar ganz sicher«, sagte Summerlee trocken, »denn es ist gerade eins unter Ihrem Hemdkragen verschwunden.«

Challenger machte einen Luftsprung, brüllte wie ein Stier und zerrte wie verrückt an Jacke und Hemd, um beides auszuziehen. Summerlee und ich mussten so lachen, dass wir ihm kaum helfen konnten. Schließlich zogen wir ihm die Kleidungsstücke von seinem gewaltigen Körper (54 Zoll Bandmaß). herunter. Aus dem dichten Dschungel von schwarzen Haaren, mit denen seine Haut bedeckt war, holten wir den wandernden Blutegel hervor, ehe er sich festgesogen hatte. Aber das Gebüsch um unser herum war so voll von dieser furchtbaren Pest, dass wir gezwungen waren, unseren Lagerplatz dort aufzugeben.

Als Erstes aber mussten wir Verabredungen mit unserem treuen Schwarzen treffen, der gerade wieder auf der Felsspitze erschien, um von dort aus eine Anzahl Kakao- und Biskuitbüchsen zu uns herüberzuschaffen. Wir beauftragten ihn, von den noch verbliebenen Vorräten so viel zurückzubehalten wie er für etwa zwei Monate benötigte. Den Rest sollte er den Indianern als Lohn für ihre Dienste und für das Mitnehmen unserer Briefe zum Amazonas überlassen. Einige Stunden später sahen wir sie im Gänsemarsch weit draußen auf der Ebene, jeder mit einem Bündel auf dem Kopf, den Weg, den wir gekommen waren, zurückgehen. Zambo richtete sich in unserem kleinen Zelt am Fuß der Felsspitze ein und dort blieb er – unser einziges Bindeglied zur Welt dort unten.

Nun mussten wir uns über unsere nächsten Schritte klar werden. Die Stelle mit den Blutegeln vertauschten wir mit einer kleinen Lichtung, die auf allen Seiten dicht von Bäumen eingefasst war. In der Mitte gab es einige flache Felsplatten und unmittelbar daneben eine Quelle. Das war ein bequemer und sauberer Platz, auf dem wir uns niederlassen und unsere Invasionspläne in das neue Land schmieden konnten. Aus den Baumkronen ertönten Vogelstimmen; besonders fiel uns darunter ein eigenartiger Schrei auf, den wir noch nie gehört hatten – sonst war nichts Lebendiges zu bemerken.

Zunächst stellten wir eine Art Verzeichnis unserer Vorräte auf, um eine Übersicht zu haben, was uns zur Verfügung stand. Es stellte sich heraus, dass wir mit dem, was wir selbst mitgebracht hatten und was Zambo uns am Seil herübergeschickt hatte, ganz gut versorgt waren. Das Wichtigste von allem, angesichts der bevorstehenden Gefahren, waren unsere vier Gewehre und je 1.300 Schuss Munition, dazu eine Schrotflinte mit allerdings nur 150 Patronen. Unsere Lebensmittel und der Tabak reichten für einige Wochen. Außerdem hatten wir einige wissenschaftliche Apparate einschließlich eines großen Fernrohrs und eines guten Feldstechers. Alle diese Dinge legten wir in die Mitte der Lichtung und umgaben sie mit einem Wall dorniger Sträucher, der einen Kreis von fünfzehn Metern Durchmesser bildete. Dieser Kreis war einstweilen unser Hauptquartier, unser Zufluchtsort bei plötzlicher Gefahr und ein geschütztes Lager für unsere Vorräte. Wir nannten es »Fort Challenger«.

Es war Mittag geworden bis wir diese Arbeit beendet hatten, aber die Hitze war nicht drückend, wie überhaupt Temperatur und Vegetation auf dem Plateau fast der gemäßigten Zone entsprachen. Im dichten Baumgürtel, der uns umgab, fanden sich Eichen, Buchen und sogar Birken. Ein riesiger Ginkgobaum, der alle anderen überragte, breitete seine großen Äste und sein feingliedriges Blattwerk über dem von uns errichteten Fort aus. In seinem Schatten setzten wir unsere Beratung fort. Lord John, der in der Stunde der Tat das Kommando übernommen hatte, setzte uns seine Ansichten auseinander.

»Solange wir weder von Menschen noch von Tieren bemerkt werden, sind wir in Sicherheit«, sagte er. »Sobald sie aber wissen, dass wir hier sind, ist es mit der Ruhe vorbei. Es gibt bis jetzt kein Anzeichen dafür, dass sie uns entdeckt hätten. Es ist also unsere Aufgabe, uns zunächst einmal hier verborgen zu halten und die Gegend auszukundschaften. Wir müssen uns über den Charakter unserer eventuellen Nachbarn informieren, bevor wir sie besuchen.«

»Aber wir müssen doch vorwärts«, erlaubte ich mir zu bemerken.

»Auf jeden Fall, mein Söhnchen! Wir wollen voran. Aber mit Überlegung. Wir dürfen niemals so weit gehen, dass wir nicht zu unserem Lager zurückkehren können. Unter keinen Umständen dürfen wir, außer es geht um Leben und Tod, von unseren Gewehren Gebrauch machen.«

»Aber Sie haben doch gestern geschossen«, sagte Summerlee.

»Das war leider nicht zu vermeiden. Doch blies der Wind stark nach auswärts und das macht es unwahrscheinlich, dass der Schall weit ins Plateau hineingedrungen ist. Wie wollen wir diese Hochfläche übrigens nennen? Ich meine, wir müssten ihr doch einen Namen geben.«

Es wurden dann einige mehr oder weniger glückliche Vorschläge gemacht, aber Challenger traf das Richtige.

»Das Land kann nur einen Namen tragen«, sagte er. »Es muss nach dem Pionier benannt werden, der es entdeckt hat: Maple-White-Land.«

Und diesen Namen trugen wir auch in die Karte ein, deren Ausarbeitung meine besondere Aufgabe war. Und so wird er wohl auch in einem zukünftigen Atlas zu finden sein.

Die friedliche Eroberung des Maple-White-

Landes war nun unsere wichtigste Aufgabe. Wir hatten mit eigenen Augen festgestellt, dass dieses Land von einigen unbekannten Geschöpfen bewohnt war. Und auch Maple Whites Skizzenbuch enthielt den Beweis für die Existenz noch furchtbarerer und gefährlicherer Ungeheuer. Dass es daneben noch menschliche Bewohner, und zwar solche von bösartigem Charakter gab, ließ sich aus dem aufgespießten Skelett im Bambusdickicht schließen. Unsere Lage in einem solchen Land, ohne die Möglichkeit zu entkommen, hielt also viele Gefahren bereit, und unser Verstand billigte alle Vorsichtsmaßnahmen, die Lord Johns Erfahrung für richtig hielt. Es war trotzdem unmöglich, lange am Rand dieser geheimnisvollen Welt zu verweilen, solange wir innerlich vor Ungeduld bebten, vorzudringen und das Innere zu erforschen.

Wir verschlossen daher den Eingang unseres Lagers mit dornigen Sträuchern, sodass die Vorräte hinter der schützenden Hecke verborgen waren, und machten uns dann langsam und vorsichtig auf den Weg ins Unbekannte. Wir folgten dem Lauf eines kleinen Baches, der aus der Quelle in unserem Fort entsprang.

Wenige Augenblicke später stießen wir auf Anzeichen, die uns verrieten, dass in der Tat Wunder auf uns warteten. Nach wenigen hundert Metern dichten Waldes mit vielen mir unbekannten Bäumen, die aber von dem Botaniker unserer Expedition, Professor Summerlee, als Koniferen und Cycadaceen, die in der restlichen Welt längst verschwunden waren, erkannt wurden, gelangten wir an eine Stelle, wo der Bach sich verbreiterte und einen ausgedehnten Morast bildete. Wir gelangten bis zu einer hohen Schilfwand von besonderem Typus, der Equisetacea oder Pferdeschweif heißt und ebenso wie die einzelnen dazwischen stehenden Baumfarne im kräftigen Wind hin und her schwankte. Plötzlich blieb Lord John, der vorausgegangen war, mit erhobener Hand stehen.

»Sehen Sie hier«, sagte er. »Donnerwetter, das muss die Spur des Urgroßvaters aller Vögel sein.«

Auf dem weichen Boden vor uns erblickten wir den Abdruck eines riesigen dreizehigen Vogelfußes. Die Spuren dieses Tieres führten über den Sumpf und in den Wald hinein. Wir blieben alle stehen, um sie genauer zu untersuchen. Wenn es tatsächlich ein Vogel war – und welches andere Tier hätte so eine Spur hinterlassen können? –, musste er um vieles größer als ein Strauß sein.

Lord John blickte sich aufmerksam um und schob zwei Patronen in seine Elefantenbüchse. »Ich wette um meinen guten Ruf als Fährtensucher«, sagte er, »dass diese Spur ganz frisch ist. Das Vieh ist vor kaum zehn Minuten hier vorbeigekommen. Sehen Sie doch, wie das Wasser immer noch in die tieferen Stellen einsickert. Himmel! Hier ist ja noch eine kleinere Spur.«

Und tatsächlich erblickten wir kleinere Spuren desselben Charakters, die neben den größeren herliefen.

»Und was halten Sie davon?«, rief Professor Summerlee triumphierend, indem er auf ein zwischen den dreizehigen Spuren vorhandenes Zeichen hinwies, das wie der Abdruck einer riesigen, fünffingrigen menschlichen Hand aussah.

»Wealden!«, rief Challenger in Ekstase, »diese Spuren habe ich im Ton von Wealden bereits gesehen. Es handelt sich um ein Lebewesen, das auf dreizehigen Hinterfüßen aufrecht geht und gelegentlich eine seiner fünffingrigen Vorderfüße auf den Boden setzt. Das ist kein Vogel, mein lieber Roxton – kein Vogel.«

»Ein Raubtier?«

»Nein, nein, ein Reptil – ein Dinosaurier. Kein anderes Wesen könnte solche Spuren zurücklassen. Die haben schon einen würdigen Doktor in Sussex vor etwa neunzig Jahren verwirrt. Aber wer in der Welt hätte hoffen können, so etwas zu sehen!«

Seine Worte erstarben in einem Flüstern und wir standen alle in reglosem Staunen da. Den Spuren folgend, gelangten wir vom Morast bis zu einer aus Gebüsch und einzelnen Bäumen bestehenden Wand. Vor uns lag eine Lichtung und auf dieser erblickten wir fünf der merkwürdigsten Geschöpfe, die ich jemals gesehen habe. Zwischen die Büsche gekauert, konnten wir sie bequem beobachten.

Es waren fünf an der Zahl, zwei ausgewachsene Exemplare und drei Junge. Ihre Größe war riesig. Selbst die Kleinen hatten die Größe von Elefanten, während das Ausmaß der beiden Erwachsenen alles uns Bekannte übertraf. Ihre schieferfarbige Haut war geschuppt wie die einer Eidechse und glänzte im Sonnenschein. Alle fünf saßen aufrecht. Sie stützten sich auf ihre breiten, mächtigen Schwänze und die riesigen, dreizehigen Hinterbeine, während sie mit ihren fünffingrigen Vorderfüßen Äste herunterzogen, um das Blattwerk abzufressen. Sie sahen aus wie ungeheure Kängurus von zwanzig Fuß Höhe und hatten eine Haut wie schwarze Krokodile.

Ich weiß nicht, wie lange wir reglos dieses erstaunliche Schauspiel anstarrten. Ein kräftiger Wind blies zu uns herüber und das Gebüsch verbarg uns so gut, dass wir nicht befürchten mussten, entdeckt zu werden. Von Zeit zu Zeit hüpften die Kleinen schwerfällig um die Eltern herum, während diese in die Luft sprangen und mit dumpfem Aufschlag wieder auf die Erde zurückfielen. Die Kräfte der Eltern schienen unbegrenzt zu sein. Denn als eines von ihnen ein Blätterbüschel in der Krone eines sehr hohen Baumes nicht erreichen konnte, ergriff es den Stamm mit den Vorderfüßen und riss ihn um, als wäre er ein Schössling. Bei dieser Gelegenheit zeigte sich nicht nur die ungeheure Muskelkraft, sondern auch die Kleinheit des Gehirns, denn der Baum stürzte krachend auf das Tier, das daraufhin eine Reihe von Klagelauten ausstieß, die erkennen ließen, dass es trotz seiner Größe verhältnismäßig empfindlich war. Auch schien es jetzt zu glauben, dass es von einem unsichtbaren Feind angegriffen wurde, denn es ging langsam in den Wald, gefolgt von seinem Gefährten und den drei Riesenkindern. Wir sahen die Schuppen der Tiere zwischen den Baumstämmen glänzen und ihre Köpfe oberhalb des Buschwerks hin- und herschwanken. Dann verloren wir sie aus den Augen.

Ich blickte zu meinen Gefährten hinüber. Lord John, dem der Jagdeifer aus den Augen blitzte, starrte den Tieren nach, den Finger am Abzug seiner Elefantenbüchse. Was würde er dafür gegeben haben, einen solchen Kopf zwischen den gekreuzten Rudern über dem Kaminsims in seinem behaglichen Heim im Albany anbringen zu können! Und doch hielt die Vernunft ihn zurück, denn die Möglichkeit, die Wunder dieses unbekannten Landes zu erforschen, hing davon ab, dass unsere Gegenwart seinen Bewohnern verborgen blieb. Die beiden Professoren waren von schweigender Ekstase erfüllt. In ihrer Aufregung hatten sie unbewusst die Hand des anderen ergriffen und standen da wie zwei Kinder vor einem Wunder. Challengers Gesicht war von einem engelsgleichen Lächeln verklärt und auch Summerlees spöttische Miene war dem Ausdruck des Staunens und der Ehrfurcht gewichen.

»Nunc dimittis!«, rief er endlich aus. »Was werden sie in England dazu sagen?«

»Mein lieber Summerlee, ich kann Ihnen ganz genau prophezeien, was man in England sagen wird«, erwiderte Challenger. »Sie werden sagen, dass Sie ein unverschämter Lügner und ein wissenschaftlicher Scharlatan sind. Genau das, was Sie und andere von mir behauptet haben.«

»Und wenn wir die Fotografien zeigen?«

»Schwindel, Summerlee, plumper Schwindel!«

»Und wenn wir Beweisstücke mitbringen?«

»Ah, ja, damit können wir sie kriegen, Malone

und seine schmutzige Fleetstreet-Gesellschaft werden uns vielleicht noch Loblieder in allen Tonarten singen. Der 28. August – das ist der Tag, an dem wir fünf lebende Iguanodons auf einer Lichtung im Maple-White-Land gesehen haben. Schreiben Sie das in Ihr Tagebuch, mein junger Freund, und schicken Sie das Ihrer Bande.«

»Nehmen Sie sich aber in Acht, dass Sie keine redaktionellen Fußtritte bekommen«, sagte Lord John. »Vom Breitengrad Londons aus sehen die Dinge etwas anders aus. Es gibt so manche, die ihre Erlebnisse niemals erzählen, weil ihnen doch niemand Glauben schenken würde. Und kann man es ihnen übel nehmen? Denn das, was wir hier gesehen haben, wird uns in einigen Monaten selbst wie ein Traum verkommen. – Was, sagten Sie, wären das für Viecher?«

»Iguanodons«, sagte Summerlee. »Man findet ihre Fußabdrücke überall auf den Sandbänken von Hastings, in Kent und in Sussex. Ganz Südengland war voll von ihnen, solange sie dort genügend saftiges Futter fanden. Aber die Lebensbedingungen änderten sich und diese Geschöpfe starben aus. Hier scheinen sich die Umweltbedingungen nicht verändert zu haben, daher sind sie erhalten geblieben.«

»Wenn wir hier jemals lebend herauskommen,

muss ich einen dieser Köpfe haben«, sagte Lord John. »Gott im Himmel, was würden einige meiner Jagdgefährten aus Uganda für ein Gesicht machen, wenn sie den sehen! Ich weiß nicht, wie Sie darüber denken, aber mir kommt es so vor, als würden wir uns im Moment auf sehr dünnem Eis bewegen.«

Ich hatte dasselbe Gefühl angesichts unserer geheimnisvollen und gefährlichen Umgebung. Im Schatten der Bäume schien eine beständige Drohung zu lauern und beim Anblick der düsteren Baumkronen stieg eine unbestimmte Angst in mir auf. Die riesigen Geschöpfe, die wir gesehen hatten, waren bestimmt schwerfällige und friedliche Tiere, die niemandem etwas zu Leide taten. Aber was für andere urzeitliche Tiere mochte es in dieser Welt der Wunder noch geben, die sich in wilder Angriffslust von ihren Schlupfwinkeln zwischen den Felsen oder im Busch auf uns stürzen würden? Ich wusste nur wenig vom prähistorischen Leben. Aber ich erinnerte mich deutlich an ein Buch, das ich einmal gelesen hatte und in dem die Rede von Geschöpfen war, die Löwen und Tiger verschlingen konnten wie eine Katze die Mäuse. Was, wenn es solche Tiere auch in den Wäldern des Maple-White-Landes gab?

Unser Schicksal wollte es, dass wir am selben

Morgen – dem ersten im neuen Land – erfahren sollten, was für seltsame Gefahren uns umgaben. Es war ein schauerliches Abenteuer, an das ich nur mit tiefem Abscheu zurückdenken kann. Wenn die Lichtung mit den Iguanodons, wie Lord John sagte, uns einmal wie ein Traum vorkommen wird, dann wird der Sumpf mit den Pterodactylen für alle Zeiten unser Albdruck bleiben.

Wir kamen im Wald nur sehr langsam voran, teils, weil Lord John erst das Gelände erkundete, bevor er uns gestattete, dass wir ihm nachkamen, und teils weil der eine oder der andere unserer Professoren bei jedem zweiten Schritt mit dem Ausdruck des Entzückens vor einer Blume oder einem Insekt stehen blieb, die einer noch unbekannten Gattung angehörten. Wir waren etwa zwei oder drei Meilen marschiert, wobei wir uns immer rechts vom Bach hielten. Ein Gürtel von Gebüsch führte uns zu einem Felshaufen hinauf – das ganze Plateau war mit Felsblöcken übersät. Als wir durch das hüfthohe Gras darauf zuschritten, hörten wir ein seltsames leises Geschnatter und Pfeifen, das allem Anschein nach von einer nicht weit vor uns liegenden Stelle kam. Lord John bedeutete uns mit erhobener Hand stehen zu bleiben und schlich sich, vorsichtig und in gebückter Haltung zum Rand der Felsen vor. Wir sahen, wie er über den Rand spähte und durch eine Handbewegung sein Erstaunen zum Ausdruck brachte. Dann stand er da, als hätte er uns völlig vergessen; so sehr nahm ihn das, was er sah, in Anspruch. Schließlich gab er uns ein Zeichen, vorsichtig näher zu kommen. Sein ganzes Verhalten ließ deutlich erkennen, dass uns etwas ebenso Wunderbares wie Gefährliches erwartete.

Wir krochen an seine Seite und blickten über die Felsen. Vor uns sahen wir einen gewaltigen Krater, der in früherer Zeit vielleicht einen der kleineren vulkanischen Krater auf dem Plateau gebildet hatte. Er hatte die Form einer Mulde und auf seinem Grund bemerkten wir in der Entfernung von einigen hundert Metern mit grünem Schaum bedeckte und von Binsen umgebene Wasserlöcher. Sie boten ein unheimliches Bild, aber die Lebewesen dort unten machten sie zu einer Szene aus Dantes Inferno. Es war ein Brutplatz von Pterodactylen. Hunderte von ihnen hockten dort nebeneinander. Der Boden rund um die Wasserlöcher herum wimmelte von jungen Tieren und ihren grauenhaften Müttern, die ihre gelblichen, ledernen Eier ausbrüteten. Von dieser kriechenden, flügelschlagenden Masse widerwärtiger Reptilien rührte der ohrenbetäubende Lärm her und ein fauliger und muffiger Gestank erfüllte die Luft. Oben jedoch, jeder auf seinem Stein, groß, grau und runzelig, eher toten und vertrockneten Mumien als wirklichen Lebewesen gleich, saßen die grässlichen Männchen. Sie verharrten dort in absoluter Reglosigkeit, abgesehen von den rollenden roten Augen und den rattenfallenartigen Schnäbeln, mit denen sie nach einer vorbeifliegenden Libelle schnappten. Die großen Hautflügel waren über dem Körper zusammengefaltet und sahen wie riesige alte Weiber aus, die mit hässlichen grauen, nur die wilden Köpfe freilassenden Tüchern bekleidet waren. Mindestens tausend von diesen schmutzigen großen und kleinen Geschöpfen befanden sich in der Mulde vor uns.

Unsere Professoren wären am liebsten den ganzen Tag hier geblieben, so entzückt waren sie über die Gelegenheit, prähistorisches Leben zu studieren. Sie machten auf die zwischen den Felsen umherliegenden Fische und toten Vögel aufmerksam, die als Beweis für die Art der Nahrung der Pterodactylen angesehen werden konnten. Und ich hörte, dass sie sich gegenseitig beglückwünschten, Klarheit darüber geschaffen zu haben, warum die Knochen dieser fliegenden Drachen in gewissen eng begrenzten Gebieten in so großer Anzahl gefunden wurden, wie zum Beispiel im Cambridger

Green-Sandstein. Jetzt sahen wir, dass diese Tiere wie Pinguine in Herden lebten.

Schließlich aber schob Challenger, darauf versessen, etwas zu beweisen, was Summerlee bestritt, unvorsichtig den Kopf über den Felsen und hätte dadurch fast unseren Untergang heraufbeschworen. Sofort stieß nämlich der nächste männliche Vogel einen schrillen, pfeifenden Schrei aus, öffnete seine zwanzig Fuß breiten, lederartigen Flügel und schwang sich in die Luft. Die Weibchen und Jungen drängten sich neben dem Wasser dicht zusammen, während sich im ganzen Umkreis die männlichen Wachtposten einer nach dem anderen in die Luft erhoben. Es war ein wunderbares Schauspiel, etwa hundert riesige und schrecklich anzusehende Kreaturen gleichzeitig mit schnellen Flügelschlägen wie Schwalben auf und ab schießen zu sehen. Es wurde uns aber bald klar, dass das kein Schauspiel war, bei dem wir noch länger verweilen konnten. Zuerst bildeten die Bestien im Flug einen gewaltigen Ring, als wollten sie sich erst einmal über das Ausmaß der Gefahr klar werden. Dann flogen sie langsam tiefer und der Kreis wurde immer enger, bis sie zuletzt um uns herumschwirrten, wobei der trockene, rasselnde Schlag ihrer riesigen, schieferfarbenen Flügel die Luft mit einem so lauten Geräusch erfüllte, dass man glaubte, auf einem Flugplatz zu sein.

»Schnell in den Wald und zusammenbleiben!«, schrie Lord John und wirbelte sein Gewehr wie eine Keule herum. »Die Bestien planen einen Angriff.«

In dem Augenblick, als wir uns zurückziehen wollten, schloss sich der Kreis über uns und die Flügelspitzen der am nächsten Fliegenden streiften uns fast im Gesicht. Wir schlugen mit den Gewehrkolben nach ihnen, aber es gelang uns nicht, etwas Festes oder Verwundbares damit zu treffen. Dann schoss aus dem schwirrenden, dunkelgrauen Gewimmel plötzlich ein langer Hals hervor und ein scharfer Schnabel hieb auf uns ein. Immer mehr Schnäbel folgten. Summerlee stieß einen Schrei aus und griff sich an die Stirn, von der das Blut herabströmte. Ich fühlte einen Stich im Nacken und wurde vor Schreck fast ohnmächtig. Challenger stürzte und als ich stehen blieb, um ihm aufzuhelfen, erhielt ich wiederum einen Schlag von hinten und fiel auf den Professor. Im selben Augenblick hörte ich das Krachen der Elefantenbüchse Lord Johns und als ich aufblickte, bemerkte ich, wie eines der furchtbaren Geschöpfe sich mit gebrochenem Flügel auf dem Boden dahinschleppte, uns mit weit aufgerissenem Schnabel anfauchte, die blutunterlaufenen, glotzenden Augen auf uns gerichtet wie ein Teufel auf einem mittelalterlichen Gemälde. Die übrigen Tiere waren bei dem plötzlichen Knall höher gestiegen und schwebten wieder in einem Kreis über unseren Köpfen.

»So«, schrie Lord John, »jetzt geht's auf Leben und Tod.« Wir stürzten durch das Gestrüpp, aber noch ehe wir die schützenden Bäume erreichen konnten, griffen die Harpyien wieder an. Summerlee wurde niedergehauen, aber wir rissen ihn hoch und schleppten ihn bis unter die Bäume. Dort angelangt, waren wir sicher; denn zwischen den Baumkronen fanden die riesigen Flügel nicht genug Platz, um sich entfalten zu können. Als wir uns übel zugerichtet zu unserem Lager zurückschleppten, sahen wir die Tiere noch lange in großer Höhe über uns kreisen, wobei sie uns zweifellos dauernd beobachteten. Nachdem wir aber schließlich den dichteren Wald erreicht hatten, gaben sie die Jagd auf und wir sahen nichts mehr von ihnen.

»Ein sehr interessantes und überzeugendes Erlebnis«, sagte Challenger, als wir am Bach rasteten und er sein geschwollenes Knie kühlte. »Wir sind über die Gewohnheiten dieser gereizten Pterodactylen jetzt außerordentlich gut informiert.«

Summerlee wischte sich das Blut von der Stirn, während ich eine unangenehme Stichwunde im

Nacken verband. Lord John hatte eine Schulter entblößt, aber die Zähne des angreifenden Tiers hatten ihm nur die Haut gestreift.

»Es verdient festgehalten zu werden«, fuhr Challenger fort, »dass unser junger Freund unzweifelhaft eine Wunde erhalten hat, während in Lord Johns Rock durch den Biss nur ein Loch gerissen wurde. Ich für meinen Teil habe nur einen Flügelschlag an den Kopf bekommen, also haben wir eine Reihe guter Beispiele für ihre Angriffsmethoden.«

»Wir sind gerade noch davongekommen«, sagte Lord John ernst, »und ich könnte mir keine üblere Todesart vorstellen, als durch so ein schmutziges Viehzeug erledigt zu werden. Es tut mir Leid, dass ich einen Schuss abgegeben habe, aber ich hatte tatsächlich keine andere Wahl.«

»Wir wären nicht bis hierher gelangt, wenn sie nicht geschossen hätten«, sagte ich mit Überzeugung.

»Vielleicht schadet es auch nicht«, erwiderte er. »In diesen Wäldern hier gibt es sicher so manchen Krach von fallenden Bäumen, der vielleicht ähnlich wie ein Schuss klingt. Sie werden mir aber wohl zustimmen, dass unser Bedarf an Abenteuern für heute gedeckt ist und wir besser zu unserem Lager zurückkehren, um unsere Wunden mit

Karbolwasser zu waschen. Wer weiß, was für ein Gift diese Bestien in ihren ekelhaften Schnäbeln haben.«

Bestimmt hatte niemals ein Mensch seit Anfang der Welt so einen Tag erlebt, und doch wartete bereits eine neue Überraschung auf uns. Als wir, dem Lauf des Baches folgend, schließlich unsere Lichtung erreichten und die dornige Ringmauer unseres Lagers erblickten, glaubten wir, unsere Abenteuer wären fürs Erste vorbei. Aber wir sollten noch etwas zum Nachdenken bekommen, bevor wir uns ausruhen durften. Der Eingang von Fort Challenger war unberührt. Der dornige Wall war nicht zerstört und doch war das Lager in unserer Abwesenheit von einem seltsamen und mächtigen Wesen besucht worden. Keine Fußspur ließ auf die Art dieses Wesens schließen und nur die überhängenden Zweige des riesigen Ginkgobaums erlaubten eine Vermutung, auf welchem Weg es gekommen und wieder verschwunden war. Seine unheimlichen und zerstörerischen Kräfte wurden durch den Zustand unserer Vorräte klar belegt. Sie waren alle auf dem Boden des Lagers durcheinander geworfen und eine Büchse mit Fleisch war völlig zerschmettert und ihres Inhaltes beraubt. Eine Patronenkiste war zersplittert, und eine der Messinghülsen lag zerrissen daneben. Uns überfiel ein namenloser Schrecken, und unsere entsetzten Augen streiften die dunklen Schatten zwischen den Bäumen um uns herum, in denen überall etwas Furchtbares auf der Lauer liegen mochte. Es war eine Erlösung für uns, als wir durch die laute Stimme Zambos begrüßt wurden und ihn sahen, wie er auf der Spitze der gegenüberliegenden Felssäule saß.

»Alles gut, Massa Challenger, alles gut«, schrie er. »Ich bin hier. Keine Angst, Sie mich immer hier finden, wenn mich brauchen.«

Sein ehrliches, schwarzes Gesicht und der weite Ausblick vor uns, der fast bis zum Nebenfluss des Amazonas reichte, rief uns wieder ins Gedächtnis zurück, dass wir tatsächlich dem zwanzigsten Jahrhundert angehörten und nicht durch irgendeinen Zauber auf einen im Urzustand befindlichen Planeten versetzt worden waren. Wie schwer war es, sich vorzustellen, dass jene violette Linie am Horizont so nah bei jenem großen Strom war, auf dem riesige Dampfer verkehrten und an dessen Ufern sich die Leute über kleine Alltagsdinge unterhielten, während wir, hilflos zwischen den Kreaturen eines verflossenen Zeitalters ausgesetzt, nur sehnsüchtig in die Ferne blicken konnten.

Und noch eine andere Erinnerung ist mir von diesem merkwürdigen Tage zurückgeblieben, mit der ich diesen Brief beenden will. Die beiden Professoren stritten darüber, ob unserer Angreifer zur Gattung Pterodactylus oder Dimorphodon gehörten, und da ihr reizbares Temperament offenbar durch gegenseitige Kränkungen noch stärker erhitzt war, warfen sie sich kräftige Worte an den Kopf. Ich hatte mich, um ihrem Zank aus dem Weg zu gehen, etwas abseits auf einen umgestürzten Baum gesetzt und rauchte meine Pfeife, als Lord John zu mir herüberkam.

»Sagen Sie, Malone, erinnern Sie sich an die Stelle, wo diese Bestien saßen?«

»Ganz genau.«

»Es war doch eine Art Vulkantrichter, nicht wahr?«

»Sicher«, sagte ich.

»Haben Sie sich den Boden genau angesehen?«

»Felsen.«

»Aber am Rande des Wassers, wo das Schilf wuchs?«

»Da zeigte der Boden eine bläuliche Farbe. Sie sah aus wie blauer Ton.«

»Richtig, ein Vulkankrater, der mit blauem Ton ausgefüllt ist.«

»Was bedeutet das?«, fragte ich.

»Oh, nichts, nichts«, sagte er und ging langsam wieder zu den streitenden Wissenschaftlern hinüber. Der hohe, schneidende Ton Summerlees und der sonore Bass Challengers mischten sich. Ich hätte nicht weiter an Lord Johns Bemerkung gedacht, wenn ich ihn nicht in der Nacht noch einmal vor sich hinmurmeln hätte hören: »Blauer Ton, blauer Ton in einem Krater.« Das waren die letzten Worte, die ich vernahm, bevor ich in einen tiefen Schlaf sank.

Zehntes Kapitel

Lord John Roxtons Vermutung, dass der Biss der fürchterlichen Geschöpfe, die uns angegriffen hatten, giftig sein könnte, erwies sich als richtig. Am Morgen nach unserem Abenteuer auf dem Plateau stellten sich bei Summerlee und mir starke Schmerzen und Fieber ein, während Challengers Knie so geschwollen war, dass er kaum gehen konnte. Wir blieben daher den ganzen Tag über in unserem Lager, wo Lord John sich damit beschäftigte, mit unserer schwachen Unterstützung Höhe und Dicke des dornigen Walles, der unseren einzigen Schutz bildete, zu vergrößern. Ich erinnere mich, dass mich während des ganzen Tages das Gefühl beherrschte, beobachtet zu werden, obwohl ich keine Ahnung hatte, von wem und von welcher Stelle aus.

Dieser Eindruck wurde so stark, dass ich Professor Challenger davon erzählte, doch der führte ihn auf meinen fiebrigen Zustand zurück. Immer wieder blickte ich mich vorsichtig um, überzeugt davon, dass ich etwas entdecken würde; aber ich sah immer nur das dunkle Gestrüpp unserer

Hecke und den tiefen Schatten der hohen Bäume, deren Äste sich über uns ausbreiteten. Und doch hatte ich immer stärker das Gefühl, dass etwas Bösartiges ganz in unserer Nähe war und uns beobachtete. Ich dachte an den indianischen Aberglauben vom Curipuri – dem furchtbaren Dämon der Wälder – und konnte mir vorstellen, wie seine schreckliche Erscheinung jene verfolgte, die in seinen versteckten und geheiligten Zufluchtsort eingedrungen waren.

In dieser Nacht (unserer dritten im Maple-White-Land) erfuhren wir, wie vorausschauend Lord John gehandelt hatte, als er unser Lager uneinnehmbar gemacht hatte. Wir schliefen neben unserem niedergebrannten Feuer, als wir plötzlich durch ein anhaltendes, entsetzliches Schreien und Kreischen, wie ich es noch nie gehört habe, geweckt wurden. Ich kenne keinen Klang, mit dem ich diesen grauenvollen Lärm, der von einer nur wenige hundert Meter entfernten Stelle herzukommen schien, vergleichen könnte. Er war ohrenbetäubender als die lauteste Schiffssirene. Aber im Gegensatz zum klaren, scharfen Ton der Sirene klang dies hier viel tiefer und vibrierte, als würden die Laute in höchster Todesangst ausgestoßen. Wir hielten uns die Ohren zu, um dieses nervenzerfetzende Flehen nicht mehr zu hören. Mir brach der kalte Schweiß aus und mein Herz krampfte sich zusammen. Der ganze Schmerz eines gemarterten Lebewesens, all seine zum Himmel emporgellenden Klagen als Ausdruck unendlicher Leiden schienen in diesem einen entsetzlichen Todesschrei zusammengefasst zu sein. Und mit diesem hohen, durchdringenden Klang verband sich ein anderer, ein raues, aus tiefer Brust kommendes Lachen, ein knurrender, gieriger, gurgelnder Laut des Wohlbehagens, der in groteskem Gegensatz zu dem sich mit ihm vermischenden Geschrei stand. Drei oder vier Minuten dauerte dieses furchtbare Duett und das Laub der Bäume raschelte dazu vom Auffliegen der in ihrem Schlaf gestörten Vögel. Dann hörte es ebenso plötzlich auf, wie es begonnen hatte. Lange verharrten wir in schweigendem Entsetzen. Dann warf Lord John ein Bündel von Zweigen ins Feuer, dessen rote Glut die angespannten Gesichter meiner Gefährten erleuchtete und seinen Schein über die großen Äste über uns warf.

»Was war das?«, flüsterte ich.

»Wir werden es morgen früh sehen«, sagte Lord John. «Es war ganz in unserer Nähe – nicht weiter als bis zur Lichtung.«

»Wir hatten das Privileg, einer prähistorischen Tragödie beizuwohnen, einem jener Schauspiele, die sich im Schilf am Rand irgendeiner Lagune der Juraperiode abzuspielen pflegte, wenn ein größerer Drache einen kleineren erwürgte«, sagte Challenger mit mehr Ernst in der Stimme, als man es sonst bei ihm gewohnt war. »Es war bestimmt gut für den Menschen, dass er erst später in der Schöpfungsgeschichte auftauchte. Es gab Kräfte in diesen Zeiten, denen gegenüber Mut und Erfindungsgeist versagen mussten. Was hätten seine Schlinge, sein Wurfholz oder sein Pfeil gegen Kräfte ausrichten können, wie sie sich in dieser Nacht gezeigt haben? Selbst mit einem modernen Gewehr wäre es ein ungleicher Kampf.«

»Ich hätte Lust, mit meiner Büchse anzulegen«, sagte Lord John und streichelte dabei zärtlich sein Gewehr. »Ein gleichwertiger Gegner wäre dieser Bursche aber wohl gewesen.«

Summerlee hob die Hand. »Pst«, machte er, »ich höre etwas kommen.«

Aus dem tiefen Schweigen löste sich ein leises, regelmäßiges Tappen. Es war der Schritt eines Tieres, der Rhythmus weicher, aber schwerer Pfoten, die vorsichtig auf den Boden gesetzt wurden. Es schlich vorsichtig um unser Lager herum und machte in der Nähe des Eingangs halt. Dort hörten wir ein leises, regelmäßiges Zischen, die Atemzüge dieser Kreatur. Nur unsere schwache Hecke trennte uns von diesem Schrecken der Nacht. Jeder von uns hatte sein Gewehr ergriffen und Lord John zog einen kleinen Busch aus dem Wall heraus, um eine Schießscharte zu haben.

»Beim Himmel«, flüsterte er, »ich glaube, ich sehe es.«

Ich bückte mich und blickte über seine Schulter durch die Öffnung. Ja, ich konnte es auch erkennen. Im Schatten der Bäume hob sich eine noch dunklere Masse ab, schwarz und unbestimmt – ein zusammengekauertes wildes Geschöpf. Es schien nicht größer als ein Pferd zu sein, aber die deutlichen Umrisse ließen Massigkeit und Kraft vermuten. Der zischende Atem, der an einen regelmäßig und kräftig einer Lokomotive entströmenden Dampf erinnerte, ließ auf einen ungeheuren Organismus schließen. Bei einer Bewegung des Tieres glaubte ich das Glitzern zweier schrecklicher, grünlich leuchtender Augen zu erkennen. Ein unangenehmes Rascheln machte den Eindruck, als würde es langsam vorwärts kriechen.

»Ich glaube, die Bestie will springen«, sagte ich und spannte den Hahn meines Gewehrs.

»Nicht schießen, nicht schießen«, flüsterte Lord John, »ein Gewehrschuss ist in dieser stillen Nacht meilenweit zu hören. Wir wollen bis zuletzt damit warten.«

»Wenn es über die Hecke setzt, sind wir verloren«, sagte Summerlee, wobei seine Stimme in ein nervöses Lachen überging.

»Es darf nicht über die Hecke kommen«, rief Lord John, »aber warten Sie mit dem Schießen bis zuletzt. Ich werde etwas anderes mit der Bestie anstellen. Ich werde es auf alle Fälle riskieren.«

Und nun folgte die kühnste Tat, die ich je einen Mann vollbringen sehen habe. Er bückte sich zum Feuer, riss einen glühenden Ast heraus und stürzte durch eine am Eingang des Lagers angelegte Ausfallspforte nach draußen. Das Tier näherte sich ihm mit einem furchtbaren Knurren. Lord John rannte blitzschnell auf den Gegner zu und versetzte der Bestie mit dem brennenden Holz einen Schlag ins Gesicht. Einen Augenblick lang erblickten wir eine grauenhafte Fratze, wie von einer riesigen Kröte mit einer warzigen, schuppigen Haut und einem offenen, von frischem Blut triefenden Maul. Dann gab es einen Krach im Unterholz und unser furchtbarer nächtlicher Gast war verschwunden.

»Ich denke, davon wird er einstweilen genug haben«, sagte Lord John lachend, als er zurückkam und seinen Zweig wieder ins Feuer warf.

»Das hätten Sie wirklich nicht wagen sollen!«, riefen wir alle.

»Etwas anderes konnte man doch nicht tun. Wäre er hier hereingekommen, hätten wir uns beim Versuch, ihn zur Strecke zu bringen, gegenseitig treffen können. Und wenn wir durch die Hecke geschossen und ihn verwundet hätten, so wäre er trotzdem über uns hergefallen – nicht zu reden davon, dass wir uns verraten hätten. Schließlich sind wir auf diese Art noch glimpflich davongekommen. – Was war es denn übrigens?«

Unsere gelehrten Männer blickten einander unschlüssig an.

»Ich persönlich bin nicht in der Lage, das Tier mit Sicherheit zu klassifizieren«, sagte Summerlee und zündete seine Pfeife am Lagerfeuer an.

»Mit Ihrer Ablehnung sich festzulegen, beweisen Sie nur die richtige wissenschaftliche Zurückhaltung«, sagte Challenger betont herablassend. »Ich selbst möchte ebenfalls nicht weitergehen als ganz allgemein zu sagen, dass wir heute Nacht mit einiger Sicherheit mit irgendeiner Art von fleischfressendem Dinosaurier in Berührung gekommen sind. Ich habe ja bereits erwähnt, dass etwas Derartiges auf dem Plateau existieren könnte.«

»Wir müssen berücksichtigen«, bemerkte Summerlee, »dass es noch viele vorgeschichtliche Arten gibt, die uns bisher nicht überliefert sind. Es wäre daher voreilig anzunehmen, dass wir für alle Geschöpfe, denen wir hier eventuell begegnen, einen Namen parat haben.«

»Richtig.«

»Eine ungefähre Klassifikation muss uns genügen. Vielleicht finden wir morgen noch weitere Anhaltspunkte zu einer Identifizierung. Inzwischen können wir nur versuchen, unseren unterbrochenen Schlaf fortzusetzen.«

»Aber nicht ohne Wache«, sagte Lord John mit Entschiedenheit. »Wir dürfen uns in einem Land wie diesem nicht unnütz einer Gefahr aussetzen. In Zukunft also Wachen mit zweistündiger Ablösung für jeden von uns.«

»Dann möchte ich meine Pfeife zu Ende rauchen und als Erster die Wache übernehmen«, sagte Professor Summerlee. Von da an haben wir nicht mehr gewagt, ohne Wache zu schlafen.

Am nächsten Morgen entdeckten wir bald die Quelle des grauenvollen Lärms, der uns in der Nacht aus dem Schlaf gerissen hatte. Die Iguanodon-Lichtung war der Schauplatz eines furchtbaren, blutigen Kampfes gewesen. Aus den Blutlachen und den überall im Gras herumliegenden riesigen Fleischfetzen schlossen wir zuerst, dass eine ganze Anzahl von Tieren getötet worden war. Bei einer genaueren Untersuchung der Überreste stellten wir jedoch fest, dass alles von einem einzigen dieser mächtigen Ungeheuer stammte, das buchstäblich von einem, vielleicht nicht größeren, aber bestimmt stärkeren Tier in Stücke gerissen worden war.

Unsere beiden in wissenschaftliche Erörterung versunkenen Professoren prüften nacheinander die verschiedenen Fleischstücke, die die Spuren grausiger Zähne und gewaltiger Klauen zeigten.

»Wir werden kaum zu einem sicheren Urteil kommen», sagte Professor Challenger, während er einen großen Streifen von hellfarbigem Fleisch auf den Knien hielt. »Das Aussehen dieser Stücke deutet auf einen Säbelzahntiger hin, wie sie noch auf Höhlenzeichnungen zu finden sind. Aber das von uns gesehene Tier war zweifellos größer und mehr den Reptilien verwandt. Ich persönlich bin geneigt, es für einen Allosaurus zu halten.«

»Oder Megalosaurus«, sagte Summerlee.

»Ganz richtig, irgendeiner der großen Fleisch fressenden Dinosaurier würde passen. Es gibt unter ihnen die furchtbarsten Gattungen tierischen Lebens, die jemals die Erde heimgesucht oder ein Museum glücklich gemacht haben.« Diese komische Gegenüberstellung reizte ihn selbst zu einem sonoren Lachen, denn obwohl er wenig Sinn für Humor hatte, brach er gern in ein schallendes Lachen der Anerkennung aus, wenn ihm ein plumper Scherz über die Lippen kam.

»Je weniger Lärm, desto besser«, sagte Lord John schroff. »Wir wissen nicht, wer oder was hier in der Nähe ist. Wenn dieser Bursche zurückkommt, um sein Frühstück zu suchen, und über uns herfällt, werden wir nicht viel zu lachen haben. – Was bedeutet übrigens dieses Zeichen hier an der Seite des Iguanodons?«

Auf der dicken, schuppigen, schieferfarbigen Haut irgendwo über der Schulter befand sich ein einzelner schwarzer Fleck aus irgendeiner Substanz, die wie Asphalt aussah. Keiner von uns konnte sich vorstellen, was das war, obwohl Summerlee behauptete, vor zwei Tagen etwas Ähnliches auf dem Körper eines der Jungen gesehen zu haben. Challenger sagte nichts, blickte aber so bedeutungsvoll und wichtig drein, als würde er es wissen, bis Lord John ihn schließlich direkt nach seiner Ansicht fragte.

»Wenn Eure Lordschaft mir gütigst wieder erlauben, den Mund aufzumachen, würde ich glücklich sein, meine Meinung zu äußern«, sagte er mit beißendem Spott. »Ich bin übrigens nicht gewohnt, in der Art herumkommandiert zu werden, die bei Eurer Lordschaft üblich zu sein scheint. Ich wusste nicht, dass man erst Ihre Erlaubnis einholen muss, bevor man über einen harmlosen Scherz lacht.«

Erst eine Entschuldigung Lord Johns konnte unseren reizbaren Freund wieder beruhigen. Als der verletzte Stolz schließlich dem Gefühl der Versöhnung Platz gemacht hatte, hielt er uns von seinem Sitzplatz auf einem umgestürzten Baum aus einen Vortrag, und zwar in der bei ihm üblichen Form, als würde er einer tausendfachen Zuhörerschaft kostbares Wissen vermitteln.

»Was diese Flecken angeht«, sagte er, »so bin ich geneigt, meinem Freund und Kollegen Professor Summerlee zuzustimmen, dass sie aus Asphalt bestehen. Da dieses Plateau seiner ganzen Natur nach hoch vulkanisch ist, und da man im Allgemeinen das Vorhandensein von Asphalt mit vulkanischen Kräften in Verbindung bringt, zweifle ich nicht daran, dass es hier in freiem, flüssigem Zustand vorhanden ist und dass diese Geschöpfe damit in Berührung kommen. Ein sehr viel wichtigeres Problem ist aber die Frage nach der Existenz des Fleisch fressenden Ungeheuers, das seine Spuren auf dieser Lichtung hinterlassen hat. Wir wissen ungefähr, dass das Plateau nicht größer ist als eine mittlere englische Grafschaft. Auf diesem begrenzten Territorium haben seit unzähligen Jahren viele Lebewesen, von denen die meisten in der übrigen Welt längst ausgestorben sind, zusammengelebt. Es ist für mich nun ganz klar, dass die sich ungehindert vermehrenden Fleisch fressenden Tiere schließlich ihre Nahrungsquellen erschöpfen mussten und also entweder ihre Ernährungsweise umgestellt haben oder verhungert sind. Dem ist, wie Sie sehen, nicht so. Wir können daher nur vermuten, dass das Gleichgewicht der Natur durch irgendeine Beschränkung aufrechterhalten wird, die die Anzahl dieser wilden Geschöpfe begrenzt. Es ist also eines der interessantesten Probleme, die der Lösung harren, aufzuklären, welcher Art diese Beschränkung ist und wie sie sich auswirkt. Ich wage zu hoffen, dass wir bald eine weitere Gelegenheit zu einem genaueren Studium der Fleisch fressenden Dinosaurier haben werden.«

»Und ich wage zu hoffen, dass dem nicht so ist«, bemerkte ich.

Der Professor zog nur die grauen Augenbrauen hoch, etwa so wie ein Lehrer einem vorlauten Schüler gegenüber, der eine unangebrachte Bemerkung gemacht hat.

»Vielleicht hat Professor Summerlee dazu noch eine Bemerkung zu machen«, sagte er. Und dann begaben sich die beiden Gelehrten in jene dünne wissenschaftliche Atmosphäre, in der die Möglichkeit einer Veränderung der Geburtenzahl gegen die Verminderung der Nahrungsquellen als ausgleichender Faktor im Kampf ums Dasein erörtert wurden.

An diesem Morgen kartographierten wir einen Teil des Plateaus, wobei wir den Pterodactylus-Sumpf mieden und uns an der Ostseite unseres Baches statt wie früher auf seiner Westseite hielten. In dieser Richtung war das Land mit dichtem Wald bedeckt, der jedoch mit so starkem Unterholz durchsetzt war, dass wir nur langsam vorwärts kamen.

Bis jetzt habe ich immer nur von den Schrecken des Maple-White-Lands gesprochen. Es hatte aber auch noch andere Seiten, denn diesen ganzen Vormittag wanderten wir zwischen lieblichen Blumen dahin, die meist, wie ich bemerkte, weiß oder gelb gefärbt waren. Das sind, wie unsere Professoren erklärten, die ursprünglichen Blumenfarben. An manchen Stellen war der Boden dicht von ihnen bedeckt, und wenn wir während des Gehens bis zu den Knöcheln in diesen wunderbar weichen Teppich einsanken, war der Duft in seiner Süße und Stärke fast betäubend. Die heimische Biene summte überall um uns herum. Die Äste vieler Bäume bogen sich unter der Last von Früchten, von denen uns einige bekannt, andere aber völlig neu waren. Wir passten auf, welche von ihnen von Vögeln angepickt waren, um eine Vergiftung zu vermeiden, und bereicherten unseren Nahrungsmittelvorrat um eine köstliche Abwechslung. In dem Dschungel, den wir durchquerten, fanden sich zahlreiche, von wilden Tieren ausgetretene Pfade, und an sumpfigen Stellen bemerkten wir ein Durcheinander seltsamer Fußspuren, darunter viele von Iguanodons. In einem Hain sahen wir einmal mehrere dieser riesigen Geschöpfe, und Lord John konnte mit seinem Fernglas erkennen, dass auch sie mit Asphaltflecken bedeckt waren, wenn auch an anderen Stellen als das Tier, das wir heute morgen untersucht hatten. Wir hatten keine Vorstellung davon, was diese Beobachtung bedeutete.

Wir sahen viele kleine Tiere: Stachelschweine, einen schuppigen Ameisenbären und ein scheckiges Wildschwein mit langen, gebogenen Hauern. Einmal erblickten wir durch eine offene Stelle zwischen den Bäumen in einiger Entfernung den Abhang eines grünen Hügels, über den ein mächtiges, sandfarbenes Tier rannte. Es war so schnell wieder verschwunden, dass wir nicht erkennen konnten, was es war. Sollte es ein Hirsch gewesen sein, wie Lord John meinte, so würde seine Größe die der riesigen irischen Elche, die von Zeit zu

Zeit in den Mooren meiner Heimat ausgegraben werden, übertreffen.

Seit dem rätselhaften Besuch, der unserem Lager bei unserer ersten Abwesenheit abgestattet worden war, kehrten wir immer mit einem gewissen Misstrauen dahin zurück. Doch fanden wir diesmal alles in Ordnung. Wir hatten an diesem Abend eine große Diskussion über unsere gegenwärtige Lage und unsere Zukunftspläne.

Es war Summerlee, der die Debatte eröffnete. Er war schon den ganzen Tag lang in reizbarer Stimmung gewesen und jetzt brachte eine Bemerkung Lord Johns über das, was wir morgen tun sollten, seinen ganzen aufgestauten Ärger zum Ausbruch.

»Was wir heute, morgen und alle anderen Tage tun müssen, ist, einen Weg ausfindig zu machen, der uns aus dieser Falle herausführt. Sie denken alle nur daran, wie wir in das Land hineinkommen. Ich sage, dass wir alles daransetzen sollten, hinauszukommen.«

»Ich bin überrascht, Sir«, sagte Challenger dröhnend, indem er seinen majestätischen Bart strich, »dass ein Mann der Wissenschaft einer so niedrigen Gesinnung fähig ist. Sie sind in einem Land, das für einen ehrgeizigen Naturwissenschaftler eine Fülle an Anreizen bereithält, wie sie die Welt noch nicht gesehen hat, und Sie möchten es verlassen, bevor wir mehr als die oberflächlichsten Kenntnisse von ihm und seinen Bewohnern gewonnen haben? Ich habe mehr von Ihnen erwartet, Professor Summerlee.«

»Sie müssen bedenken«, sagte Summerlee bitter, »dass ich in London eine große Zahl von Studenten habe, die augenblicklich einem außerordentlich ungenügenden Vertreter überlassen sind. Das unterscheidet meine Lage von der Ihren, Professor Challenger, da Sie, soweit mir bekannt ist, niemals mit einem Lehrauftrag betraut worden sind.«

»Ganz recht«, sagte Challenger. »Ich habe es immer als einen Frevel empfunden, ein Hirn, das zu echten Forschungen befähigt ist, durch tiefer stehende Objekte ablenken zu lassen. Aus diesem Grund habe ich immer entschieden jedes mir angebotene Lehramt abgelehnt.«

»Zum Beispiel?«, fragte Summerlee mit einem höhnischen Lachen. Aber Lord John beeilte sich, dem Gespräch eine andere Wende zu geben.

»Ich muss sagen«, bemerkte er, »dass ich es doch ziemlich armselig fände, nach London zurückzukehren, bevor ich etwas mehr als jetzt von diesem Ort weiß.«

»Und ich könnte niemals wagen, in meine Redaktion zurückzukehren und dem alten McArdle unter die Augen zu treten«, sagte ich (ich bitte die Freiheit des Ausdrucks zu entschuldigen, Herr McArdle). »Er würde es mir niemals vergeben, dass ich eine solche Gelegenheit ungenützt hätte vorbeigehen lassen. Übrigens, soweit ich sehe, ist es sinnlos, darüber zu streiten, da wir ja nicht herunter könnten, selbst wenn wir wollten.«

»Unser junger Freund macht manche offensichtliche geistige Lücke durch ein gewisses Maß an schlichtem, gesundem Menschenverstand wieder wett«, bemerkte Challenger. »Die Interessen seines fragwürdigen Berufs können uns egal sein, aber wie er richtig sagt, können wir unter keinen Umständen hinuntergelangen. Also ist es Zeitverschwendung, diese Frage länger zu diskutieren.«

»Es ist Zeitverschwendung, etwas anderes zu tun«, brummte Summerlee hinter seiner Pfeife. »Ich möchte Sie daran erinnern, dass wir mit einem ganz bestimmten Auftrag hierher gekommen sind, der uns auf der Tagung des Zoologischen Instituts in London erteilt worden ist. Dieser Auftrag bestand darin, die Wahrheit von Professor Challengers Behauptungen nachzuprüfen. Wir sind nun in der Lage, wie ich zugeben muss, diese Behauptungen zu bestätigen. Unsere klar definierte Aufgabe ist also erledigt. Was die weiteren Einzelheiten betrifft, die auf diesem Plateau noch zu untersuchen sind, so sind sie so gewaltig, dass nur eine große Expedition mit einer ganz speziellen Ausrüstung hoffen könnte, dieser Aufgabe gerecht zu werden. Wenn wir selbst diese Arbeit übernehmen, kann dabei nur herauskommen, dass wir überhaupt nicht zurückkehren. Und der bedeutende Beitrag zur Wissenschaft, den wir bereits in Händen haben, würde unbekannt bleiben. Professor Challenger hat Mittel und Wege gefunden, uns auf dieses Plateau zu führen, obwohl es völlig unzugänglich zu sein erschien. Ich denke, wir sollten ihn jetzt bitten, uns mit seinem erfinderischen Geist in die Welt, aus der wir gekommen sind, zurückzuführen.«

Ich muss gestehen, dass Summerlees Ansichten Eindruck auf mich machten und mir ganz vernünftig vorkamen. Sogar Challenger zeigte sich von dem Gedanken beeindruckt, dass seine Gegner nie widerlegt werden würden, falls wir, die wir seine Behauptungen bestätigen konnten, nicht zurückkehrten.

»Das Problem des Abstiegs erscheint im ersten Moment ungeheuerlich«, sagte er, »und doch zweifle ich nicht daran, dass es sich mit dem Verstand lösen lässt. Ich bin geneigt, unserem Kollegen darin zuzustimmen, dass ein verlängerter Aufenthalt im Maple-White-Land im Moment nicht ratsam ist und dass wir die Frage unserer Rückkehr bald ins Auge fassen müssen. Ich weigere mich aber entschieden, dieses Land zu verlassen, bevor wir es wenigstens in groben Umrissen erforscht haben und in der Lage sind eine Art Karte nach Hause mitzunehmen.«

Professor Summerlee knurrte vor Ungeduld. »Zwei lange Tage haben wir bereits mit der Erforschung des Landes zugebracht und wir sind in Bezug auf seine Geografie noch genauso klug wie am Anfang. Es ist klar, dass es dicht bewaldet ist, und es würde Monate brauchen, um tiefer vorzudringen und die Verhältnisse dieses Ortes aufzuklären. Die Sache würde anders liegen, wenn man wenigstens einen Bergkegel in der Mitte hätte. Aber überall fällt der Boden nach innen zu ab, soweit wir sehen können. Je weiter wir gehen, desto unwahrscheinlicher ist es, dass wir einen Überblick finden.«

In diesem Augenblick hatte ich eine Eingebung. Mein Blick fiel zufällig auf den riesigen, knorrigen Stamm des Ginkgobaums, der seine großen Äste über uns ausbreitete. Da sein Stamm alle anderen Bäume an Umfang übertraf, ragte er sicher auch in der Höhe über sie hinaus. Und wenn der Rand des Plateaus tatsächlich die höchste Erhebung des Landes bildete, musste sich dieser mächtige Baum dann nicht als geeigneter Aussichtsturm erweisen, der einen Überblick über das ganze Land bot?

Nun, seit meiner frühesten Jugend als wilder Junge in Irland bin ich immer ein kühner und geschickter Baumkletterer gewesen. Meine Gefährten mochten mir im Felsen überlegen sein, aber zwischen den Ästen war ich ihr Meister. Wenn es mir gelingen würde, meine Beine auf den untersten der dicken Äste zu bringen, müsste es seltsam zugehen, wenn ich nicht bis zur Spitze gelangen würde. Meine Gefährten waren von meiner Idee begeistert.

»Unser junger Freund«, sagte Challenger und blähte dabei seine roten Wangen, »ist zu akrobatischen Leistungen fähig, die für einen andern Mann unmöglich sein würden. Ich billige seinen Plan.«

»Beim Himmel, mein Junge, Sie haben die Sache erfasst«, sagte Lord John und versetzte mir einen Schlag auf den Rücken. »Ich begreife nicht, warum wir nicht schon längst auf diesen Gedanken gekommen sind. Sie haben noch eine Stunde bis Sonnenuntergang, aber wenn Sie Ihr Notizbuch mitnehmen, sind Sie vielleicht in der Lage, eine rohe Skizze von der Umgebung zu entwerfen. Wenn wir diese drei Munitionskisten unter dem Ast aufeinander stellen, werde ich Ihnen schon hinaufhelfen.«

Er stand auf den Kisten, während ich zum Baum hinaufblickte, und hob mich langsam hoch, als Challenger vorstürzte und mir mit seiner mächtigen Pranke einen Stoß versetzte, dass ich nur so in den Baum hineinschoss. Mit beiden Armen den Ast umklammernd und mit den Füßen nachhelfend, brachte ich zunächst meinen Oberkörper und dann die Knie auf den Ast. Über mir erblickte ich drei weitere Äste, wie Sprossen einer Leiter, und ein Gewirr von passenden Zweigen und ich gelangte mit einer solchen Eile nach oben, dass ich bald den Boden aus den Augen verlor und nichts als Blätter um mich herum sah. Hin und wieder stieß ich auf ein Hindernis und einmal musste ich sogar acht oder zehn Fuß an einer Schlingpflanze emporklettern, aber ich kam schnell vorwärts und die dröhnende Stimme Challengers klang bald wie aus großer Entfernung zu mir herauf. Aber der Baum war riesig und ich konnte kein Lichterwerden der Krone bemerken. Auf einem Ast, den ich erklettern wollte, sah ich einen dicken, buschartigen Klumpen, der mir eine Schmarotzerpflanze zu sein schien. Ich schob den Kopf vor, um zu sehen, was dahinter steckte – und wäre von dem Anblick, der sich mir bot, vor Überraschung und Schreck fast vom Baum heruntergestürzt.

Ein Gesicht starrte mich an – nicht weiter als ein oder zwei Fuß von mir entfernt. Das Geschöpf, zu dem dieses Gesicht gehörte, hatte hinter der Schmarotzerpflanze gehockt und im selben Moment wie ich hervorgeblickt. Es war ein menschliches Gesicht – oder wenigstens sah es mehr nach einem Menschen als nach einem Affen aus. Es war ein langes, helles, mit Pusteln bedecktes Gesicht mit platt gedrückter Nase und vorgeschobenem Unterkiefer sowie mit abstehenden, struppigen, das Kinn umgebenden Haaren. Die unter dichten, schweren Brauen liegenden Augen waren bestialisch und wild, und als es den Mund zu einem Knurren öffnete, das wie ein Fluch klang, bemerkte ich darin gebogene, scharfe Raubtierzähne. Einen Augenblick lang las ich Hass und Drohung in den bösen Augen. Dann erschien blitzschnell ein Ausdruck panischer Angst. Ein Krachen von zerbrochenen Zweigen folgte und es tauchte im grünen Blattwerk der dichten Baumkrone unter. Ich konnte noch einen rötlich behaarten Körper erkennen, der an den eines Schweins erinnerte, und dann war das Geschöpf in einem Wirbel aus Blättern und Zweigen verschwunden.

»Was ist los?«, schrie Roxton von unten. »Ist Ihnen irgendetwas passiert?«

»Haben Sie es gesehen?«, rief ich zurück, die

Arme um einen Ast geschlungen und am ganzen Körper zitternd.

»Wir hörten ein Geräusch, als ob Sie mit dem Fuß ausgeglitten wären, was war es?«

Ich war von der plötzlichen und seltsamen Erscheinung des Affenmenschen so erschrocken, dass ich mich fragte, ob ich nicht hinunterklettern und meinen Gefährten mein Erlebnis schildern sollte. Aber ich war bereits so hoch auf den großen Baum hinaufgelangt, dass es mir beschämend erschien, zurückzukehren, ohne meinen Auftrag ausgeführt zu haben.

Ich stieg daher nach einer langen Pause, die ich benötigte, um wieder zu Atem zu gelangen und Mut zu fassen, weiter nach oben. Einmal brach ein dürrer Ast unter meiner Last ab und ich hing für Sekunden an den Händen, aber im Ganzen war die Kletterei nicht sehr schwierig. Langsam wurde das Blattwerk über mir lichter und ich schloss aus dem frischen Wind, der meine Stirn traf, dass ich über die Kronen der anderen Bäume hinausgelangt war. Entschlossen, mich nicht umzuschauen, bevor ich nicht die höchste Spitze erreicht hatte, kletterte ich weiter, bis ich auf den obersten Ast gelangt war, der sich unter meinem Gewicht neigte. Hier suchte ich, um mich gegen ein Abstürzen abzusichern, einen geeigneten Platz in einer Astgabel und genoss von dort aus das wunderbare Panorama des seltsamen Landes, in dem wir gefangen waren.

Die Sonne stand gerade über dem westlichen Horizont und der Abend war ungewöhnlich hell und klar. Die ganze Oberfläche des Plateaus war gut zu erkennen. Von hier oben erschien sie wie ein Oval mit einer Länge von etwa dreißig Meilen und einer Breite von zwanzig Meilen. Es glich einem flachen Trichter, dessen Wände auf allen Seiten zu einem mächtigen See abfielen. Dieser See hatte einen Umfang von etwa zehn Meilen und bot im Abendlicht ein schönes, grünes Bild. Seine Ufer waren mit dichtem Schilf bedeckt und seine Oberfläche wurde von verschiedenen gelben Sandbänken, die im weichen Sonnenlicht golden glänzten, unterbrochen. Eine Anzahl langer, dunkler Objekte, die zu groß waren, um Alligatoren, und zu lang, um Kanus sein zu können, lagen am Rand dieser gelben Flächen. Mit einem Fernglas konnte ich klar erkennen, dass es Lebewesen waren. Ich hatte aber keine Ahnung, welcher Art sie angehörten.

Auf unserer Seite des Plateaus erstreckten sich bewaldete Abhänge mit einzelnen Lichtungen fünf bis sechs Meilen hinunter zum See. Gerade unter mir erblickte ich die Iguanodon-Lichtung und etwas weiter entfernt zeigte sich eine runde, offene Stelle zwischen den Bäumen, in der sich der Pterodactylus-Sumpf befand. Auf der gegenüberliegenden Seite bot das Plateau jedoch einen ganz anderen Ausblick. Dort setzten sich die äußeren Basaltwände zur Innenseite hin fort und bildeten eine Böschung von etwa zweihundert Fuß Höhe, an die sich nach unten hin ein bewaldeter Abhang anschloss. Am Fuß dieser roten Felswand, in einiger Höhe über dem Erdboden, konnte ich durch das Fernglas eine Reihe dunkler Löcher sehen, die ich für Höhleneingänge hielt. In einer davon schimmerte etwas Weißes, aber ich konnte nicht erkennen, was es war. Ich trug die Einzelheiten der Umgebung in meine Karte ein, bis die Sonne untergegangen war und es so dunkel wurde, dass ich nichts mehr unterscheiden konnte. Dann kletterte ich wieder zu meinen Gefährten hinunter, die am Fuß des großen Baumes begierig auf mich warteten.

Mit einem Schlag war ich der Held der Expedition. Ich allein hatte den Gedanken gehabt und ich allein hatte ihn ausgeführt, und hier hatte ich die Karte, die uns ein monatelanges Herumtappen inmitten unbekannter Gefahren ersparte. Jeder meiner Gefährten schüttelte mir feierlich die Hand. Aber bevor sie die Einzelheiten meiner Karte besprachen, musste ich ihnen von meiner Begegnung mit dem Affenmenschen in der Baumkrone erzählen.

»Er ist die ganze Zeit dort oben gewesen«, sagte ich.

»Woher wissen Sie das?«, fragte Lord John.

»Weil ich immer das Gefühl hatte, dass wir von einem bösartigen Wesen belauert wurden. Ich habe es Ihnen gegenüber bereits erwähnt, Herr Professor.«

Dieser nickte bestätigend. »Ja, unser junger Freund hat tatsächlich so etwas gesagt. Er ist offenbar der Einzige unter uns, der mit jener keltischen Wesensart begabt ist, die so feinfühlig für derartige Eindrücke macht.«

»Die ganze Theorie der Telepathie –«, begann Summerlee und stopfte seine Pfeife.

»Ist zu umfangreich, als dass wir sie jetzt diskutieren könnten«, sagte Challenger entschieden. »Sagen Sie mir jetzt«, fuhr er mit der Miene eines Bischofs fort, der zu seiner Sonntagsschule spricht, »konnten Sie zufällig beobachten, ob dieses Geschöpf den Daumen über die Handfläche kreuzen konnte?«

»Nein, das konnte ich nicht!«

»Hatte es einen Schwanz?«

»Nein.«

»War der Fuß zum Greifen eingerichtet?«

»Ich glaube nicht, dass es ihm gelungen wäre, so schnell zwischen den Zweigen zu verschwinden, wenn es nicht mit den Füßen hätte greifen können.«

»In Südamerika gibt es, wenn mein Gedächtnis mich nicht täuscht – Sie werden die Richtigkeit meiner Aussage kontrollieren, Professor Summerlee – etwa sechsunddreißig Affenarten. Nur der Menschenaffe ist nicht darunter. Es ist aber klar, dass er in diesem Land existiert und dass es nicht die behaarte gorillaähnliche Art ist, die bisher außerhalb Afrikas oder des Fernen Ostens nicht gesehen wurde. Dies ist eine bärtige Abart, deren helle Farbe darauf hindeutet, dass er sein Leben im Baumschatten verbringt. Wir stehen nun vor der Frage, ob er mehr dem Affen oder mehr dem Menschen ähnelt. In letzterem Falle könnte er etwa dem entsprechen, was man in Laienkreisen als das ›fehlende Bindeglied‹ bezeichnet. Die Lösung dieses Problems ist jetzt unsere vordringliche Aufgabe.«

»Nichts dergleichen«, sagte Summerlee schroff, »jetzt, wo wir der Intelligenz und der Tatkraft von Mr Malone (ich muss diese Worte leider zitieren) eine Karte verdanken, ist es unsere einzige und vordringliche Aufgabe, uns heil und gesund aus diesem furchtbaren Land herauszubringen.«

»Die Fleischtöpfe der Zivilisation«, höhnte Challenger.

»Die Tintenfässer der Zivilisation, mein Herr! Es ist unsere Aufgabe, einen Bericht über das, was wir gesehen haben, abzufassen und die weitere Erforschung des Landes anderen zu überlassen. Darin waren sich alle einig, bevor Mr Malone diese Karte für uns gezeichnet hat.«

»Gut«, sagte Challenger. »Ich gebe zu, dass auch ich mich wohler fühlen werde, wenn ich die Sicherheit habe, dass die Resultate unserer Expedition in die Hände unserer Freunde gelangt sind. Wie wir von diesem Plateau herunterkommen sollen, davon habe ich bis jetzt allerdings noch keine Vorstellung. Ich bin aber bisher noch nie auf ein Problem gestoßen, das mein erfinderisches Gehirn nicht hätte lösen können, und ich verspreche Ihnen, dass ich morgen meine ungeteilte Aufmerksamkeit der Frage unseres Abstieges widmen werde.«

Dabei blieb es fürs Erste und wir verbrachten den Abend damit, beim Schein unseres Feuers und einer kleinen Kerze die erste Landkarte der vergessenen Welt auszuarbeiten. Alle Einzelheiten, die ich auf meinem Aussichtspunkt flüchtig notiert hatte, wurden an der entsprechenden Stelle eingetragen. Challengers Bleistift schwebte über der großen weißen Stelle, die den See darstellte.

»Wie wollen wir ihn nennen?«, fragte er.

»Warum sollten Sie nicht die Gelegenheit ergreifen, Ihrem Namen Unsterblichkeit zu verleihen?«, sagte Summerlee mit seinem üblichen Sarkasmus.

»Ich hoffe, mein Herr, dass mein Name durch andere und bessere Gründe der Nachwelt überliefert wird«, sagte Challenger ernst. »Jeder Dummkopf kann seinen unbedeutenden Namen unsterblich machen, indem er ihn auf irgendeinen Berg oder Fluss überträgt. Ich brauche ein solches Denkmal nicht.«

Summerlee lächelte gezwungen und setzte zu einem neuen Angriff an, als Lord John sich eiligst einschaltete.

»Es steht Ihnen zu, mein Junge, dem See einen Namen zu geben«, sagte er. »Sie haben ihn zuerst gesehen und, beim Himmel, wenn Sie sich entscheiden, ihn den ›Malone-See‹ zu nennen, kann niemand etwas dagegen einwenden.«

»Sehr richtig. Unser junger Freund soll ihm einen Namen geben«, sagte Challenger.

»Dann soll er«, sagte ich und errötete, »›Gladys-See‹ heißen.«

»Glauben Sie nicht, dass der Ausdruck ›Zentralsee‹ charakteristischer wäre?«, warf Summerle ein.

»Ich möchte ihn lieber Gladys-See nennen.«

Challenger warf mir einen wohlwollenden Blick zu, schüttelte aber doch in gespielter Missbilligung den großen Kopf. »Knaben bleiben Knaben. Soll er also Gladys-See heißen.«

Elftes Kapitel

Ich sagte schon – oder vielleicht sagte ich es auch nicht, denn mein Gedächtnis hat mich in diesen Tagen etwas im Stich gelassen –, dass ich stolz war, als drei solche Männer, wie es meine Kameraden waren, mir dafür dankten, dass ich unsere Lage doch erheblich verbessert hatte. Als Jüngster unter den Expeditionsmitgliedern – nicht nur an Jahren, sondern auch an Erfahrung, Charakter, Wissen und allem, was einen Mann zum Mann macht – hatte ich von Anfang an hinter ihnen zurückstehen müssen. Und nun hatte ich bewiesen, dass auch ich etwas konnte! Mir wurde warm bei dem Gedanken. Ach! Hochmut kommt vor dem Fall! Der kleine Funke Selbstgefälligkeit, der mein Selbstvertrauen vergrößerte, sollte mich noch in dieser Nacht zum furchtbarsten Abenteuer meines Lebens verleiten. Ein Abenteuer, das mit einer Erschütterung endete, die mich krank macht, wenn ich nur daran denke.

Es kam so: Ich war durch das Abenteuer auf dem Baum so übermäßig erregt, dass ich nicht einschlafen konnte. Summerlee hielt Wache und hockte, eine wunderliche, eckige Gestalt, das Gewehr quer über den Knien, neben dem kleinen Feuer. Sein spitzer Ziegenbart wackelte bei jeder Bewegung seines müden Kopfes hin und her. Lord John lag schweigend in seinen südamerikanischen Poncho gehüllt da, während Challengers rasselndes Schnarchen im Wald widerhallte. Der Vollmond schien hell und die Luft war kühl. Das war die richtige Nacht für einen Spaziergang! Und dann dachte ich plötzlich, warum nicht? Ich stellte mir vor, dass ich mich leise wegstahl und einen Weg zum Zentralsee fand und zum Frühstück mit einer Beschreibung dieses Ortes wieder zurück wäre – würde ich in diesem Falle nicht ein noch würdigerer Bundesgenosse sein? Und dann würden wir, wenn Summerlee auf der Abreise bestand und wir Mittel und Wege für den Abstieg gefunden hätten, als die Ersten nach London zurückkehren, die aus eigener Anschauung das innere Geheimnis des Plateaus kannten, in das ich allein und als Einziger vorgedrungen war. Ich dachte an Gladys und ihre Worte: » Gelegenheit zu Heldentaten gibt es überall.« Ich glaubte ihre Stimme zu hören, mit der sie diese Worte sprach. Ich dachte auch an McArdle – was für einen dreispaltigen Artikel für die Zeitung würde das abgeben! Dann griff ich nach meinem Gewehr – meine Taschen waren voll Patronen –, bog den Dornbusch am Eingang unseres Lagers zurück und schlüpfte schnell hinaus. Mein letzter Blick fiel auf den halb eingeschlafenen, zum Wachehalten denkbar ungeeigneten Summerlee, dessen Kopf immer noch wie ein komisches mechanisches Spielzeug vor dem glimmenden Feuer weiternickte.

Ich war noch keine hundert Meter weit gegangen, als ich meine Tollkühnheit bereits bitter bereute. Irgendwo in dieser Geschichte habe ich schon erwähnt, dass meine Fantasie allzu rege ist, um ein wirklich mutiger Mann zu sein, dass ich mich aber am meisten davor fürchte, furchtsam zu erscheinen. Dieses Gefühl trieb mich jetzt mit aller Macht vorwärts. Ich konnte einfach nicht umkehren, ohne irgendetwas erreicht zu haben. Selbst wenn meine Gefährten mich noch nicht vermissten und nie etwas von meiner Schwäche erfahren würden, würde in mir doch ein unerträgliches Schamgefühl zurückbleiben. Trotzdem schauderte ich beim Gedanken an die Lage, in der ich mich nun befand, und hätte in diesem Augenblick alles, was ich besaß, dafür gegeben, aus dem Ganzen auf ehrenvolle Weise wieder herauszukommen.

Es war furchtbar im Wald. Die Bäume standen so dicht und ihre Laubkronen breiteten sich so weit aus, dass ich kein Mondlicht mehr sehen konnte. Als meine Augen sich etwas mehr an die Dunkelheit gewöhnt hatten, lernte ich die verschiedenen Grade von Dunkelheit zwischen den Bäumen zu unterscheiden. Einige Stellen waren in schwachen Umrissen erkennbar, während andere aussahen wie kohlschwarze Höhleneingänge, die mich im Vorübergehen mit Schrecken erfüllten. Ich dachte an das verzweifelte Geheul des zerrissenen Iguanodons, diesen grauenvollen Schrei, dessen Echo in den Wäldern widerhallte. Ich musste an das gedunsene, warzige, bluttriefende Maul denken, das ich einen Augenblick lang im Licht von Lord Johns Fackel gesehen hatte. Gerade jetzt befand ich mich in seinem Jagdrevier. Jeden Augenblick konnte es mich aus dem dunklen Schatten heraus anspringen – dieses namenlose und schreckliche Ungeheuer. Ich blieb stehen, nahm eine Patrone aus meiner Tasche und öffnete die Kammer meines Gewehrs. Als ich den Hebel berührte, setzte mein Herz vor Schreck aus: Ich hatte die Schrotflinte und nicht das Gewehr mitgenommen.

Wieder war ich kurz davor umzukehren. Das war bestimmt eine ausgezeichnete Erklärung für das Misslingen meines Plans. Aber wieder wehrte sich der falsche Stolz in mir. Ich konnte, ich durfte einfach nicht versagen. Und schließlich wäre mein Gewehr wahrscheinlich genauso nutzlos gegen die Gefahren gewesen, die mir bevorstanden, wie eine Schrotflinte. Und würde ich zum Lager zurückkehren, um die Waffe gegen eine andere auszutauschen, würde ich dabei bestimmt gesehen werden. In diesem Fall wäre es nötig gewesen, Erklärungen abzugeben, und mein Plan wäre dann nicht mehr mein Geheimnis geblieben. Einen Moment zögerte ich noch, dann riss ich mich zusammen und setzte meinen Weg fort, die nutzlose Flinte unter dem Arm.

Das Dunkel des Waldes war schon erschreckend genug gewesen, das weiße, stille Mondlicht auf der offenen Iguanodon-Lichtung war aber noch unheimlicher. Ich verbarg mich hinter einem Busch und suchte sie mit den Augen ab. Keine der großen Bestien war in Sicht. Vielleicht hatte die Tragödie, der eines von ihnen zum Opfer gefallen war, sie von ihrem Weidegrund vertrieben. Ich bemerkte in der von silbernem Glanz erfüllten Nacht kein Anzeichen irgendeines Lebewesens, fasste daher Mut, eilte schnell über die ebene Fläche und ging im Dunkel auf der anderen Seite wieder am Ufer des Baches entlang, der mir als Wegweiser diente. Er war ein lustiger Geselle, wie er so dahinplätscherte, wie der gute, alte Forellenbach, in dem ich als Knabe nachts Fische gefangen hatte. Wenn ich seinem Lauf folgte, musste ich zum See kommen, und wenn ich mich auf dem Rückweg an seiner Seite hielt, konnte ich unser Lager nicht verfehlen. Oft verlor ich ihn wegen des dichten Gestrüpps aus den Augen, blieb aber immer so weit in seiner Nähe, dass ich sein Geplätscher hören konnte.

Je weiter ich den Abhang hinunterstieg, desto mehr lichtete sich der Wald und an seine Stelle trat Gebüsch, das nur hier und da von hohen Bäumen unterbrochen wurde. Ich kam schnell vorwärts und konnte sehen, ohne gesehen zu werden. Ich kam nahe am Pterodactylus-Sumpf vorbei und im selben Augenblick stieg eines dieser großen Geschöpfe auch bereits mit einem rauen, ledernen Flügelgerassel (es maß mit ausgebreiteten Schwingen mindestens zwanzig Fuß) in meiner Nähe auf und schwang sich in die Luft. Als es vor dem Mond vorüberflog, schimmerte dessen Licht deutlich durch seine Hautflügel. Dadurch zeichnete sich das Tier wie ein fliegendes Skelett gegen den hellen tropischen Nachthimmel ab. Ich duckte mich ins Gebüsch, denn ich wusste von dem früheren Erlebnis her bereits, dass ein einziger Schrei eines solchen Tieres Hunderte seiner ekelhaften Genossen herbeirufen konnte. Erst als es sich wieder niedergelassen hatte, wagte ich es, meinen Weg fortzusetzen.

Die Nacht war außerordentlich ruhig. Beim Weitergehen bemerkte ich jedoch ein leises dröhnendes Geräusch, ein andauerndes Gemurmel, das von irgendeiner Stelle vor mir herrührte. Es wurde, je weiter ich vorrückte, immer lauter, bis es zuletzt ganz nahe vor mir war. Die Gleichförmigkeit des Geräusches ließ darauf schließen, dass es immer von derselben Stelle kam. Es klang wie das Brodeln eines überkochenden Kessels. Ich gelangte bald zur Quelle des Geräusches und fand in der Mitte einer kleinen Lichtung einen Teich – oder besser gesagt ein Wasserloch, denn es war nicht größer als das Bassin des Springbrunnens auf dem Trafalgar Square – aus einer schwarzen, teerigen Masse, deren Oberfläche sich in großen Blasen hob und senkte. Die dunstige Luft über der brodelnden Fläche zitterte im Widerschein der glühenden Massen und der Erdboden in meiner Nähe war so heiß, dass ich kaum die Hand darauf legen konnte. Es war klar, dass die vulkanischen Kräfte, die das ganze seltsame Plateau vor undenklichen Zeiten emporgehoben hatten, noch nicht völlig erloschen waren. Geschwärzte Felsen und Blöcke von Lava hatte ich bereits überall aus der üppigen Vegetation herausragen sehen, aber dieser Asphaltteich im Dschungel war das erste Anzeichen von der bis heute andauernden vulkanischen Tätigkeit an den Abhängen des alten Kraters. Ich hatte keine Zeit zu einer längeren Untersuchung, denn ich musste mich beeilen, wenn ich noch bei Tagesanbruch im Lager zurück sein wollte.

Es war ein grauenvoller Marsch, an dessen Schrecken ich bis an mein Lebensende zurückdenken werde. Ich schlich mich im Schatten an den Rändern der mondbeschienenen Lichtungen weiter. Im Dschungel tastete ich mich vorwärts und hielt jedes Mal mit klopfendem Herzen an, sobald ich, was öfter geschah, das Krachen von brechenden Zweigen, das irgendein vorbeikommendes wildes Tier ankündigte, vernahm. Hin und wieder tauchten für einen Augenblick große Schatten auf und verschwanden wieder – große schweigende Schatten, die auf weich gepolsterten Füßen dahinzuschreiten schienen. Wie oft blieb ich mit der Absicht, umzukehren, stehen, und doch besiegte mein Stolz jedes Mal meine Furcht und ließ mich weitergehen, bis ich mein Ziel erreicht hatte.

Schließlich (meine Uhr zeigte mir, dass es 1 Uhr morgens war) bemerkte ich durch eine offene Stelle im Dschungel das Aufblitzen einer Wasserfläche und zehn Minuten später stand ich im Schilf am Ufer des Zentralsees. Ich war sehr durstig, legte mich nieder und trank in langen Zügen von dem frischen, kalten Wasser. Ein breiter, ausgetretener Weg mit vielen Fußspuren führte zu der Stelle, an der ich stand, hinunter, woran man erkennen konnte, dass das hier ein Trinkplatz er Tiere war. Dicht am Wasser lag ein riesiger, einzelner Lavablock. Ich stieg hinauf und hatte, flach auf ihm ausgestreckt, einen ausgezeichneten Ausblick.

Das Erste, was ich sah, versetzte mich in großes Erstaunen. Als ich die Aussicht von der Spitze des hohen Baumes beschrieb, sagte ich, dass ich an der gegenüberliegenden Felswand eine Reihe dunkler Stellen, die Höhleneingängen ähnelten, gesehen hatte. Von meinem Felsblock aus erblickte ich nun an denselben Wänden überall rötliche, scharf umrissene Lichtflecke, die aussahen wie Bullaugen eines Dampfers in der Nacht. Einen Augenblick lang hielt ich sie für glühende Lava, aber das konnte nicht stimmen. Jede vulkanische Tätigkeit konnte sich nur unten im Krater und nicht dort oben an seinen Rändern abspielen. Was also war es? Es klang wie ein Märchen, und trotzdem konnte es nicht anders sein. Diese rötlichen Flecken waren der Widerschein von Feuer in den Höhlen – Feuer, das nur von Menschenhand entzündet worden sein konnte. Es gab also menschliche Wesen auf dem Plateau. Was für eine glänzende Rechtfertigung meines Erkundungsgangs! Das war in der Tat eine Neuigkeit, die wir mit nach London nehmen konnten.

Lange beobachtete ich von meinem Lavablock aus diese roten zitternden Lichtflecken. Ich schätzte, dass sie etwa zehn Meilen entfernt waren, aber selbst auf diese Distanz hin konnte man noch bemerken, dass sie von Zeit zu Zeit flackerten oder ganz verdeckt wurden, als würde jemand daran vorbeigehen. Was hätte ich nicht darum gegeben, dort hinaufklettern zu können, um einen verstohlenen Blick hineinzuwerfen und meinen Gefährten das Aussehen und den Charakter der Menschenrasse beschreiben zu können, die einen so seltsamen Ort bewohnte! Das war im Augenblick unmöglich; es stand aber fest, dass wir das Plateau nicht verlassen durften, ohne uns in dieser Hinsicht Gewissheit verschafft zu haben.

Der Gladys-See – mein See – breitete seine silberne Oberfläche vor mir aus. In seiner Mitte spiegelte sich das helle Licht des Vollmondes. Er war nur flach, denn an einigen Stellen sah ich niedrige Sandbänke aus dem Wasser herausragen. Überall auf der ruhigen Oberfläche bemerkte ich Zeichen von Leben. Manchmal kräuselte sich das Wasser nur, manchmal tauchte der silbrige Körper eines großen Fisches auf, manchmal der gebogene, schieferfarbige Rücken irgendeines vorbeischwimmenden Ungeheuers. Einmal sah ich auf einer gelben Sandbank ein Geschöpf wie einen riesigen Schwan mit einem schwerfälligen Körper und einem hohen, gebogenen Hals, das am Rand entlangwatschelte. Dann glitt es ins Wasser, und eine Zeit lang konnte ich noch den gebogenen Nacken und den sich ruckartig bewegenden Kopf über dem Wasser beobachten. Dann tauchte es unter und war nicht mehr zu sehen.

Meine Aufmerksamkeit wurde aber bald von diesen fernen Erscheinungen abgelenkt und von Vorgängen in Anspruch genommen, die sich direkt vor meinen Füßen abspielten. Zwei Geschöpfe, die wie große Gürteltiere aussahen, waren zum Trinkplatz heruntergekommen, kauerten am Rand des Wassers und stillten ihren Durst, wobei sie ihre langen, biegsamen Zungen wie rote Bänder blitzschnell hin- und herbewegten. Ein riesiger Hirsch mit stattlichem Geweih, ein prachtvolles Tier von königlicher Haltung, kam mit seiner Hirschkuh und zwei Jungen und trank neben den Gürteltieren. So einen Hirschen gab es sicher nirgendwo sonst auf der Welt, denn die Elche, die ich gesehen habe, reichten ihm kaum bis zur Schulter. Bald darauf schnaufte er warnend und verschwand mit seiner Familie im Schilf, während auch die Gürteltiere flohen. Ein Neuankömmling, ein ungeheures Tier, schritt den Weg zum See herunter.

Einen Augenblick lang fragte ich mich, wo ich dieses plumpe Geschöpf, diesen gebogenen Rücken, auf dem dreieckige Platten entlangliefen, und diesen seltsamen, vogelähnlichen und tief gesenkten Kopf schon gesehen hatte. Dann fiel es mir ein. Es war ein Stegosaurus – dasselbe Geschöpf, das Maple White in seinem Skizzenbuch festgehalten und das erste Objekt, das Challengers Aufmerksamkeit gefesselt hatte. Da war es also – vielleicht sogar dasselbe Exemplar, das dem Amerikaner begegnet war. Der Erdboden zitterte unter seinem ungeheuren Gewicht und sein geräuschvolles Saufen hallte durch die stille Nacht. Fünf Minuten lang war es so nah bei meinem Lavablock, dass ich mit ausgestreckter Hand die ekelhaften, hin und herwogenden Kämme auf seinem Rücken hätte berühren können. Dann schwankte es weg und verlor sich zwischen den Felsblöcken.

Ein Blick auf die Uhr zeigte mir, dass es bereits ½ 3 Uhr und damit höchste Zeit für mich war, umzukehren. Die Orientierung bereitete mir keine Schwierigkeit, denn ich hatte mich ständig am rechten Bachufer gehalten, der einen Steinwurf von meinem Liegeplatz entfernt in den See mündete. Ich machte mich also in gehobener Stimmung auf den Weg, denn ich hatte das Gefühl, eine gute Leistung erbracht zu haben, und konnte meinen Gefährten außerordentlich wertvolle Nachrichten mitbringen. Das Wichtigste davon waren natürlich die erleuchteten Höhlen und die Gewissheit, dass diese von Menschen bewohnt wurden. Darüber hinaus konnte ich von meinen Erlebnissen am Zentralsee berichten. Ich konnte bezeugen, dass er von seltsamen Geschöpfen wimmelte und hatte verschiedene Formen urzeitlicher Lebewesen gesehen, denen wir bisher noch nicht begegnet waren. Auf meinem Rückwege dachte ich darüber nach, dass wohl wenige Menschen auf der Welt jemals eine so seltsame Nacht erlebt oder die Wissenschaft im Lauf einer solchen derart bereichert hätten.

Während ich darüber nachdachte, stieg ich den Abhang hinauf und hatte etwa den halben Weg zum Lager zurückgelegt, als meine Gedanken durch ein seltsames Geräusch hinter mir plötzlich wieder auf meine augenblickliche Lage gelenkt wurden. Es war ein Mittelding zwischen Schnarchen und Knurren, leise, tief und außerordentlich drohend. Offenbar befand sich irgendein seltsames Wesen in meiner Nähe, aber es war nicht zu sehen und so beeilte ich mich weiterzukommen. Ich hatte etwa eine halbe Meile zurückgelegt, als das Geräusch sich wiederholte. Noch immer hinter mir, aber lauter und drohender als vorher. Mein Herz stand still und mir schoss der Gedanke durch den Kopf, dass diese Bestie, welcher Art sie auch immer sein mochte, mich verfolgte. Es überlief mich kalt und die Haare sträubten sich mir bei diesem Gedanken. Dass diese Ungeheuer sich gegenseitig zerrissen, gehörte nun einmal zu ihrem Kampf ums Dasein, aber dass sie sich auch gegen mich wenden könnten – diese Vorstellung war einfach ungeheuerlich.

Wieder fiel mir die bluttriefende Fratze ein, die ich beim Licht von Lord Johns Fackel gesehen hatte und die mir wie eine schreckliche Vision aus Dantes Inferno erschienen war. Ich blieb mit zitternden Knien stehen und starrte mit weit aufgerissenen Augen den vom Mondlicht beschienenen Pfad hinter mir entlang. Alles war ruhig wie in einer Traumlandschaft. Silberne Lichtungen und dunkle, buschbewachsene Stellen – sonst war nichts zu sehen. Und dann ertönte aus der Stille heraus aufs Neue das drohende und aus tiefer

Kehle kommende Krächzen, viel lauter und näher als vorher. Jetzt bestand kein Zweifel mehr, dass mir etwas auf der Spur war, das jede Minute näher kam.

Ich war wie gelähmt und suchte mit den Augen das Gelände ab, das ich soeben durchquert hatte. Und dann sah ich es plötzlich. Da bewegte sich etwas in dem Gebüsch jenseits der Lichtung. Ein großer schwarzer Schatten löste sich und hüpfte in die vom hellen Mondlicht übergossene Lichtung. Ich sage absichtlich »hüpfte«, denn die Bestie bewegte sich wie ein Känguru in langen Sprüngen und in aufrechter Haltung auf seinen mächtigen Hinterbeinen vorwärts, während es die herabgebogenen Vorderfüße vor der Brust angewinkelt hielt. Es war von riesiger Größe und Stärke, wie ein aufrecht gehender Elefant. Aber seine Bewegungen waren trotz seiner ungeheuren Massigkeit außerordentlich gewandt. Als ich sein Äußeres erkannte, glaubte ich für einen Augenblick, es wäre ein Iguanodon, das ich als harmlos kannte. Aber trotz meiner Unwissenheit merkte ich bald, dass es sich hier um ein ganz anders geartetes Geschöpf handelte. Statt des sanften, hirschartigen Kopfes der großen dreizehigen Pflanzenfresser hatte diese Bestie einen breiten, flachen, krötenartigen Kopf wie jenes Wesen, das unserem Lager einen nächtlichen Besuch abgestattet hatte. Ihr wildes Gekrächze und die erschreckende Energie, mit der sie mich verfolgte, ließen keinen Zweifel daran, dass es einer der großen Fleisch fressenden Dinosaurier war, eine der fürchterlichsten Bestien, die jemals auf Erden wandelten. Ich sah, wie das Riesentier sich hin und wieder auf die Vorderfüße niederließ und am Boden schnupperte. Es suchte also meine Spur. Dann erhob es sich wieder und setzte in wilden Sprüngen hinter mir her.

Noch jetzt bricht mir, wenn ich an diese furchtbare Nachtszene zurückdenke, der kalte Schweiß aus. Was konnte ich tun? Ich hielt meine nutzlose Vogelflinte in der Hand, aber von ihr konnte ich keine Hilfe erwarten. Ich blickte mich verzweifelt nach einem Baum oder Felsen um, aber ich befand mich mitten in einem ausgedehnten Gestrüpp, das, soweit ich sehen konnte, nicht höher war als ein Schössling. Und ich wusste, dass die Bestie hinter mir sogar einen stattlichen Baum wie ein Schilfrohr umreißen konnte. Meine einzige Hoffnung lag in der Flucht. Es war unmöglich, auf dem rauen, unebenen Boden schnell zu laufen. Aber als ich mich voller Verzweiflung umblickte, bemerkte ich einen quer vor mir entlanglaufenden, gut ausgetretenen Pfad. Das war einer der von den wilden Tieren benutzten Wege, die wir während unseres Aufenthalts schon einige Male gesehen hatten. Das konnte vielleicht meine Rettung sein, denn ich war ein guter Läufer und in ausgezeichneter Verfassung.

Ich warf meine nutzlose Flinte weg und rannte etwa eine halbe Meile, wie ich noch nie in meinem Leben gerannt bin. Meine Gelenke knackten, meine Brust keuchte und ich hatte das Gefühl, dass meine Lungen jeden Moment platzen würden, und doch lief ich, dieses Schreckgespenst im Nacken, immer weiter und weiter. Als ich schließlich anhielt, konnte ich mich kaum noch bewegen. Einen Augenblick dachte ich, ich hätte das Tier hinter mir gelassen. Auf dem Weg war nichts mehr zu sehen. Aber dann vernahm ich plötzlich das Getrappel riesiger Füße und das Keuchen gewaltiger Lungen und mit einem krachenden Geräusch brach die Bestie durch das Gebüsch und war wieder hinter mir her. Ganz nahe bei mir. Ich war verloren.

Was für ein Wahnsinn von mir, dass ich so lange gezögert hatte, bevor ich die Flucht ergriff! Bis dahin war mir das Tier nur mit Hilfe des Geruchssinns und daher nur langsam gefolgt. Aber als ich zu laufen anfing, hatte es mich gesehen und kam jetzt mit großen Sätzen hinter mir her. Seine vorstehenden Augen leuchteten im Mondlicht, ich erkannte eine Reihe riesiger Zähne in seinem offenen Maul und die furchtbaren Klauen an seinen kurzen mächtigen Vorderfüßen. Mit einem Schreckensschrei drehte ich mich um und stürzte wie rasend den Weg entlang. Immer lauter vernahm ich hinter mir die pfeifenden Atemzüge des Ungeheuers. Dann fühlte ich das schwere Aufschlagen seiner Füße neben mir, jeden Augenblick erwartete ich, dass es mich im Rücken packen würde. Und dann gab es plötzlich einen Krach, ich stürzte ins Leere und alles um mich her wurde dunkel und ruhig.

Als ich aus meiner Bewusstlosigkeit, die, wie ich glaube, nur wenige Minuten gedauert hatte, erwachte, nahm ich einen durchdringenden, abscheulichen Geruch wahr. Ich streckte meine Hand in der Dunkelheit aus und stieß auf etwas, das sich wie ein großer Fleischklumpen anfühlte, während ich mit der anderen Hand einen riesigen Knochen erfasste. Über mir erblickte ich ein kreisförmiges Stück sternbedeckten Himmel, woran ich erkannte, dass ich am Boden eines tiefen Erdloches lag. Ich stand taumelnd auf und befühlte meinen ganzen Körper. Meine Glieder waren steif und alles tat mir weh. Aber ich hatte mir nichts gebrochen und alle Gelenke waren beweglich. Als dann die näheren Umstände meines Falles wieder in meinem verwirrten Gehirn auftauchten, blickte ich voll Schrecken nach oben und erwartete, dort den fürchterlichen Kopf des Tieres sich als Silhouette gegen den Himmel abzeichnen zu sehen. Doch von dem Ungeheuer war nichts zu sehen oder zu hören. Ich ging daher langsam in dem Erdloch herum und befühlte die Wände, um mir über den Charakter der Grube, in die ich gerade im richtigen Augenblick hineingestürzt war, klar zu werden. Es war, wie bereits gesagt, ein Loch mit steil abfallenden Wänden, dessen Boden etwa zwanzig Fuß im Durchmesser hatte. Dieser Boden war mit großen Fleischstücken übersät, von denen die meisten bereits im letzten Zustand der Verwesung waren. Die Luft war völlig verpestet. Ich stolperte über die verfaulenden Fleischklumpen und stieß plötzlich gegen etwas Hartes. Ich konnte erkennen, dass es ein aufrecht stehender, in der Mitte des Erdloches befestigter Pfahl war. Er war so hoch, dass ich seine Spitze nicht mit der Hand erreichen konnte, und schien völlig mit Fett beschmiert zu sein. Plötzlich erinnerte ich mich, dass ich eine Schachtel mit Wachsstreichhölzern in der Tasche hatte. Ich entzündete eines und konnte mir nun ein Urteil über das Erdloch bilden. Über seine Natur konnte kein Zweifel mehr bestehen. Es war eine Falle, die von Menschenhand erbaut worden war. Der Pfahl in der Mitte hatte eine Länge von neun Fuß, war am oberen Ende zugespitzt und schwarz vom erstarrten Blut der Tiere, die von ihm aufgespießt worden waren. Die herumliegenden Überreste rührten von den Opfern her, die man heruntergeschnitten hatte, um den Pfahl für das nächste hereinstürzende Tier frei zu machen. Ich erinnerte mich an eine Bemerkung Challengers, dass Menschen auf diesem Plateau nicht existieren könnten, da ihre schwachen Waffen sie nicht gegen die umherstreifenden Ungeheuer schützen könnten. Aber hier zeigte es sich klar, dass es doch möglich war. In ihren Höhlen mit den engen Eingängen besaßen die Eingeborenen, welcher Natur sie auch sein mochten, einen Zufluchtsort, in den die riesigen Saurier nicht eindringen konnten, während sie mit ihrem überlegenen Gehirn in der Lage waren, auf den von den Tieren ausgetretenen Wegen mit Zweigen überdeckte Fallen zu graben, um sie trotz ihrer Größe und Stärke zu vernichten.

Es war für einen geschickten Mann nicht schwierig, die geneigten Wälle des Erdloches zu erklettern. Aber ich zögerte lange, bevor ich mich in die Reichweite des furchtbaren Tieres, das mich fast vernichtet hätte, brachte. Ich konnte nicht wissen, ob es nicht im nahen Gebüsch auf der Lauer lag, um mein Wiederauftauchen abzuwarten. Doch fasste ich mir ein Herz, als mir eine Unterhaltung zwischen Challenger und Summerlee über die Gewohnheiten der Saurier einfiel. Beide stimmten darin überein, dass diese Ungeheuer ein sehr wenig entwickeltes Gehirn hatten, weil in ihren winzigen Gehirnschalen kein Platz war. So sei ihr Verschwinden in der übrigen Welt in erster Linie auf ihre eigene Beschränktheit zurückzuführen, die es ihnen unmöglich machte, sich veränderten Lebensbedingungen anzupassen.

Wenn die Bestie mir auflauerte, müsste sie begriffen haben, was mir zugestoßen war – und das hätte die Fähigkeit, Ursache und Wirkung miteinander zu verknüpfen, vorausgesetzt. War es nicht viel wahrscheinlicher, dass ein gehirnloses Geschöpf, das lediglich seinen räuberischen Instinkten folgt, die Jagd nach meinem plötzlichen Verschwinden aufgab und sich nach einem Moment der Überraschung trollte und sich auf die Suche nach einer anderen Beute machte? Ich kletterte bis an den Rand des Erdloches empor und spähte hinüber. Die Sterne verblassten, der Himmel wurde bereits hell und der kalte Morgenwind blies mir angenehm ins Gesicht. Von meinem Feind war nichts zu hören und zu sehen. Langsam stieg ich heraus und setzte mich eine Weile auf den Erdboden, bereit, in meinen Zufluchtsort zurückzuspringen, sobald irgendeine Gefahr auftauchte. Dann aber, beruhigt durch die absolute Stille und den dämmernden Morgen, riss ich mich zusammen und schlich mich auf dem Weg zurück, den ich gekommen war. Unterwegs nahm ich meine Flinte wieder an mich und gelangte kurz darauf wieder an den Bach, dessen Führung ich mich wieder anvertraute. Und so machte ich mich, nicht ohne furchtsame Blicke zurückzuwerfen, auf den Heimweg.

Plötzlich geschah etwas, was mich an meine abwesenden Gefährten erinnert. In der klaren ruhigen Morgenluft ertönte in weiter Entfernung der helle, scharfe Knall eines Gewehrschusses. Ich blieb stehen und horchte, ich konnte aber nichts weiter hören. Einen Augenblick erschrak ich bei dem Gedanken, dass irgendeine plötzliche Gefahr über sie hereingebrochen sei. Aber dann fiel mir eine einfachere und natürliche Erklärung ein. Es war jetzt heller Tag und sie mussten inzwischen meine Abwesenheit bemerkt haben. Bestimmt hatten sie sich gedacht, dass ich mich in den Wäldern verirrt hätte, und einen Schuss abgegeben, der mir die Richtung, in der sich das Lager befand, angeben sollte. Wir hatten zwar die feste Vereinbarung getroffen, nicht zu schießen, da sie mich aber in Gefahr wähnten, hatten sie bestimmt nicht gezögert, es zu tun. Ich musste mich also beeilen, um sie zu beruhigen.

Ich war so müde und erschöpft, dass ich nicht so schnell vorankam wie ich wollte. Schließlich kam ich aber doch in Gegenden, die mir bekannt waren. Da waren links von mir der Pterodactylus-Sumpf und vor mir die Iguanodon-Lichtung und jetzt gelangte ich zu dem letzten Baumgürtel, der mich vom Fort Challenger trennte. Ich stieß einen fröhlichen Schrei aus, um meine Gefährten zu beruhigen, erhielt jedoch keine Antwort. Die verdächtige Ruhe ließ mir das Blut in den Adern erstarren und ich fing zu laufen an. Das Lager tauchte vor mir auf, genau in dem Zustande, wie ich es verlassen hatte, nur der Eingang war offen. Ich stürzte hinein. Im kalten Morgenlicht bot sich mir ein furchtbarer Anblick. Unsere Vorräte waren in wilder Unordnung auf dem Boden verstreut, meine Gefährten waren verschwunden und in der Nähe der glimmenden Asche unseres Feuers zeigte sich eine rote Blutlache.

Ich war so betäubt von diesem plötzlichen Schock, dass sich meine Gedanken für kurze Zeit verwirrten. Ich erinnere mich dunkel, so wie man sich eines bösen Traums entsinnt, dass ich planlos rund um das Lager herum durch den Wald irrte und aufgeregt nach meinen Gefährten rief. Keine Antwort kam aus dem schweigenden Dunkel zu mir herüber. Der furchtbare Gedanke, dass ich sie niemals wieder sehen und einsam an diesem entsetzlichen Ort zurückbleiben würde, ohne die Möglichkeit, je wieder in die Außenwelt zurückkehren zu können, und dass ich in diesem schrecklichen Land sterben würde, brachte mich zur Verzweiflung. Ich hätte mir die Haare ausreißen und mit dem Kopf gegen Bäume rennen mögen. Erst jetzt begriff ich, wie sehr ich bisher von meinen Gefährten abhängig gewesen war, von der unerschütterlichen Selbstsicherheit Challengers und der dominierenden und humorvollen Kaltblütigkeit Lord Roxtons. Ohne sie war ich wie ein hilfloses Kind in der Dunkelheit. Ich wusste nicht mehr, wohin ich meine Schritte lenken und was ich tun sollte.

Nach einer gewissen Zeit, in der ich wie betäubt dagesessen hatte, entschloss ich mich aufzuklären zu versuchen, was für ein plötzliches Missgeschick meinen Gefährten wohl zugestoßen war. Der wüste Zustand des Lagers zeigte, dass ein Angriff stattgefunden hatte, und der Gewehrschuss war bestimmt aus diesem Anlass gefallen. Dass nur ein Schuss gefallen war, schien zu beweisen, dass der Kampf in einem Augenblick entschieden war. Die

Gewehre lagen noch auf dem Boden und eines davon – Lord Johns – hatte eine leere Patronenhülse im Magazin. Challengers und Summerlees Decken neben dem Feuer ließen vermuten, dass die beiden gerade geschlafen hatten. Die Kisten mit Munition und Nahrungsmitteln lagen in größter Unordnung herum, dazwischen die fotografischen Apparate und Plattenkästen. Aber nichts davon fehlte. Andererseits waren die unverpackten Lebensmittel – und es waren, soweit ich mich erinnerte, eine beträchtliche Menge – verschwunden. Es handelte sich also um Tiere und nicht um Eingeborene, die ins Lager eingedrungen waren, denn Letztere hätten sicher alles mitgenommen.

Wenn es aber Tiere gewesen waren oder ein einzelnes furchtbares Geschöpf, was war dann aus meinen Gefährten geworden? Eine wilde Bestie hätte sie bestimmt getötet und Überreste von ihnen zurückgelassen. Bestimmt sprach die Blutlache von brutaler Gewalt. Ein Ungeheuer, wie es mich in der Nacht verfolgt hatte, hätte ein Opfer so leicht wegschleppen können wie eine Katze eine Maus. In diesem Falle hätten die anderen die Verfolgung aufgenommen. Aber dann hätten sie zweifellos ihre Gewehre mitgenommen. Je länger ich mit meinem verwirrten und müden Gehirn über den Vorfall nachdachte, je weniger war ich imstande, eine zutreffende Erklärung zu finden. Ich suchte den Wald ab, konnte aber keine Spuren entdecken, aus denen ich etwas hätte schließen können. Einmal verirrte ich mich und verdankte es nur einem Zufall, dass ich nach einer Stunde Umherwandern wieder zum Lager zurückfand.

Plötzlich kam mir ein Gedanke, der mich etwas erleichterte. Ich war nicht ganz allein auf der Welt. Unten, am Fuß der Felswand und in Rufweite von mir, wartete der treue Zambo. Ich eilte zum Rand des Plateaus und blickte hinunter. Und richtig hockte er dort unten, in seine Decken gehüllt, neben dem Feuer in seinem kleinen Lager. Aber zu meinem Erstaunen saß noch ein zweiter Mann bei ihm. Einen Augenblick lang hüpfte mein Herz vor Freude, denn ich dachte, dass es einem meiner Gefährten gelungen war, sich nach unten zu retten. Aber ein zweiter Blick zerstörte diese Hoffnung. Die aufsteigende Sonne ließ mich an der Farbe des Mannes erkennen, dass es ein Indianer war. Ich stieß einen lauten Schrei aus und winkte mit dem Taschentuch. Sofort blickte Zambo zu mir hinauf, winkte mit der Hand und beeilte sich, die Felsspitze zu erklimmen. Kurz darauf stand er oben und hörte sich bekümmert meine Geschichte an.

»Sicher Teufel hat alle geholt, Massa Malone. Sie sind in Teufels Land gegangen, Herr, und er holt sie alle. Müssen Rat annehmen, Massa Malone, und schnell herunterkommen. Sonst Ihr auch geholt werden.«

»Wie kann ich hinunterkommen, Zambo?«

»Schlingpflanzen von Bäumen nehmen, Massa Malone. Werfen sie hier herüber. Ich werde festmachen hier an Baumstumpf und dann Sie haben Brücke.«

»Wir haben schon daran gedacht, aber es gibt hier keine Schlingpflanzen, die uns tragen könnten.«

»Jemand schicken Seile zu holen, Massa Malone.«

»Wen kann ich schicken, und wohin?«

»Schicke in Indianerdörfer, Herr. Viel Lederriemen in Indianerdorf. Indianer dort unten schicken.«

»Wer ist das?«

»Einer von unseren Indianern, die anderen haben geschlagen ihn und Geld weggenommen. Kommt zu uns zurück. Will jetzt Brief wegtragen. Bringen Seile mit – tun alles.«

Einen Brief mitnehmen! Warum nicht? Vielleicht kann er Hilfe bringen. Jedenfalls würde er dafür sorgen, dass wir unser Leben nicht umsonst geopfert hatten und dass Nachrichten von unseren Entdeckungen unsere Freunde in der Heimat erreichten. Ich hatte bereits zwei Briefe fertig. Ich würde den Tag dazu verwenden, einen dritten zu schreiben, der meine letzten Erlebnisse schildern sollte. Der Indianer konnte sie dann der Welt überbringen. Ich gab Zambo daher den Befehl, am Abend wieder heraufzukommen und verbrachte einen traurigen und einsamen Tag mit der Niederschrift meiner Abenteuer während der letzten Nacht. Ich verfasste außerdem einen Hilferuf, der an irgendeinen weißen Händler oder Kapitän eines Dampfers, der dem Indianer eventuell begegnen würde, gerichtet war und in dem ich den Empfänger anflehte, uns Seile zu schicken, da unser Leben davon abhing. Diese Schriftstücke warf ich abends Zambo hinüber und ebenso meine Börse, die drei Goldstücke enthielt. Diese sollte er dem Indianer geben und ihm das Doppelte versprechen für den Fall, dass er mit Seilen zurückkehrte.

So, mein lieber Mr McArdle, jetzt wissen Sie, auf welchem Weg diese Mitteilung Sie erreicht, und Sie wissen außerdem die Wahrheit für den Fall, dass Sie nie wieder etwas von Ihrem unglücklichen Berichterstatter hören werden. Heute Abend bin ich zu müde und zu niedergeschlagen, um irgendwelche Pläne zu machen. Morgen werde ich Mittel und Weg ersinnen müssen, wie ich nach meinen unglücklichen Freunden suchen kann, ohne die Verbindung mit dem Lager zu verlieren.

Zwölftes Kapitel

Gerade als die Sonne im Begriff war unterzugehen, sah ich die einsame Gestalt des Indianers auf der weiten Ebene unter mir und ich blickte ihm – unserer einzigen schwachen Hoffnung auf Rettung – nach, bis er im Abendnebel verschwand.

Es war völlig dunkel, als ich schließlich zu unserem verwüsteten Lager zurückkehrte, und mein letzter Blick galt Zambos aufleuchtendem Feuer. Es war der einzige Lichtblick in der weiten Welt dort unten, so wie die treue Gegenwart des Schwarzen der einzige Lichtblick für meine verdüsterte Seele war. Und doch fühlte ich mich zum ersten Mal, seit mich dieser furchtbare Schlag getroffen hatte, etwas erleichtert. Denn der Gedanke war tröstlich, dass die Welt wissen würde, was wir getan hatten. Also würden im schlimmsten Fall unsere Namen nicht zusammen mit unserem Leben ausgelöscht, sondern mit den Ergebnissen unserer Arbeit der Nachwelt überliefert.

Es war grauenvoll, in dem übel zugerichteten Lager zu schlafen, und doch wäre es noch schrecklicher gewesen, sich im Dschungel hinzulegen. Die Vorsicht ließ es ratsam erscheinen, wach zu bleiben, aber mein erschöpfter Körper erzwang sich sein Recht.

Ich kletterte auf einen Ast des großen Ginkgobaums, aber seine glatte Oberfläche bot mir keine stabile Sitzgelegenheit und ich wäre bestimmt im Moment des Einschlafens hinuntergestürzt. Ich überlegte, was ich tun sollte. Schließlich schloss ich den Eingang unseres Lagers, zündete drei getrennte Feuer an, zwang mich etwas zu essen und fiel darauf in einen tiefen Schlaf, dem ein merkwürdiges und höchst willkommenes Erwachen folgte. Am frühen Morgen, gerade bei Tagesanbruch, legte sich eine Hand auf meinen Arm, und als ich wie elektrisiert aufsprang und nach einem Gewehr griff, stieß ich einen lauten Freudenschrei aus. Denn im kalten, grauen Morgenlicht sah ich Lord John neben mir knien.

Er war es – und war es doch nicht. Ich kannte ihn als beherrscht und korrekt und sorgfältig gekleidet. Jetzt war er blass, seine Augen hatten einen wilden Ausdruck und er keuchte wie jemand, der lange und schnell gelaufen ist. Sein hageres Gesicht war zerkratzt und blutig, seine Kleider hingen in Fetzen herab und seinen Hut hatte er verloren. Ich starrte ihn fassungslos an, aber er ließ mir keine Zeit zu fragen. Er wühlte während des Sprechens in unseren Vorräten herum.

»Schnell, mein Junge«, rief er, »jeder Augenblick zählt. Nehmen Sie diese beiden Gewehre, ich habe die anderen beiden. So, nun so viel Patronen, wie Sie tragen können. Stopfen Sie sich die Taschen voll. Und jetzt etwas zu essen. Ein halbes Dutzend Büchsen wird genügen. So, das wäre geschafft! Verlieren Sie keine Zeit, mit Reden oder Nachdenken. Und jetzt vorwärts, oder wir sind verloren.«

Noch halb im Schlaf und unfähig, mir vorzustellen, was dies alles bedeutete, rannte ich wie toll durch den Wald hinter ihm her, unter jedem Arm ein Gewehr und einen Stapel verschiedener Vorräte in den Händen. Er stürmte durch das Gestrüpp, bis er an eine Stelle mit dichtem Unterholz kam, in das er ohne Rücksicht auf die Dornen hineinsprang, sich zu Boden warf und mich zu sich niederzog. »Hier«, keuchte er, »glaube ich, sind wir erst mal sicher. Sie werden das Lager von neuem überfallen, das ist todsicher. Es wird ihr erster Gedanke sein. Aber hier werden sie uns kaum vermuten.«

»Was bedeutet das alles?« fragte ich, als ich wieder zu Atem gekommen war. »Wo sind die Professoren und wer ist hinter uns her?«

»Die Affenmenschen«, antwortete er. »Mein Gott, was sind das für brutale Geschöpfe! Sprechen Sie nicht zu laut, denn sie haben empfindliche Ohren und außerdem scharfe Augen, aber, soweit ich es beurteilen kann, keinen gut entwickelten Geruchssinn, also werden sie unserer Spur nicht folgen können. Wo sind Sie gewesen, mein Junge? Sie können froh sein, dass sie nicht dabei waren.«

Ich erzählte ihm flüsternd in einigen Sätzen, was ich gemacht hatte.

»Üble Sache«, sagte er, als er vom Dinosaurus und dem Erdloch hörte. »Ist nicht gerade ein geeigneter Ort für einen Kuraufenthalt, nicht wahr? Aber was in diesem Land möglich ist, weiß ich erst, seit wir in die Hände dieser Teufel gefallen sind. Einmal hatten mich die papuanischen Menschenfresser gefangen. Aber das sind Waisenknaben, verglichen mit dieser Bande.«

»Wie ist das Ganze denn passiert?«, fragte ich.

»Es war früher Morgen. Unsere gelehrten Freunde erhoben sich gerade von ihrem Lager und hatten noch nicht einmal mit ihren wissenschaftlichen Erörterungen begonnen. Plötzlich regnete es Affen. Sie fielen wie die Äpfel aus dem Baum. Sie hatten sich während der Nacht versammelt, nehme ich an, bis der große Baum über unseren Köpfen voll mit ihnen war. Ich schoss einem von ihnen durch den Bauch, aber bevor wir begriffen hatten, was los war, hatten sie uns schon zu Boden geworfen und die ausgebreiteten Arme und Füße festgehalten. Ich sage ›Affen‹, aber sie trugen Stöcke und Steine in den Händen, redeten irgendein Kauderwelsch miteinander und banden uns schließlich die Hände mit Schlingpflanzen zusammen. Sie sind also jedem Tier, das mir bisher auf meinen Reisen begegnet ist, weit überlegen. Affenmenschen sind es, das ›fehlende Bindeglied‹, und ich wollte, sie würden noch immer fehlen. Sie schleppten ihren verwundeten Kameraden, der wie ein Schwein blutete, fort und setzten sich dann in einem Kreis um uns herum. Wenn ich jemals den Ausdruck kalter Mordlust gesehen habe, dann in ihren Gesichtern. Es waren große Burschen, so groß wie ein Man, aber erheblich stärker. Sie haben unter roten Brauen seltsam glasige Augen, mit denen sie uns dauernd anglotzten. Challenger ist kein Hasenfuß, aber selbst er war eingeschüchtert. Er schaffte es schließlich, auf die Beine zu kommen und schrie sie an, sie sollten ruhig tun, was auch immer sie mit uns vorhatten. Dann hätten wir es wenigstens hinter uns. Ich glaube, dass sein Verstand durch den unerwarteten Überfall etwas gelitten hat, denn er raste und verfluchte die Affenmenschen wie ein Wahnsinniger. Er hätte sie nicht ärger beschimpfen können, wäre es eine Reihe der von ihm so geschätzten Presseleute gewesen.«

»Nun, und was taten sie dann?« Während ich ganz gepackt war von dem Bericht, den mein Gefährte mir ins Ohr flüsterte, suchte dieser mit seinen scharfen Augen die Umgebung ab und hielt dabei das Gewehr schussbereit in der Hand.

»Ich dachte, unser Ende sei gekommen. Die Dinge nahmen aber plötzlich eine ganz andere Wendung. Die Affenmenschen schwatzten und schnatterten durcheinander. Dann trat einer von ihnen an Challenger heran. Sie werden lachen, mein Junge, aber ich gebe Ihnen mein Wort, die beiden hätten Verwandte sein können. Ich hätte das niemals geglaubt, wenn ich es nicht mit eigenen Augen gesehen hätte. Dieser alte Affenmensch – es war der Häuptling – war eine Art rothaariger Challenger mit all den Schönheitsmerkmalen, die unseren Freund auszeichnen. Nur dass sie bei ihm etwas stärker ausgeprägt waren. Er hatte den gleichen untersetzten Körper, die breiten Schultern, den mächtigen Brustkasten, keinen Hals, einen großen, roten, gekräuselten Bart, die buschigen Augenbrauen und ein ›Was willst du, verfluchter

Kerl‹ und eine ganze Reihe anderer schmeichelhafter Wendungen schauten ihm aus den Augen. Als der Affenmensch bei Challenger stand und ihm seine Klaue auf die Schulter legte, war die Ähnlichkeit vollkommen. Summerlee hatte einen Nervenanfall und lachte, bis er schrie. Die Affenmenschen lachten auch oder ließen wenigstens ein teuflisches Gemecker ertönen, und dann ergriffen sie uns und schleppten uns durch den Wald. Die Gewehre rührten sie nicht an – ich glaube, sie hielten sie für gefährlich. Aber die offen daliegenden Nahrungsmittel nahmen sie mit. Summerlee und ich wurden unterwegs ziemlich roh behandelt, wie Sie an meiner Haut und an meiner Kleidung sehen können. Denn sie schleppten uns geradewegs durch das Dorngestrüpp, das ihrer lederartigen Haut nichts anhaben kann. Challenger erging es besser. Vier von ihnen trugen ihn in Schulterhöhe, und er schwebte dahin wie ein römischer Imperator. – Was ist das?«

Wir vernahmen ein seltsames, klapperndes Geräusch in der Ferne, das an Kastagnetten erinnerte.

»Da gehen sie«, sagte mein Gefährte, indem er Patronen in seine doppelläufige Expressbüchse schob. »Wir wollen sie alle laden, mein Junge, denn lebend sollen die Burschen uns nicht bekommen.

Diesen Lärm machen sie immer, wenn sie erregt sind. Beim Himmel, sie sollen schon Grund zur Aufregung haben, wenn sie auf uns stoßen. Hören Sie sie noch?«

»Sehr weit weg.«

»Diese kleine Gruppe wird nicht viel ausrichten, aber ich nehme an, dass ihre Suchtrupps über den ganzen Wald verteilt sind. Nun, ich war gerade dabei, Ihnen meine Geschichte zu erzählen. Sie schleppten uns also in ihr Dorf, etwa tausend Hütten aus Zweigen und Blättern in einem großen Hain, dicht am Rand des Plateaus. Es ist drei bis vier Meilen von hier entfernt. Die schmutzigen Bestien befühlten mich am ganzen Körper und ich habe das Gefühl, als könnte ich nie wieder sauber werden. Sie fesselten uns – der Bursche, der mich in Händen hatte, konnte knoten wie ein alter Seemann. Und da lagen wir mit gebundenen Füßen unter einem Baum und ein Vieh mit einer Keule in der Hand bewachte uns. Wenn ich von ›wir‹ rede, so meine ich Summerlee und mich. Unser guter Challenger saß auf einem Baumstamm, aß eine Ananas und konnte sich frei bewegen. Ich muss aber sagen, dass er uns einige Früchte zukommen ließ und unsere Fesseln mit eigener Hand lockerte. Wenn sie ihn dort auf dem Baum so vertraulich mit seinem Zwillingsbruder hätten sitzen sehen können und gehört hätten, wie er mit seinem rollenden Bass vergnügt einen Gesang anstimmte – Musik scheint ihn ja immer in gute Stimmung zu versetzen – hätten Sie lachen müssen. Wir waren allerdings nicht zum Lachen aufgelegt, wie Sie sich vorstellen können. Die Affenmenschen waren bis zu einem gewissen Grad geneigt, ihn tun zu lassen, was er wollte. Uns hatten sie umso mehr unter Kontrolle. Es war ein starker Trost für uns alle, zu wissen, dass Sie noch frei herumliefen und unsere Berichte in Verwahrung hatten.

So, und jetzt, mein Junge, werde ich Ihnen etwas erzählen, was Sie überraschen wird. Sie sagten, Sie hätten Spuren von Menschen entdeckt, Feuer, Fallen und dergleichen. Nun, wir haben die Eingeborenen selbst gesehen. Arme Teufel sind das, kleine Kerle, die furchtsam die Augen niederschlagen und auch allen Grund dazu haben. Es sieht so aus, dass die Menschen die eine Seite des Plateaus bewohnen – die Seite drüben, wo Sie die Höhlen gesehen haben – und die Affenmenschen diese Seite hier. Und zwischen beiden herrscht ein dauernder, blutiger Krieg. Das ist die Lage, soweit ich sie einschätzen konnte. Gestern haben die Affenmenschen ein Dutzend dieser Menschen gefangen genommen und in ihre Dorf geschleppt. In Ihrem ganzen Leben Sie bestimmt noch kein derartiges Geschnatter und Geschrei gehört. Die Menschen, diese kleinen, roten Burschen, waren so zerkratzt und zerbissen, dass sie kaum noch gehen konnten. Die Affenmenschen quälten zwei von ihnen zu Tode, dem einen rissen sie glatt einen Arm aus. Es war ganz bestialisch. Mutige, kleine Kerle! Gaben kaum einen Ton von sich. Aber der Anblick machte uns ganz krank. Summerlee fiel in Ohnmacht, und sogar Challenger hatte Mühe, sich aufrecht zu halten. – Ich denke, sie sind jetzt weg, was meinen Sie?« Wir horchten angespannt, aber nichts als Vogelstimmen drang aus dem tiefen Frieden des Waldes zu uns herüber. Lord John fuhr in seiner Erzählung fort: »Sie sind also mit dem Leben davongekommen, mein Junge. Die Affenmenschen haben Sie vorübergehend vergessen, weil sie inzwischen diese Indianer gefangen haben. Sonst wären sie todsicher zum Lager gekommen, um Sie zu holen. Natürlich haben sie uns, wie Sie schon sagten, von Anfang an vom Baum aus beobachtet. Und sie wissen ganz genau, dass noch einer von uns fehlt. Aber sie denken augenblicklich nur an ihre neue Jagdbeute und daher sind Sie heute nicht von einer Schar von Affenmenschen, sondern von mir aufgeweckt worden. Ach, wir haben furchtbare Dinge erlebt, die wie ein Albdruck auf uns lasten. Sie erinnern sich an die Stelle unten am Rand der Felswand mit den riesigen spitzen Bambusstämmen, wo wir das Skelett des Amerikaners fanden? Diese Stelle liegt gerade unterhalb des Affendorfes und ist der Ort, wo sie ihre Gefangenen hinunterstürzen. Ich nehme an, dass dort ganze Haufen von Skeletten zu finden wären, wenn man danach suchen würde. Sie haben eine Art Paradeplatz und verbinden das Hinabwerfen der Gefangenen mit einer gewissen Zeremonie. Einen nach dem anderen dieser armen Teufel werfen sie über den Rand und es ist ein besonderes Vergnügen für sie, zu beobachten, ob der Hinabstürzende auf dem Boden zerschmettert oder auf den Bambusstämmen aufgespießt wird. Sie führten uns hin, damit wir zusehen konnten, wobei der ganze Stamm sich am Rand der Felswand aufgestellt hatte. Vier der Indianer stürzten hinunter und die spitzen Bambusstämme durchbohrten ihren Körper wie Stricknadeln ein Stück Butter. Kein Wunder, dass die Bambusstangen durch das Skelett des Amerikaners hindurch wuchsen. Es war furchtbar und wir waren alle wie hypnotisiert, als wir sie ihren Kopfsprung machen sahen, obwohl wir uns darüber klar waren, dass wir die Nächsten auf dem Sprungbrett sein würden.

Nun, nichts dergleichen geschah. Sie haben sich sechs von den Indianern für heute aufgehoben – so habe ich es jedenfalls verstanden –, aber ich glaube, wir sollen die Hauptdarsteller in dem Schauspiel werden. Challenger mag davonkommen, aber Summerlee und ich stehen auf der Liste. Ihre Sprache besteht zum größten Teil aus Zeichen, was es ziemlich leicht macht, sie zu verstehen. Ich hielt daher die Zeit für gekommen, einen Ausbruch zu versuchen. Ich hatte mir schon etwas überlegt und einen einigermaßen klaren Plan gemacht. Ausführen konnte nur ich ihn, denn mit Summerlee war nichts anzufangen und mit Challenger stand es nicht viel besser. Die wenigen Augenblicke, die die beiden zusammenkamen, stürzten sie sich gleich wieder in wissenschaftliche Streitereien. Sie konnten sich nämlich nicht über die Klassifizierung dieser rothaarigen Teufel, in deren Händen wir uns befanden, einig werden. Der eine sagte, es handle sich um den Dryopithecus von Java, während der andere für den Pithecanthropus eintrat. So ein Wahnsinn! So eine Verrücktheit! Aber wie gesagt, ich hatte mir zwei Dinge überlegt, die uns helfen könnten. Das eine war, dass diese Bestien auf ebenem Gelände nicht so laufen können wie ein Mensch. Sie haben nämlich kurze, krumme Beine und plumpe Körper.

Selbst Challenger würde den Besten von ihnen etwas überlegen sein und Sie und ich würden sie mit Leichtigkeit hinter uns lassen. Das zweite war, dass sie nichts von Gewehren verstehen. Ich glaube nicht, dass sie wissen, woher die Wunde ihres Kameraden, den ich niederschoss, rührt. Sobald wir nur unsere Gewehre wieder hätten, ließe sich gar nicht absehen, was wir damit alles machen könnten.

Ich riss mich heute Morgen los, gab dem Wachtposten einen Fußtritt in seinen Hängebauch, der ihn zu Boden warf, und rannte zu unserem Lager. Dort traf ich auf Sie, auf unsere Gewehre, und hier sind wir jetzt.«

»Aber die Professoren?«, rief ich konsterniert.

»Ja richtig. Wir müssen sofort zurückkehren und sie herausholen. Mitbringen konnte ich sie nicht. Challenger saß auf dem Baum und Summerlee war der Anstrengung nicht gewachsen. Die einzige Möglichkeit war, die Gewehre zu holen und dann zu versuchen, sie zu befreien. Natürlich ist es nicht ausgeschlossen, dass sie die beiden aus Rache sofort über die Klippe geworfen haben. Challenger werden sie vielleicht nicht anrühren, aber für Summerlee möchte ich meine Hand nicht ins Feuer legen. Aber den hätten sie auf jeden Fall erledigt, da bin ich mir sicher. Und daher habe ich die Lage durch meine Flucht nicht verschlimmert. Wir sind aber verpflichtet zurückzukehren, um sie zu befreien oder ihr Schicksal zu teilen. Machen Sie sich also auf alles gefasst, mein Junge, denn man kann nicht wissen, wie die Sache ausgehen wird.«

Ich habe versucht, Lord Roxtons launige Sprechweise wiederzugeben, seine kurzen, kräftigen Sätze und den halb humorvollen, halb schnoddrigen Ton. Er war der geborene Anführer. Seine gute Laune nahm mit der Gefahr zu. Seine Sprache wurde lebhafter, seine sonst so kühlen Augen leuchteten von innerem Feuer und die Spitzen seines Don-Quijote-Schnurrbarts zitterten vor freudiger Erregung. Seine Liebe zur Gefahr, seine starke Empfänglichkeit für den Reiz des Abenteuers – die umso größer war, je mehr er im Mittelpunkt desselben stand –, seine Anschauung, dass jedes Wagnis eine Art Sport sei, ein stolzes Spiel des Menschen mit dem Schicksal, mit dem Leben als Einsatz, machten ihn in solchen Stunden zu einem wundervollen Kameraden. Hätte uns das Schicksal unserer Gefährten nicht mit Besorgnis erfüllt, wäre es mir eine Freude gewesen, mich an seiner Seite in dieses Abenteuer zu stürzen. Wir erhoben uns von unserem Versteck im Unterholz, als er mich plötzlich am Arm packte.

»Himmel«, flüsterte er, »da kommen sie.«

Wir konnten von unserem Schlupfwinkel aus einen Gang überblicken, der von grünen Zweigen und Baumstämmen gebildet wurde, und die Affenmenschen beobachten, die ihn entlangschritten. Sie gingen auf krummen Beinen und mit gebeugtem Rücken im Gänsemarsch, wobei sie manchmal den Boden mit den Händen berührten und die Köpfe nach links und rechts drehten. Ihr gebückter Gang ließ sie kleiner erscheinen, als sie waren. Ich schätzte ihre Größe auf ungefähr fünf Fuß und stellte fest, dass sie lange, haarige Arme und einen riesigen Brustkasten hatten. Manche von ihnen trugen Stöcke und aus der Entfernung machten sie den Eindruck von sehr behaarten und missgestalteten menschlichen Wesen. Nur für einen Augenblick bot sich uns dieses Bild, dann verschwanden sie im Gebüsch.

»Noch nicht«, sagte Lord John, der sein Gewehr entsichert hatte. »Es wird besser für uns sein, hier ruhig liegen zu bleiben, bis sie das Suchen aufgegeben haben. Dann werden wir sehen, ob wir zu ihrem Dorf zurückgelangen und sie dort angreifen können. Wir wollen noch eine Stunde hier warten und dann losmarschieren.«

Wir füllten die Zeit aus, indem wir eine Büchse mit Fleisch öffneten und frühstückten. Lord Roxton hatte seit dem frühen Morgen nichts als einige Früchte zu sich genommen und aß wie ein Halbverhungerter. Dann machten wir uns mit unseren patronengefüllten Taschen und in jeder Hand ein Gewehr auf den Weg, um unsere Gefährten zu befreien. Bevor wir unser Versteck verließen, markierten wir es und prägten uns seine Lage zum Fort Challenger ein, um es im Notfall wieder finden zu können. Dann schlichen wir leise durch das Gebüsch, bis wir unmittelbar am Rand der Felswand ganz in der Nähe von unserem alten Lager anlangten. Hier machten wir Halt und Lord John erklärte mir kurz seinen Plan.

»Solange wir uns im dichten Wald befinden, sind diese Burschen uns überlegen«, sagte er. »Sie können uns beobachten, während wir sie nicht sehen können. Anders ist es jedoch im Freien. Dort können wir uns schneller bewegen als sie. Wir müssen uns also auf jeden Fall außerhalb des Waldes halten. Am Rand des Plateaus sind die hohen Bäume weniger zahlreich als weiter im Inneren, das ist also die günstigste Stelle für uns. So, jetzt gehen Sie langsam, halten Sie die Augen offen und das Gewehr schussbereit. Lassen Sie sich vor allem nicht gefangen nehmen, solange Sie auch nur noch eine Patrone haben – das ist mein letztes Wort für Sie, mein Junge.«

Als wir den Rand des Plateaus erreichten, blickte ich hinunter und sah unseren guten, alten Zambo. Ich hätte viel darum gegeben, ihn begrüßen und ihm zurufen zu können, wo wir waren. Aber die Gefahr, gehört zu werden, war zu groß. Die Wälder schienen voller Affenmenschen zu sein. Immer wieder hörte ich ihr seltsames Geklapper. Wir versteckten uns dann jedes Mal im nächsten Gestrüpp und blieben dort still liegen, bis der Lärm vorüber war. Wir kamen deshalb nur langsam voran und es dauerte mindestens zwei Stunden, bis ich an Lord Johns vorsichtigen Bewegungen erkannte, dass wir nah am Ziel sein mussten. Er bedeutete mir, ruhig liegen zu bleiben, und kroch weiter vorwärts. Als er nach einer Minute zurückkam, bebte sein Gesicht vor innerer Erregung.

»Kommen Sie«, sagte er, »kommen Sie schnell. Ich hoffe zu Gott, dass wir noch nicht zu spät kommen.«

Ich zitterte am ganzen Körper, als ich vorwärts kroch, mich neben ihn legte und durch das Gebüsch auf eine Lichtung blickte, die sich vor uns ausdehnte.

Es war ein Anblick, den ich niemals vergessen werde, solange ich lebe – so unheimlich, so unmöglich, dass ich nicht weiß, wie ich dem Leser eine Vorstellung davon geben soll. Falls es mir vergönnt sein sollte, noch einmal in einem bequemen Sessel im Savage-Klub zu sitzen und auf den schmutzigen, soliden Themse-Kai hinunterzuschauen, wird mir das alles wie ein wüster Albdruck oder wie ein Fiebertraum vorkommen. Ich will das Ganze aber doch, solange es noch frisch in meinem Gedächtnis ist, niederschreiben. Lord John, der neben mir im feuchten Gras gelegen hat, wird bezeugen können, dass ich nicht lüge.

Vor uns lag ein großer, freier Platz – einige hundert Meter im Durchmesser –, der mit grünem Rasen und am Rand des Plateaus mit niedrigem Farnkraut bewachsen war. Den Rand dieser Lichtung umgab ein Halbkreis von Bäumen, deren Zweige mit merkwürdigen, übereinander getürmten, blätterbedeckten Hütten bedeckt waren. Ein Krähenhorst, in dem jedes Nest ein kleines Haus ist, wird Ihnen die beste Vorstellung davon geben können. In den Eingängen der Hütten und auf den Ästen der Bäume drängte sich eine dichte Menge von Affenmenschen, die ihrer Größe nach die Weibchen und Jungen des Stammes zu sein schienen. Sie bildeten den Hintergrund des Bildes und blickten mit gespanntem Interesse auf dieselbe Szene, die auch unsere Aufmerksamkeit erregte und uns in Bestürzung versetzte.

Auf der freien Fläche, und zwar dicht am Rand der Klippe, hatten sich ein paar hundert dieser zottigen, rothaarigen Kreaturen, von denen manche riesig waren, alle aber einen furchtbaren Anblick boten, versammelt. Es bestand eine gewisse Disziplin unter ihnen, denn keiner von ihnen versuchte die Reihe, in der sie sich aufgestellt hatten, zu durchbrechen. Vor dieser Reihe stand eine kleine Gruppe von Indianern, kleine, wohlproportionierte rötliche Kerle, deren Haut im hellen Sonnenlicht wie polierte Bronze leuchtete. Ein langer, hagerer weißer Mann mit gebeugtem Kopf und gefesselten Armen, dessen ganze Haltung Entsetzen und Niedergeschlagenheit ausdrückte, stand neben ihnen. Es war kein Irrtum möglich – das war die eckige Gestalt Professor Summerlees. Um diese traurige Gruppe von Gefangenen herum standen mehrere Affenmenschen, die sie scharf bewachten und jede Flucht verhinderten. Weiter rechts und dicht am Rand der Felswand bemerkte ich zwei so seltsame und unter anderen Umständen so lächerliche Gestalten, dass sie meine ganze Aufmerksamkeit in Anspruch nahmen. Der eine war unser gelehrter Professor Challenger. Die Reste seines Rockes hingen nur noch in Streifen von seinen Schultern. Aber sein Hemd war ganz herausgerissen und sein großer Bart schien mit dem schwarzen Gewirr, das seine Brust bedeckte, verwachsen zu sein. Seinen Hut hatte er verloren und sein Haar, das während unserer Reise sehr lang geworden war, flatterte wild im Wind. Ein einziger Tag schien ihn aus dem höchsten Produkt moderner Zivilisation in einen verzweifelten Wilden verwandelt zu haben. Neben ihm stand, als sein Herr und Meister, der Häuptling der Affenmenschen. Er war tatsächlich in allem, wie Lord John gesagt hatte, das getreue Ebenbild unseres Professors. Nur dass seine Haare rot statt schwarz waren. Die gleiche gedrungene, untersetzte Gestalt. Die gleichen mächtigen Schultern. Die gleichen nach vorn hängenden langen Arme. Der gleiche üppige Bart, der in die haarige Brust überging. Nur oberhalb der Augenbrauen, wo die abfallende Stirn und der flache Schädel des Affenmenschen einen scharfen Gegensatz zu der gewölbten Stirn und dem hohen Schädel des Europäers bildete, kam der Unterschied deutlich zum Ausdruck. In jeder anderen Hinsicht war der Affenhäuptling eine lächerliche Parodie des Professors.

Alles, was ich hier so umständlich beschreibe, empfand ich in wenigen Sekunden. Denn wir hatten an ganz andere Dinge zu denken, da sich ein dramatisches Schauspiel zu entwickeln begann. Zwei der Affenmenschen hatten einen der Indianer ergriffen und schleppten ihn an den Rand des Plateaus. Der Häuptling erhob die Hand. Dann ergriffen sie den Mann bei Armen und Beinen, schwangen ihn dreimal mit großer Kraft vorwärts und rückwärts und warfen den armen Teufel dann mit einem furchtbaren Schwung über den Abgrund. Das geschah mit solcher Gewalt, dass er einen hohen Bogen in der Luft machte, bevor er zu fallen begann. Als er verschwunden war, stürzte die ganze Versammlung mit Ausnahme der Wächter an den Rand der Felswand und verharrte dort in langem, tiefem Schweigen, um zuletzt in einen gellenden Schrei des Entzückens auszubrechen, umherzuspringen und mit den langen, haarigen Armen in der Luft herumzufuchteln. Dann kehrten sie zurück, bildeten von neuem eine Reihe und warteten auf das nächste Opfer.

Das war Summerlee. Zwei seiner Wächter ergriffen ihn beim Handgelenk und stießen ihn brutal nach vorn. Mit seiner schmächtigen Gestalt und seinen langen Gliedmaßen stolperte und zappelte er wie ein Huhn, das man dem Geflügelkorb entnimmt. Challenger hatte sich an den Häuptling gewendet und rang wie wahnsinnig die Hände vor ihm. Er bat und flehte um das Leben seines Kameraden. Der Affenmensch stieß ihn roh beiseite und schüttelte den Kopf. Das war die letzte bewusste

Bewegung, die er auf Erden machte. Lord Johns Gewehr krachte und der Häuptling sank zu Boden und bildete nur noch einen zuckenden Haufen roter Glieder.

»Schießen Sie in die Menge hinein! Schießen, mein Söhnchen, schießen!«, schrie mein Gefährte.

Es gibt unergründliche Abgründe in der Seele der allergewöhnlichsten Durchschnittsmenschen. Ich bin von Natur aus etwas weichherzig und meine Augen sind beim Angstschrei eines verwundeten Hasen nicht selten feucht geworden. Und doch kam jetzt die Mordlust über mich. Ich fühlte mich so ganz auf meinem Platz, als ich ein Magazin nach dem anderen leer schoss, die Kammer aufriss, durchlud und wieder schoss, dass ich aus purer Kampflust und Freude am Morden die ganze Zeit laut jauchzte und schrie.

Mit unseren vier Gewehren richteten wir beide ein furchtbares Blutbad an. Die beiden Wächter, die Summerlee gehalten hatten, lagen am Boden, und dieser taumelte in seiner Verwirrung wie ein Betrunkener hin und her, unfähig zu begreifen, dass er frei war. Die dichte Horde der Affenmenschen rannte kopflos durcheinander, blickte ratlos um sich, woher dieser Todessturm kommen mochte und was er zu bedeuten hatte. Sie rangen die Hände, gestikulierten, schrien und stolperten über ihre Gefallenen. Und dann, in einer plötzlichen Eingebung, stürzte die ganze heulende Horde davon, um sich auf den Bäumen in Sicherheit zu bringen. Die Lichtung war mit ihren erschossenen Kameraden bedeckt, und inmitten der Toten standen nur noch die Gefangenen.

Challengers flinker Verstand hatte die Situation sofort erfasst. Er nahm den betäubten Summerlee beim Arm, und dann rannten beide auf uns zu. Zwei ihrer Wächter stürzten hinter ihnen her und fielen zwei Schüssen Lord Johns zum Opfer. Wir liefen unseren Freunden entgegen und drückten jedem von ihnen ein geladenes Gewehr in die Hand. Aber Summerlee war am Ende seiner Kräfte, er konnte sich kaum noch auf den Beinen halten. Inzwischen hatten die Affenmenschen sich wieder von ihrem Schrecken erholt. Sie drangen durch das Buschwerk vor und drohten uns den Rückweg abzuschneiden. Challenger und ich nahmen Summerlee in die Mitte, während Lord John unseren Rückzug deckte, indem er immer wieder feuerte, sobald eine wilde Fratze uns aus dem Gebüsch heraus anknurrte.

Eine halbe Stunde lang verfolgten uns die schnatternden Bestien. Dann blieben sie langsam zurück, da sie keine Lust hatten, sich länger dem vernichtenden Gewehrfeuer auszusetzen. Als wir schließlich das Lager erreichten und zurückblickten, waren wir allein.

So dachten wir – doch es war ein Irrtum. Kaum hatten wir den Eingang unsers Lagers mit einem Dornbusch geschlossen, uns gegenseitig die Hand gedrückt und uns keuchend neben unserer Quelle auf den Boden geworfen, als wir das Getrappel von Füßen und dann ein sanftes Klagegeschrei vor unserem Eingang hörten. Lord Roxton stürzte mit dem Gewehr in der Hand zum Eingang und öffnete. Da lagen drei der vier überlebenden kleinen, roten Indianern, die aus Angst vor uns zitterten und uns dennoch um Schutz anflehten. Mit einer ausdrucksvollen Handbewegung zeigte der eine auf die Wälder rundherum, um anzudeuten, dass sie voller Gefahren seien. Dann stürzte er vorwärts, schlang seine Arme um Lord Roxtons Beine und drückte sein Gesicht dagegen.

»Donnerwetter!«, rief Lord John und zupfte bestürzt an seinem Schnurrbart, »was zum Teufel sollen wir denn mit diesen Leuten hier anfangen! Steh auf, du kleiner Bursche, und nimm deine Nase von meinen Stiefeln.«

Summerlee saß auf dem Boden und stopfte sich etwas Tabak in seine alte Rosenholzpfeife. »Wir müssen die Indianer in Sicherheit bringen«, sagte er. »Sie beide haben uns alle dem Rachen des Todes entrissen. Auf mein Wort, das war eine tüchtige Leistung.«

»Bewundernswert!«, schrie Challenger. »Bewundernswert! Nicht nur wir als Individuen, sondern die europäische Wissenschaft im Allgemeinen ist Ihnen zu tiefstem Dank verpflichtet für das, was Sie getan haben. Ich stehe nicht an zu erklären, dass das Verschwinden Professor Summerlees und meiner Wenigkeit eine schmerzliche Lücke in der modernen Geschichte der Zoologie hinterlassen hätte. Unser junger Freund hier und Sie haben das wirklich ganz ausgezeichnet gemacht.«

Dabei strahlte er uns mit väterlichem Lächeln an. Aber die europäische Wissenschaft wäre bestimmt erstaunt gewesen, wenn sie ihren auserwählten Sohn, die Hoffnung der Zukunft, mit seinem verfilzten, ungekämmten Haar, seiner nackten Brust und seinen zerfetzten Kleidern gesehen hätte. Er hielt eine Fleischbüchse zwischen den Knien und saß mit einem großen Stück kalten australischen Hammelfleisches in der Hand da. Der Indianer blickte zu ihm hinüber, warf sich dann mit einem leisen Angstschrei zu Boden und umschlang erneut Lord Johns Beine.

»Du brauchst keine Angst zu haben, mein Kleiner«, sagte Lord John, indem er dem Ermatteten vor ihm seine Hand auf den Kopf legte. »Er kann Ihren Anblick nicht ertragen, Challenger, und alles, was Recht ist, das wundert mich nicht. Schon gut, kleiner Kerl, er ist auch nur ein Mensch, genau so einer wie wir alle.«

»Tatsächlich, mein Herr!«, schrie der Professor.

»Nun, Challenger, es ist ein wahres Glück für Sie, dass Sie mit Ihrem Äußeren tatsächlich etwas aus der Reihe fallen. Wenn Sie dem Affenhäuptling nicht so ähnlich gewesen wären –«

»Lord Roxton, ich muss Ihnen sagen, Sie nehmen sich große Freiheiten heraus.«

»Aber es ist doch so!«

»Ich bitte Sie, mein Herr, das Gesprächsthema zu wechseln. Ihre Bemerkungen sind unangebracht und unverständlich. Die Frage ist, was mit diesen Indianern geschehen soll. Das Nächstliegende dürfte wohl sein, sie nach Hause zu begleiten, wenn wir nur wüssten, wo sie wohnen.«

»Das ist nicht allzu schwer«, sagte ich. »Sie wohnen in den Höhlen jenseits des Zentralsees.«

»Unser junger Freund hier weiß, wo sie zu Hause sind. Ich vermute, dass das ziemlich weit weg ist.«

»Es dürften gut zwanzig Meilen sein«, sagte ich.

Summerlee stöhnte.

»Ich für meine Person könnte unter keinen Umständen mitgehen. Ich glaube, ich höre diese Bestien noch hinter uns herheulen.«

Als er dies sagte, vernahmen wir tatsächlich aus der dunklen Tiefe der Wälder in weiter Entfernung das schnatternde Geschrei der Affenmenschen. Auch die Indianer stießen aufs Neue ein furchtsames Wimmern aus.

»Wir müssen uns schnell auf den Weg machen, und zwar sehr schnell«, sagte Lord John. »Helfen Sie Summerlee, mein Junge. Die Indianer werden unsere Vorräte tragen. So, und jetzt los, bevor sie uns bemerken.«

In weniger als einer halben Stunde hatten wir unser Versteck im Unterholz erreicht und uns dort verborgen. Den ganzen Tag über hörten wir das aufgeregte Rufen der Affenmenschen in der Gegend unseres früheren Lagers. Aber keiner von ihnen tauchte in unserer Nähe auf. Also konnten wir uns alle, Rote wie Weiße, einen tiefen Schlaf gönnen. Ich lag am Abend im Halbschlummer, als jemand an meiner Decke zupfte, und sah Challenger, der neben mir kniete.

»Sie führen ein Tagebuch über unsere Erlebnisse und haben die Absicht, es eventuell zu veröffentlichen, Mr Malone«, sagte er mit feierlicher Stimme.

»Ich bin ja nur als Berichterstatter für die Presse mitgekommen«, antwortete ich.

»Richtig. Sie haben gewiss die ziemlich alberne Bemerkungen von Lord John Roxton gehört, der anzudeuten schien, dass es da eine gewisse – gewisse – Ähnlichkeit – gäbe –«

»Ja, das habe ich gehört.«

»Es ist wohl nicht nötig zu sagen, dass eine Veröffentlichung eines derartigen Gedankens – in irgendeiner Form – außerordentlich beleidigend für mich wäre.«

»Ich werde strikt bei der Wahrheit bleiben.«

»Lord Johns Bemerkungen sind öfters außerordentlich fantasievoll und er ist im Stande, dem Respekt, den auch die unentwickeltsten Rassen für würdige und charaktervolle Persönlichkeiten empfinden, den lächerlichsten Beweggründen zuzuschreiben. Sind Sie nicht auch meiner Meinung?«

»Völlig.«

»Ich überlasse diese Angelegenheit Ihrem Taktgefühl.«

Und nach einer langen Pause fügte er hinzu: »Der Häuptling der Affenmenschen war übrigens ein Wesen von großer Distinktion – eine bemerkenswerte, gut aussehende und intelligente Persönlichkeit. Ist Ihnen das nicht auch aufgefallen?«

»Ein höchst bemerkenswertes Geschöpf«, sagte ich.

Worauf sich der Professor sehr erleichtert wieder niederlegte um weiterzuschlafen.

Dreizehntes Kapitel

Wir hatten uns eingebildet, dass unsere Verfolger, die Affenmenschen, nichts von unserem Versteck im Unterholz wussten, aber wir sollten bald erfahren, dass das ein Irrtum war. Kein Laut tönte aus den Wäldern zu uns herüber – kein Blatt auf den Bäumen bewegte sich, und alles um uns herum lag im tiefsten Frieden –, aber wir hätten durch unsere früheren Erlebnisse gewarnt sein sollen, die uns gezeigt hatten, wie schlau und geduldig diese Kreaturen beobachten und ihre Chance abwarten konnten. Was für ein Schicksal mir auch im Leben noch beschieden sein wird, ich glaube, dass ich niemals in größere Lebensgefahr geraten werde als an diesem Morgen. Aber ich will Ihnen das Ganze der Reihe nach erzählen:

Wir erwachten morgens noch völlig erschöpft von den furchtbaren Aufregungen und der unzureichenden Ernährung am Vortag. Summerlee war noch so schwach, dass er sich kaum auf den Beinen halten konnte, aber der alte Mann war von jenem hartnäckigen Mut erfüllt, der nie eine Niederlage zugibt. Wir hielten Kriegsrat und beschlossen, noch ein oder zwei Stunden ruhig in unserem Versteck zu warten, das dringend erforderliche Frühstück zu uns zu nehmen und uns dann quer über das Plateau und um den Zentralsee herum zu jenen Höhlen durchzuschlagen, wo meinen Beobachtungen nach die Indianer wohnten. Wir vertrauten darauf, dass unsere Schützlinge ein gutes Wort für uns einlegen und wir von ihren Genossen freundlich empfangen werden würden. Nachdem wir diese Aufgabe erledigt und unsere Kenntnis über die Geheimnisse des Maple-White-Landes erweitert hatten, wollten wir dann all unsere Gedanken dem Problem unserer Flucht und Heimkehr zuwenden. Sogar Challenger gab zu, dass der Zweck unserer Reise erreicht war und dass es unsere erste Pflicht wäre, die von uns gemachten erstaunlichen Entdeckungen der zivilisierten Welt mitzuteilen.

Wir konnten uns jetzt die von uns befreiten Indianer etwas näher ansehen. Es waren kleine, drahtige, gelenkige und gut gebaute Leute mit langem schwarzem Haar, das mit einem ledernen Riemen im Nacken zu einem Knoten zusammengefasst war. Auch ihr Lendenschurz bestand aus Leder. Ihre Gesichter waren unbehaart, gut geschnitten und freundlich. Ihre zerrissenen und blutigen Ohrläppchen bewiesen, dass sie Schmuckstücke darin getragen hatten, die ihnen aber von den Affenmenschen ausgerissen worden waren. Ihre Unterhaltung untereinander war fließend, wenn auch für uns unverständlich. Sie gebrauchten, während sie aufeinander zeigten, mehrfach den Ausdruck »Accala«, woraus wir schlossen, dass dies der Name ihres Stammes war. Gelegentlich drohten sie mit geballten Händen und mit vor Hass und Furcht verzerrten Gesichtern nach den Wäldern hinüber und riefen: »Doda, doda«, womit sie offenbar ihre Feinde meinten.

»Was halten Sie von ihnen, Challenger?«, fragte Lord John. »Bestimmt ist der eine dieser Burschen, der kleine hier mit dem halb rasierten Kopf, einer ihrer Häuptlinge.«

Es war in der Tat unverkennbar, dass dieser Mann eine besondere Stellung unter ihnen einnahm, denn die übrigen Indianer redeten ihn nur mit dem Ausdruck größter Hochachtung an. Er schien der Jüngste von ihnen zu sein und war doch von einem so stolzen und hohen Geist beseelt, dass er, als Challenger ihm seine große Hand auf den Kopf legte, wie ein Pferd, dem man die Sporen gegeben hat, beiseite sprang und sich mit einem funkelnden Blick aus seinen dunklen Augen möglichst weit von dem Professor entfernte. Dann legte er die Hand auf seine Brust, nahm eine außerordentlich würdevolle Haltung an und stieß mehrfach das Wort »Maretas« hervor. Der durchaus nicht eingeschüchterte Professor packte den nächsten Indianer an der Schulter und dozierte jetzt über diesen, als wäre er ein in Spiritus gelegtes Objekt in einem Museum.

»Der Typus dieser Leute«, sagte er mit dröhnender Stimme, »ist, der Schädelform, dem Stirnwinkel und anderen Anzeichen nach zu urteilen, keineswegs als niedrig zu bezeichnen. Im Gegenteil, wir müssen ihn in der Linie der Entwicklung beträchtlich höher stellen als manche mir bekannten südamerikanischen Stämme. Es ist unter keinen Umständen anzunehmen, dass sich die Entwicklung einer solchen Rasse im Maple-White-Land vollzogen hat. Auch die Affenmenschen sind durch eine so große Kluft von den auf diesem Plateau überlebenden primitiven Tieren getrennt, dass ihre Entwicklung an diesem Ort undenkbar ist.«

»Aber wo, zum Teufel, kommen sie denn sonst her?«, fragte Lord John.

»Das ist eine Frage, die zweifellos in allen wissenschaftlichen Gesellschaften in ganz Europa und Amerika eifrig diskutiert werden wird. Meine eigene Erklärung dafür« – er blies seine Brust mächtig auf und blickte sich bei diesen Worten anmaßend im Kreis um – »ist, dass die Entwicklung unter den besonderen Verhältnissen dieses Landes bis zu den Wirbeltieren hinauf fortgeschritten ist, wobei die älteren Formen neben den neueren erhalten geblieben sind. Wir finden daher so neuzeitliche Tiere wie den Tapir – ein Tier mit einem recht beachtenswerten Stammbaum –, den Riesenhirsch und den Ameisenbären in der Gesellschaft von Reptilienformen der Juraperiode. So viel ist klar. Und nun kommen der Affenmensch und der Indianer. Was hat die Wissenschaft zu deren Anwesenheit hier zu sagen? Ich kann nur die Meinung vertreten, dass sie von außen her eingedrungen sind. Wahrscheinlich existierte früher eine Art Menschenaffe in Südamerika, der in vergangenen Zeiten hier herauf verschlagen wurde und sich dann zu den Wesen weiterentwickelt hat, die wir gesehen haben und von denen einige« – hierbei blickte er mich scharf an – »bei entsprechender Intelligenz jeder menschlichen Rasse Ehre machen würde. Was die Indianer betrifft, so zweifle ich nicht daran, dass sie später aus der Tiefebene eingewandert sind. Sie sind unter dem Zwang des Hungers oder auf der Flucht vor Eroberern hier heraufgekommen und haben sich, als sie sich den ihnen unbekannten wilden Geschöpfen gegenüber sahen, in die Höhlen zurückgezogen, die unser junger Freund beschrieben hat. Aber sie mussten zweifellos hart kämpfen, um sich gegen die wilden Tiere und besonders gegen die Affenmenschen, die sie als Eindringlinge betrachteten, zu behaupten. Und dieser Krieg war bestimmt erbarmungslos, da sie klüger sind als diese großen Bestien. Aus diesem Grund scheint auch deren Anzahl begrenzt zu sein. Ich habe, meine Herren, dieses Rätsel jetzt gelöst. Oder haben Sie noch irgendeine Frage?«

Professor Summerlee war zu niedergeschlagen, um sich an der Diskussion zu beteiligen. Er schüttelte nur zum Zeichen völliger Missbilligung heftig den Kopf. Lord John kratzte sich seine spärliche Lockenpracht und bemerkte, dass er sich an diesem wissenschaftlichen Streit nicht beteiligen könne, da er einer anderen Gewichtsklasse angehöre. Ich für meinen Teil spielte wieder die Rolle dessen, der die theoretische Erörterung auf ein praktisches Thema lenkte – diesmal mit der Feststellung, dass einer der Indianer fehlte.

»Er ist gegangen, um Wasser zu holen«, sagte Lord Roxton. »Wir haben ihm eine leere Fleischbüchse in die Hand gedrückt.«

»Zu unserem alten Lager?«, fragte ich.

»Nein, zum Bach, da drüben zwischen den Bäumen. Es kann nur ein paar hundert Meter weit sein. Aber der kleine Bursche hätte schon wieder zurück sein sollen.«

»Ich werde ihm nachgehen und ihn suchen«, sagte ich. Ich ergriff mein Gewehr und ging Richtung Bach durch das Gestrüpp, während meine Freunde das spärliche Frühstück vorbereiteten. Es erscheint Ihnen vielleicht etwas leichtsinnig, dass ich selbst für so eine kurze Strecke die Deckung unseres freundlichen Dickichts verließ. Aber Sie werden sich erinnern, dass wir viele Meilen vom Affendorf entfernt waren und dass diese Kreaturen, soweit wir wussten, unseren Schlupfwinkel noch nicht entdeckt hatten. Auf jeden Fall hatte ich mit dem Gewehr in der Hand keine Angst vor ihnen. Ich wusste eben nicht, wie schlau und stark diese Bestien waren. Wenige Schritte vor mir vernahm ich das Murmeln des Baches, von dem ich nur noch durch ein Gewirr von Bäumen und Unterholz getrennt war, und zwängte mich an einer Stelle durch, die von meinen Gefährten nicht gesehen werden konnte, als ich etwas Rötliches im Gebüsch liegen sah. Als ich näher kam, erkannte ich zu meinem Entsetzen die Leiche des fehlenden Indianers. Er lag mit angezogenen Beinen auf der Seite und der Kopf war in einer höchst unnatürlichen Haltung nach hinten gedreht, als würde er rückwärts über die eigene Schulter blicken.

Ich schrie zu meinen Freunden hinüber, dass etwas passiert war, und stolperte im Vorwärtslaufen über den Leichnam. Bestimmt stand mein Schutzengel in diesem Augenblick nahe bei mir, denn eine instinktive Furcht oder vielleicht auch ein schwaches Geraschel in den Blättern ließ mich nach oben blicken. Aus der dichten grünen Laubkrone über mir senkten sich zwei mit roten Haaren bedeckte muskulöse Arme langsam auf mich herunter. Noch einen Augenblick, und die großen, unheimlichen Hände hätten sich um meinen Hals gelegt. Ich sprang zurück, aber so schnell das auch geschah, diese Hände waren noch schneller. Durch meinen plötzlichen Sprung entging ich zwar dem tödlichen Griff, aber eine der Hände packte mich im Nacken, während die andere sich auf meine Stirn presste. Ich legte meine Hände schützend über meinen Hals, aber im nächsten Augenblick bedeckte die riesige Klaue mein Gesicht. Ich wurde vom Boden aufgehoben und spürte, wie mein Kopf mit unwiderstehlichem Druck nach hinten gebogen wurde, dass ich in den Nackenwirbeln einen unerträglichen Schmerz verspürte. Meine Sinne schwanden, aber trotzdem zerrte ich wild an der Hand, und es gelang mir, das Kinn zu befreien und einen Blick nach oben zu werfen. Ich sah in ein furchtbares Antlitz, dessen kalte, erbarmungslose, hellblaue Augen mich anstarrten. Es lag etwas Hypnotisches in diesem schrecklichen Blick. Meine Kraft ging zu Ende. Als die Bestie meine Erschlaffung spürte, wurden auf jeder Seite des ekelhaften Mauls einen Augenblick lang zwei weiße Fangzähne sichtbar, und die Hand packte mich fester am Kinn, wobei sie mir ständig den Kopf nach hinten bog. Es wurde mir schwarz vor den Augen und in meinen Ohren erklangen silberhelle Glöckchen. Dumpf und aus weiter Ferne vernahm ich den Knall eines Gewehrschusses und spürte einen schwachen Stoß. Dann stürzte ich plötzlich zu Boden, wo ich bewusstlos liegen blieb.

Als ich wieder zu mir kam, lag ich ausgestreckt auf dem Boden unseres Verstecks im Dickicht. Irgendjemand hatte Wasser aus dem Bach geholt und Lord John benetzte mir das Gesicht, während Challenger und Summerlee mich mit besorgtem Gesichtsausdruck stützten. Einen Augenblick spürte ich, dass sich auch bei ihnen hinter der wissenschaftlichen Maske eine menschliche Seele verbarg. Es war mehr der Schock als eine Verwundung, die meine Ohnmacht hervorgerufen hatte und nach einer halben Stunde konnte ich mich trotz meiner Kopfschmerzen und des steifen Nackens wieder aufsetzen und war wieder Herr meiner Kräfte.

»Diesmal hätte es Ihnen doch fast das Leben gekostet, mein Junge«, sagte Lord John. »Als ich Ihren Schrei hörte und angerannt kam, Ihren Kopf nach hinten gebogen und ihre Beine in der Luft strampeln sah, dachte ich schon, wir wären einer weniger. In meiner Aufregung verfehlte ich die Bestie auch noch, aber sie ließ Sie rechtzeitig fallen und war wie ein Blitz verschwunden. Beim Himmel, ich wünschte, ich hätte fünfzig Mann mit Gewehren bei mir. Ich würde die ganze infernalische Bande niedermachen und das Land in einem etwas saubereren Zustand zurücklassen, als wir es vorgefunden haben.«

Es war jetzt klar, dass die Affenmenschen von unserer Anwesenheit wussten und dass wir von allen Seiten beobachtet wurden. Während des Tages hatten wir nicht allzu viel von ihnen zu befürchten, in der Nacht würden sie uns aber wahrscheinlich überfallen. Je schneller wir also aus ihrer Nachbarschaft verschwanden, desto besser. Wir waren auf drei Seiten von dichtem Wald umgeben und hier drohte uns überall ein Hinterhalt. Aber an der vierten Seite, die Richtung See abfiel, stand nur niedriges Gestrüpp mit einzelnen Bäumen und dazwischen gelegentlich eine Wiese. Es war der Weg, den ich auf meinem einsamen nächtlichen Ausflug gegangen war und der uns geradewegs zu den Höhlen der Indianer führte. Nach dieser Seite konnten wir entkommen.

Wir bedauerten sehr, dass wir unser altes Lager im Stich lassen mussten, nicht nur wegen der dort lagernden Vorräte, sondern mehr noch, weil wir die Verbindung mit Zambo, unserer Verbindung mit der übrigen Welt, verloren. Doch wir hatten noch einen ziemlichen Vorrat von Patronen und alle Gewehre, also brauchten wir wenigstens eine Zeit lang nichts zu fürchten. Wir hofften übrigens auch, dass es uns bald möglich sein würde, zurückzukehren und unsere Verbindung mit unserem Schwarzen wieder aufzunehmen. Er hatte uns fest versprochen, auszuharren, wo er war, und wir zweifelten nicht daran, dass er sein Wort halten würde.

Es war kurz nach zwölf Uhr mittags, als wir uns auf den Weg machten. Der junge Häuptling ging voran, lehnte es aber unwillig ab, irgendwelche Vorräte zu tragen. Hinter ihm gingen die beiden überlebenden Indianer mit unseren spärlichen Habseligkeiten auf dem Rücken. Wir vier Weiße bildeten mit unseren geladenen, schussbereiten Gewehren die Nachhut.

Als wir aufbrachen, erhob sich hinter uns im dichten Wald ein lautes Geheul der Affenmenschen, das entweder ein Triumphgeschrei über unseren Abmarsch oder der Ausdruck des Hohns über unsere Flucht war. Als wir uns umblickten, sahen wir nur eine dichte Mauer von Bäumen, aber das Geheul zeigte uns deutlich, wie viele unserer Gegner zwischen ihnen auf der Lauer lagen. Sie machten allerdings keine Anstalten, uns zu verfolgen und wir gelangten bald in offeneres Gelände und damit aus ihrem Machtbereich. Als ich so als Letzter von uns vieren dahinwanderte, musste ich beim Anblick meiner drei Gefährten vor mir lachen. War das der elegante Lord John Roxton, der mir an jenem Abend in seiner Wohnung im Albany inmitten seiner persischen Teppiche und seiner Gemälde im gedämpften rötlichen Licht seiner luxuriösen Wohnung gegenübergesessen hatte? Und war das der imponierende Professor, den ich, erfüllt von seiner eigenen Wichtigkeit, hinter seinem breiten Tisch in seinem riesigen Studierzimmer in Enmore-Park gesehen hatte? Und konnte das wirklich die nüchterne und ehrwürdige Gestalt Professor Summerlees sein, der sich im Zoologischen Institut zu Wort gemeldet hatte? Drei Strolche aus einem der schmutzigsten Stadtteile Londons hätten nicht wüster und verwahrloster aussehen können. Wir hatten zwar nur etwa eine Woche auf dem Plateau zugebracht, aber unsere ganze übrige Kleidung befand sich im unteren Lager und diese eine Woche war für uns alle außerordentlich hart gewesen, wenn auch am wenigsten für mich, der ich nicht in der Gefangenschaft der Affenmenschen gewesen war. Meine drei Freunde hatten alle ihren Hut verloren und sich Taschentücher um den Kopf gebunden. Ihre Kleidung hing in Fetzen an ihnen herunter und ihre unrasierten, schmutzigen Gesichter waren kaum wiederzuerkennen. Summerlee und Challenger hinkten stark, während ich mich nach der Erschütterung dieses Morgens vor Schwäche kaum weiterschleppen konnte und mein Nacken von dem mörderischen Griff noch so steif wie ein Brett war. Wir waren tatsächlich eine traurige Gesellschaft und ich wunderte mich gar nicht, dass unsere indianischen Gefährten gelegentlich einen furchtsamen und erstaunten Blick nach hinten warfen.

Am Spätnachmittag erreichten wir den See, und als wir aus dem Gebüsch hervortraten und unsere Augen über die Wasserfläche schweifen ließen, stießen unsere Begleiter einen Freudenschrei aus und machten uns mit lebhaften Gebärden auf irgendetwas vor uns aufmerksam. Und in der Tat, was sich unseren Augen darbot, war ein wunderbares Schauspiel. Eine ganze Flottille von Kanus glitt in eilender Fahrt über den See gerade auf unser Ufer zu. Sie waren noch einige Meilen entfernt, als wir sie erblickten, kamen aber bald so nahe, dass die Ruderer unsere Gestalten unterscheiden konnten. Sofort ertönte von den Kanus ein Jubelgeschrei herüber und wir sahen, wie die Insassen sich von ihren Sitzen erhoben und die Ruder und Speere wie toll hin- und herschwangen. Dann begannen sie wieder zu rudern, schossen eilig heran, zogen ihre Boote ans Ufer, liefen auf uns zu und warfen sich mit einem lauten Begrüßungsschrei dem jungen Häuptling zu Füßen. Zuletzt stürzte einer von ihnen, ein älterer Mann, der einen Halsschmuck und ein Armband aus großen, leuchtenden Glasperlen trug und das Fell eines schönen gefleckten, bernsteinfarbenen Tieres um seine Schultern geschlungen hatte, nach vorn und umarmte den Jüngling, den wir gerettet hatten, aufs zärtlichste. Darauf blickte er zu uns herüber, stellte einige Fragen und trat dann würdevoll näher und umarmte uns der Reihe nach. Dann warf sich der ganze Stamm auf seinen Befehl hin vor uns nieder, um uns zu huldigen. Ich persönlich fühlte mich sehr unbehaglich bei diesem unterwürfigen Ausdruck der Verehrung und sah an den Gesichtern von Lord John und Summerlee, dass sie meine Empfindungen teilten. Aber Challenger blühte auf wie eine Blume im Sonnenschein.

»Sie mögen eine primitive Rasse sein«, sagte er,

während er sich über den Bart strich und seine Augen umherschweifen ließ, »aber ihr Benehmen gegenüber Höhergestellten könnte manchem unserer etwas zivilisierteren Europäer ein Beispiel sein. Seltsam, wie unfehlbar doch die Instinkte der Naturmenschen sind!«

Es war klar, dass die Eingeborenen sich auf dem Kriegspfade befanden, denn jeder von ihnen trug seinen Speer – einen langen Bambusstab, der mit einer Knochenspitze versehen war –, einen Bogen und Pfeile sowie eine Art Keule oder Streitaxt, die an seiner Seite hing. Ihre düsteren, hasserfüllten Blicke zum Wald hinüber, aus dem wir gekommen waren, und die mehrmalige Wiederholung des Wortes »Doda« ließen deutlich erkennen, dass sie losgezogen waren, um den Sohn des alten Häuptlings – denn dafür hielten wir den jungen Mann – zu retten oder zu rächen.

Nun hielt der ganze Stamm, der einen Kreis gebildet hatte, Kriegsrat ab, während wir in der Nähe auf einem Lavablock saßen und die weiteren Vorgänge beobachteten. Zwei oder drei Krieger sprachen zur Versammlung und schließlich hielt unser junger Freund eine feurige Rede mit einem so lebhaften Mienenspiel und so beredten Gesten, dass wir alles so klar verstehen konnte, als hätten wir die Sprache gekannt.

»Warum sollen wir nach Hause zurückkehren?«, fragte er. »Früher oder später müssen wir den Kampf ja doch wieder aufnehmen. Eure Kameraden sind ermordet worden. Was hilft es, dass ich gerettet worden bin, die anderen haben ihr Leben verloren und uns droht ständig Gefahr. Wir sind jetzt versammelt und bereit zu kämpfen.« Dann zeigte er auf uns. »Diese fremden Menschen sind unsere Freunde. Sie sind große Kämpfer und hassen die Affenmenschen ebenso wie wir. Sie beherrschen –« und dabei zeigte er hinauf zum Himmel – »den Donner und den Blitz. Wann werden wir je wieder so eine Gelegenheit haben? Lasst uns kämpfen und entweder sterben oder für immer ein sicheres und ruhiges Leben führen. Wie könnten wir sonst wohl zurückkehren, ohne uns vor unseren Frauen zu schämen?«

Die kleinen, rothäutigen Krieger hingen an den Lippen des Sprechers und als er seine Rede beendete, erhoben sie ein lautes Beifallsgeschrei und schwangen ihre primitiven Waffen. Der alte Häuptling kam zu uns herüber und fragte uns etwas, wobei er auf den Wald deutete. Lord John machte ihm durch ein Zeichen klar, dass er auf unsere Antwort warten solle, und wandte sich dann an uns.

»Nun, Sie müssen selbst entscheiden, was Sie

tun wollen. Ich für meinen Teil habe mit dem Affenpack noch eine Rechnung zu begleichen. Und wenn wir es schaffen, es vom Antlitz der Erde verschwinden zu lassen, so braucht niemand darüber traurig zu sein. Ich werde mit unseren kleinen roten Gefährten gehen und bin entschlossen, ihnen bei der Durchführung ihres Rachefeldzuges zu helfen. Was sagen Sie denn, mein Junge?«

»Natürlich gehe ich mit.«

»Und Sie, Challenger?«

»Ich werde bestimmt mitmachen.«

»Und Sie, Summerlee?«

»Es scheint mir, wir kommen immer weiter von der Aufgabe unserer Expedition ab, Lord John. Ich versichere Ihnen, dass ich, als ich meinen Lehrstuhl in London verließ, nicht die Absicht hatte, den Überfall von Wilden auf eine Kolonie von Menschenaffen auszuführen.«

»Zu so niedrigen Dingen sind wir herabgesunken«, sagte Lord John lächelnd. »Aber wir sind nun mal mitten drin, was ist da zu machen?«

»Es scheint mir ein höchst fragwürdiger Schritt zu sein«, sage Summerlee, der immer wieder in Erörterungen stecken blieb. »Aber wenn Sie alle mitgehen, so sehe ich kaum ein Möglichkeit für mich, zurückzubleiben.«

»Es ist also beschlossene Sache«, sagte Lord John, wandte sich an den Häuptling und nickte zustimmend, wobei er mit der Hand auf sein Gewehr klopfte.

Der alte Mann schüttelte jedem von uns die Hand, während die versammelten Krieger in Beifallsrufe ausbrachen. Da es an diesem Abend bereits zu spät war, richteten die Indianer ein anspruchsloses Biwak her und bald sah man überall die Feuer glimmen. Einige von ihnen, die im Dschungel verschwunden waren, kamen zurück und trieben ein junges Iguanodon vor sich her. Auch dieses hatte, wie die früheren Tiere, einen Asphaltfleck auf den Schultern, und als einer der Eingeborenen, dem wir ansahen, dass ihm das Tier gehörte, die Erlaubnis zum Schlachten gab, begriffen wir, dass diese großen Geschöpfe genau so gut Eigentum eines Einzelnen waren wie bei uns eine Viehherde und dass die schwarzen Flecke, die uns so sehr in Erstaunen gesetzt hatten, nichts anderes als ein Eigentumszeichen waren. Diese hilflosen, trägen, Pflanzen fressenden Tiere mit gigantischem Körper, aber winzigem Gehirn, konnten gemästet und von einem Kind gehütet werden. In wenigen Minuten war die riesige Bestie zerteilt und zahlreiche Fleischstreifen hingen über einem Dutzend von Lagerfeuern zusammen mit großen schuppigen Fischen, die man mit Speeren im Wasser erlegt hatte.

Summerlee hatte sich am Ufer zum Schlafen hingelegt. Wir anderen aber streiften am Ufer entlang und versuchten noch etwas mehr über dieses seltsame Land zu erfahren. Zweimal fanden wir Erdtrichter mit blauem Ton, wie wir sie bereits im Pterodactylus-Sumpf gesehen hatten. Es waren alte Vulkanöffnungen, die aus irgendeinem Grund Lord Johns Interesse erregten. Challenger wurde besonders von einem kochenden, brodelnden Schlammgeiser angezogen, in dem ein merkwürdiges Gas in großen Blasen aufstieg, die an der Oberfläche platzten. Er steckte ein hohes Schilfrohr hinein und stieß einen Schrei des Entzückens aus wie ein Schuljunge, als es ihm gelang, mit Hilfe eines angezündeten Streichholzes am Ende des Rohres eine heftige Explosion und eine blaue Flamme zu erzeugen. Noch entzückter war er, als er es zuwege brachte, einen ledernen Beutel, den er über das Ende des Schilfrohres stülpte und mit Gas füllte, in die Luft aufsteigen zu lassen.

»Ein brennbares Gas, und zwar eines, das erheblich leichter ist als Luft. Es dürfte kein Zweifel daran bestehen, dass es eine beträchtliche Menge von freiem Wasserstoff enthält. Die Einfälle G. E.

C.s sind noch nicht versiegt, mein junger Freund. Dieses Beispiel mag Ihnen zeigen, wie ein großer Geist sich die Natur dienstbar macht.« Er spielte wichtigtuerisch auf einen geheimen Plan an, wollte aber nichts weiter verraten.

Von allem, was wir vom Ufer aus sehen konnten, erschien mir nichts so wundervoll wie die große Wasserfläche vor uns. Unser Lärm hatte alle Lebewesen vertrieben, und mit Ausnahme einiger Pterodactylen, die hoch über uns in der Luft schwebten, von wo aus sie nach Aas spähten, war alles in der Nähe des Lagers ruhig. Anders jedoch war es auf dem rötlich beleuchteten Gewässer des Glady-Sees, das von seltsamen Lebewesen wimmelte.

Große schieferfarbige Tierrücken mit hohen, sägeartig gezackten Rückenflossen tauchten inmitten eines silbernen Wellenglanzes auf, um dann wieder in der Tiefe zu verschwinden. Die in der Ferne sichtbaren Sandbänke waren mit unheimlichen kriechenden Lebewesen bedeckt – riesige Schildkröten, merkwürdige Saurier und ein großes, plattes Geschöpf, das sich wie eine windende, zuckende, fettig-schwarze Ledermatte langsam ins Wasser schob. Hier und da erhoben sich die Köpfe von Schlangen aus dem Wasser, das sie eilig, einen Schaumbug vor sich aufwerfend und eine strudelnde Kiellinie hinter sich lassend, durchschwammen.

Als eines dieser Geschöpfe bei einer Sandbank einige hundert Meter vor uns landete und einen tonnenförmigen Körper mit riesigen Flossen an einem langen Schlangennacken erkennen ließ, brachen Challenger und Summerlee, die zu uns gestoßen waren, in ein Duett aus Staunen und Bewunderung aus.

»Ein Plesiosaurus! Ein Süßwasser-Plesiosaurus!«, schrie Summerlee, »was für ein Glück, dass ich so etwas in meinem Leben zu sehen bekommen durfte! Wir sind, mein lieber Challenger, mehr vom Glück begünstigt als alle Zoologen seit Anbeginn der Zeit.«

Erst als die Nacht hereingebrochen war und die Feuer unserer Verbündeten im Dunkel aufflammten, konnten sich unsere beiden Gelehrten vom fesselnden Bild dieses urzeitlichen Sees losreißen. Noch im Dunkeln, als wir am Ufer lagen, hörten wir von Zeit zu Zeit die Stimmen und das Eintauchen der gewaltigen Geschöpfe, die ihn bevölkerten.

Früh am Morgen war unser Lager schon wieder in Bewegung, und eine Stunde später brachen wir zu unserer denkwürdigen Expedition auf. Ich hatte schon oft davon geträumt, Kriegsberichterstatter zu sein. Aber auch in meinen wildesten Träumen hätte ich mir keinen Feldzug wie diesen vorstellen können. Hier also mein erster Bericht von einem Schlachtfeld:

Unsere Anzahl war während der Nacht durch einen weiteren Trupp von Eingeborenen aus den Höhlenwohnungen verstärkt worden und wir zählten wohl vier- oder fünfhundert Mann, als wir abmarschierten. Eine Kette von Spähern wurde vorausgeschickt und hinter ihr folgte die gesamte Streitmacht in geschlossener Marschordnung. Sie bewegte sich den langen, buschbedeckten Abhang hinauf, bis sie in der Nähe des Waldes Halt machte. Hier wurde sie zu einer langen Linie von Speerwerfern und Bogenschützen auseinander gezogen. Roxton und Challenger nahmen an der rechten Flanke Aufstellung, während Summerle und ich auf der linken standen. Es war ein Steinzeitheer, das wir in die Schlacht geleiteten – die primitiven Waffen der Vorzeit neben den Gewehren modernster Konstruktion.

Wir brauchten nicht lange auf unsere Feinde zu warten. Ein wildes, gellendes Geschrei ertönte am Rand des Waldes, aus dem plötzlich eine Gruppe von Affenmenschen mit Keulen und Steinen herausstürzte und auf das Zentrum der indianischen Kampflinie losstürmte. Es war ein mutiger, aber törichter Ausfall, denn die großen, krummbeinigen Kreaturen waren schlecht zu Fuß, während ihre Gegner die Behändigkeit von Katzen besaßen. Es war schrecklich anzusehen, wie diese wilden Bestien mit schäumendem Maul und vor Wut blitzenden Augen vorstürzten und immer wieder vergeblich ihre gewandt ausweichenden Feinde packen wollten, während Pfeil auf Pfeil sich in ihr Fell grub. Ein großer Bursche, dem ein Dutzend Pfeile in Brust und Rücken steckte, stürzte brüllend vor Schmerz auf mich zu und ich schoss ihm eine barmherzige Kugel in den Schädel, worauf er tot zusammenbrach. Dies war der einzige Schuss, der abgegeben wurde, denn der gegen das Zentrum gerichtete Angriff konnte von den Indianern ohne unsere Hilfe abgewehrt worden. Ich glaube, dass keiner der Affenmenschen, die sich herausgewagt hatten, in den Wald zurückkehrte.

Schlimmer wurde die Sache jedoch, als wir in den Wald eindrangen. Über eine Stunde währte der erbitterte Kampf, in dem wir unseren Gegnern kaum gewachsen waren. Diese stürzten aus dem Gestrüpp hervor und schlugen mit riesigen Keulen auf die Indianer ein, und es gelang ihnen, oft drei oder vier von ihnen niederzumachen, ehe sie von einem Speer durchbohrt wurden. Ihre furchtbaren Schläge zerschmetterten alles, was sie trafen. Einer von ihnen zertrümmerte Summerlees Gewehr und der nächste hätte ihm den Schädel eingeschlagen, wenn ihm ein Indianer nicht rechtzeitig das Herz durchbohrt hätte. Andere Affenmenschen warfen aus den Bäumen Steine und Holzblöcke auf uns herunter, ließen sich schließlich selbst auf unsere Reihen fallen, wo sie wie rasend kämpften, bis sie niedergemacht wurden. Einmal wichen unsere Verbündeten unter ihrem Druck zurück, und hätten wir nicht mit unseren Gewehren eingegriffen, hätten sie bestimmt die Flucht ergriffen. Von ihrem alten Häuptling angefeuert, drangen sie aber von neuem mit solcher Wucht vor, dass die Affenmenschen sich zurückzuziehen begannen.

Summerlee war ohne Waffe. Aber ich feuerte, so schnell ich konnte, und von der anderen Flanke her vernahmen wir das dauernde Krachen der Gewehre unserer Gefährten. Jetzt brach unter den Affenmenschen Panik und lähmendes Entsetzen aus. Schreiend und heulend stürzten die großen Bestien nach allen Richtungen durch das Unterholz davon, während unsere Verbündeten in wildes Triumphgeschrei ausbrachen und die Verfolgung der fliehenden Gegner aufnahmen. All die Fehden zahlloser Generationen, aller Hass und alle Grausamkeiten ihrer Stammesgeschichte, alle Erinnerungen an Überfälle und Verfolgungen wurden an diesem einen Tage gerächt. Der Mensch erwies sich zuletzt als der Überlegene und verwies den Tiermenschen für alle Zeiten auf den ihm zugedachten Platz. Die Flüchtlinge konnten ihren gewandten Verfolgern nicht entgehen, und von allen Seiten hörten wir im dichten Unterholz das Freudengeschrei, das Schwirren der Bogensehnen, das Krachen und den dumpfen Aufschlag, wenn die Affenmenschen aus ihren Verstecken aus den Bäumen heruntergeholt wurden.

Ich folgte den übrigen, als ich auf Lord John und Challenger stieß, die zu uns herübergekommen waren. »Es ist vorbei«, sagte Lord John. »Ich denke, wir überlassen ihnen das Fesseln der Gefangenen. Wir werden umso besser schlafen, je weniger wir davon sehen.«

Challengers Augen glänzten vor Kampfeslust. »Wir hatten die einmalige Gelegenheit«, rief er und stolzierte wie ein Kampfhahn herum, »einer der typischen Entscheidungsschlachten der Weltgeschichte beizuwohnen – einer jener Schlachten, die das Schicksal der Welt bestimmt haben. Was bedeutet dagegen schon die Unterwerfung einer Nation durch eine andere, meine Freunde? Sie ist belanglos. Jede dieser Eroberungen führt zum selben Resultat. Aber jene unerbittlichen Kämpfe der Vorzeit, in denen sich die Höhlenmenschen gegen die Tiger verteidigen mussten oder die Elefanten zum ersten Mal auf einen überlegenen Gegner stießen – das waren die wahren Entscheidungsschlachten, die bleibenden Siege. Diese seltsame Wendung des Schicksals hat uns Gelegenheit gegeben, eine derartige Auseinandersetzung mitzuerleben und sogar mitzuentscheiden. Die Zukunft auf diesem Plateau gehört jetzt dem Menschen.«

Es gehört ein robuster Glaube dazu, um solche drastischen Mittel zu rechtfertigen. Als wir durch den Wald gingen, fanden wir überall reihenweise Affenmenschen, die von Speeren oder Pfeilen durchbohrt waren. Hier und da zeigte eine kleine Gruppe zerschmetterter Indianer, dass einer der Affenmenschen sein Leben teuer verkauft hatte. Überall vor uns ertönte Geschrei und Gebrüll, das uns die Richtung der Verfolgung anzeigte. Die Affenmenschen waren zu ihrem Dorf zurückgetrieben worden und hatten dort noch einmal Widerstand geleistet. Doch dieser brach bald zusammen und wir kamen gerade rechtzeitig, um der letzten furchtbarsten Szene beizuwohnen. Man hatte etwa achtzig bis hundert Männchen, die letzten Überlebenden, über die Lichtung getrieben, die zum Rand der Felswand führte. Es war der Schauplatz unseres eigenen Sieges vor zwei Tagen. Als wir dort ankamen, hatten die Indianer einen

Halbkreis von Speerwerfern um die Gefangenen gebildet, und in einer Minute war alles vorüber. Dreißig oder vierzig Affenmenschen wurden auf der Stelle getötet. Die anderen wurden trotz ihres Schreiens und Umsichschlagens in den Abgrund gestürzt und fielen, wie früher ihre eigenen Gefangenen, auf die scharfen Spitzen der sechshundert Fuß tiefer stehenden Bambusstangen. Es war, wie Challenger gesagt hatte: Die Herrschaft des Menschen im Maple-White-Land war für alle Zeiten gesichert. Die Affenmännchen waren ausgerottet, das Affendorf zerstört, die Weibchen und Jungen wurden als Sklaven weggetrieben und die lange Feindschaft ungezählter Jahrhunderte hatte ihr blutiges Ende gefunden.

Uns brachte dieser Sieg viele Vorteile. Es war uns wieder möglich, unser Lager aufzusuchen und zu unseren Vorräten zu gelangen. Auch konnten wir jetzt wieder mit Zambo in Verbindung treten, der entsetzt mitangesehen hatte, wie eine Lawine von Affen über die Klippen stürzte.

»Massas müssen herunterkommen«, schrie er mit angstvoll aufgerissenen Augen. »Teufel wird alle holen, wenn noch länger oben bleiben.«

»Das ist die Stimme der Vernunft«, sagte Summerlee im Brustton der Überzeugung. »Wir haben Abenteuer genug erlebt und sie passen weder zu unserem Charakter noch zu unserer Stellung. Ich nehme Sie beim Wort, Challenger, von jetzt an werden Sie Ihre Energie auf das Problem richten, uns aus diesem furchtbaren Land hinaus- und wieder zurück in die Zivilisation zu bringen.«

Vierzehntes Kapitel

Ich hoffe, dass ich noch vor dem Schluss dieses Briefes berichten kann, dass auch unsere Zukunft sich wieder aufhellt. Wir sitzen hier immer noch fest, ohne bis jetzt ein Mittel, das uns die Flucht ermöglichen könnte, zu sehen, obwohl wir uns mit allen Kräften darum bemühen. Und doch kann ich mir durchaus vorstellen, dass wir eines Tages froh sein werden, länger aufgehalten worden zu sein und etwas mehr von den Wundern dieses seltsamen Plateaus und den Geschöpfen, die es bewohnen, gesehen haben.

Der Sieg der Indianer und die Vernichtung der Affenmenschen bezeichneten den Wendepunkt in unserem Schicksal. Von jetzt an waren in Wahrheit wir die Herren des Plateaus. Denn die Eingeborenen blickten mit einer Mischung aus Furcht und Dankbarkeit auf uns, seit wir ihnen mit unseren unerklärlichen Kräften geholfen hatten, ihren Erzfeind zu vernichten. In ihrem eigenen Interesse wären sie vielleicht froh gewesen, wenn so furchtbare und unberechenbare Leute wie wir wieder verschwunden wären. Doch haben sie uns niemals irgendwie angedeutet, auf welche Weise wir von der Hochfläche nach unten in die Ebene gelangen könnten.

Es hatte, soviel wir aus ihren Gesten entnehmen konnten, früher einen Tunnel gegeben, durch den man das Plateau von unten her erreichen konnte und dessen unteren Eingang wir ja von außen gesehen hatten. Durch diesen waren zweifellos die Affenmenschen und die Indianer zu verschiedenen Zeiten nach oben gelangt. Und auch Maple White mit seinem Gefährten hatte den gleichen Weg benutzt. Vor einem Jahr jedoch war das obere Ende des Tunnels bei einem furchtbaren Erdbeben eingestürzt und deshalb nicht mehr zugänglich. Die Indianer schüttelten daher nur die Köpfe und zuckten die Achseln, wenn wir ihnen mit Zeichen zu verstehen gaben, dass wir nach unten wollten. Möglicherweise waren sie gar nicht in der Lage, uns zu helfen, vielleicht wollten sie es aber auch nicht.

Am Schluss des siegreichen Feldzuges wurden die überlebenden Affenmenschen über das Plateau getrieben – ihr Wehklagen war schrecklich – und in der Nachbarschaft der Indianerhöhlen angesiedelt. Hier sollten sie für alle Zukunft unter den Augen ihrer Herren als Sklaven bleiben. In der Nacht ertönte aus dem Wald langgezogenes

Wehgeschrei zu uns herüber. Künftig würden sie Holz- und Wasserträger sein.

Wir waren zwei Tage nach der Schlacht mit unseren Verbündeten herübergekommen und schlugen unser Lager am Fuß ihrer Felswände auf. Sie boten uns an, ihre Höhlen mit ihnen zu teilen, aber Lord John wollte davon unter keinen Umständen etwas wissen, da er befürchtete, dass sie uns dann ganz in der Hand gehabt hätten, falls sie verräterisch veranlagt sein sollten. Wir bewahrten uns also unsere Unabhängigkeit und hielten, trotz aller freundschaftlichen Beziehungen, unsere Waffen auf jeden Fall in Bereitschaft. Wir besuchten auch ihre höchst merkwürdigen Höhlen, konnten aber nicht feststellen, ob sie durch Menschenhand oder durch Naturgewalten entstanden waren. Sie lagen alle in ein und derselben geologischen Schicht von relativ weichem Gestein, die zwischen der basaltischen Formation der roten Felswände und dem harten Granit darunter gelegen war.

Die Eingänge befanden sich achtzig Fuß über dem Erdboden. Lange Steintreppen führten zu ihnen hinauf, die aber so schmal und steil waren, dass große Tiere nicht hinaufklettern konnten. Das Innere war warm und trocken und gerade Gänge von unterschiedlicher Länge führten in den Felsen hinein. Die glatten, grauen Wände waren mit vielen ausgezeichneten Kohlezeichnungen geschmückt, die die verschiedenen Tiere des Plateaus darstellten. Wenn jedes Lebewesen in diesem Land ausgestorben wäre, würde ein zukünftiger Forscher an den Höhlenwänden einen glänzenden Nachweis der einmaligen Fauna (Dinosaurier, Iguanodons und Wasserechsen) finden, die vor so langer Zeit die Erde bewohnt hatte.

Seit wir erfahren hatten, dass die riesigen Iguanodons von ihren Eigentümern als zahme Tiere gehalten wurden und nur lebende Fleischvorräte darstellten, glaubten wir, dass der Mensch hier sogar mit seinen primitiven Waffen die Vorherrschaft erlangt hatte. Wir sollten bald entdecken, dass dem nicht so war und er in Wirklichkeit nur geduldet wurde.

Es war am dritten Tag, nachdem wir unser Lager in der Nähe der Indianerhöhlen aufgeschlagen hatten, als sich vor unseren Augen eine Tragödie abspielte. Challenger und Summerlee waren an diesem Tage zum See hinuntergegangen, wo einige Eingeborene unter ihrer Leitung damit beschäftigt waren, einige Exemplare der großen Echsen mit der Harpune zu fangen. Lord John und ich waren in unserem Lager geblieben, während eine Reihe von Indianern an verschiedenen Stellen des grasbewachsenen Abhanges vor den Höhleneingängen mit allerlei Arbeiten beschäftigt war. Plötzlich gab es einen gellenden Alarmschrei, und Hunderte von Stimmen schrien »Stoa, Stoa«. Von allen Seiten stürzten Männer, Frauen und Kinder in wilder Flucht die Treppen hinauf, um in ihren Höhlen Schutz zu suchen. Von oben her sahen wir sie mit den Armen winken und uns auffordern, zu ihnen hinaufzukommen. Wir hatten unsere Gewehre ergriffen und rannten ins Freie, um zu sehen, worum es sich handelte. Plötzlich stürzte aus dem nahen Baumgürtel eine Gruppe von zwölf bis fünfzehn Indianern hervor, die um ihr Leben rannten, und knapp hinter ihnen erblickten wir zwei jener furchtbaren Ungeheuer, von denen eins unser Lager besucht und mich auf meiner nächtlichen Expedition verfolgt hatte. Sie hatten die Gestalt entsetzlicher Kröten und bewegten sich springend vorwärts, waren aber von einer unglaublichen Größe, die die eines Elefanten übertraf. Wir hatten sie bisher nur nachts gesehen und tatsächlich sind sie auch Nachttiere, die sich bei Tag nur zeigten, wenn sie aufgestört wurden. Wir standen bei ihrem Anblick wie gelähmt da, denn ihre fleckige und warzige Haut schillerte wie Fischschuppen und das Sonnenlicht übergoss sie mit ständig wechselnden Regenbogenfarben.

Wir hatten jedoch nur wenig Zeit, sie zu beobachten, denn schon hatten sie die Fliehenden eingeholt und richteten ein grässliches Blutbad unter ihnen an. Ihre Angriffsmethode bestand darin, sich im Sprung auf ihr Opfer zu werfen und dieses dann mit zerbrochenen und zerfetzten Gliedern liegen zu lassen, um hinter dem nächsten herzusetzen. Die unglücklichen Indianer schrien vor Entsetzen, waren aber hilflos und versuchten, sich durch den riesigen Bestien durch Davonlaufen zu entziehen. Aber einer nach dem anderen stürzte zu Boden und es war nur noch ein halbes Dutzend von ihnen am Leben, als mein Gefährte und ich ihnen zu Hilfe eilten. Unsere Unterstützung war nur von geringem Nutzen und brachte uns selber in die gleiche Gefahr. Auf eine Entfernung von einigen hundert Metern verschossen wir sämtliche Patronen unseres Magazins. Die Wirkung war so, als hätten wir die Tiere mit Papierkugeln beworfen. Ihre Reptiliennatur machte sich nichts aus Verwundungen und ihre in Ermangelung eines einheitlichen Gehirns auf das ganze Rückenmark verteilten Nervenzentren entzogen sich der Einwirkung moderner Waffen. Das Einzige, was wir tun konnten, war, ihr Vordringen aufzuhalten, indem wir ihre Aufmerksamkeit durch das Aufblitzen und Krachen unserer Gewehre ablenkten, damit die Eingeborenen und wir selbst die Höhlen erreichen konnten.

Aber wo die Explosivgeschosse des 20. Jahrhunderts nutzlos waren, erwiesen sich die vergifteten Pfeile der Eingeborenen, die man erst in Strophantussaft und danach in verwesendes Fleisch getaucht hatte, als erfolgreich. Den Jägern, die die Tiere angriffen, halfen sie freilich nichts, da die Wirkung des Gifts durch die träge Blutzirkulation der Tiere verlangsamt wurde. Aber als die beiden Ungeheuer uns gerade bis zum Fuß der Treppe getrieben hatten, schwirrte eine Unzahl von Pfeilen aus den Höhleneingängen auf sie herunter. In einer Minuten waren sie damit regelrecht gespickt, aber trotzdem versuchten sie, ohne ein Anzeichen von Schmerz zu zeigen, in rasender Wut die Stufen, die zu ihren Opfern hinaufführten, unter wildem Kratzen und Geifern zu erklimmen, stürzten aber jedes Mal nach wenigen Metern schwerfällig wieder auf den Boden zurück. Endlich fing das Gift zu wirken an. Einer der beiden stieß ein dröhnendes Grunzen aus und ließ seinen riesigen, flachen Kopf zu Boden sinken. Dann sprang das andere mit gellendem Wehgeschrei wild im Kreis herum, wand sich einige Minuten im Todeskampf und lag dann ebenfalls steif und still da. Mit lautem Triumphgeschrei stürzten die Indianer die Treppen hinunter und führten einen rasenden Siegestanz um die toten Körper aus, voll Freude darüber, dass wieder zwei ihrer gefährlichen Feinde erschlagen waren. In der Nacht zerschnitten sie die Kadaver und beseitigten die Stücke, nicht um sie zu essen – denn das Gift war noch wirksam –, sondern um die Entstehung einer Seuche zu verhindern. Die großen Reptilienherzen jedoch, von denen jedes so groß war wie ein Kissen, blieben liegen und schlugen langsam und regelmäßig mit sanftem Heben und Senken in grauenhaftem Eigenleben weiter. Erst am dritten Tage hörte das Leben in ihnen auf und die furchtbaren Organe standen still.

Wenn ich eines Tages einen besseren Tisch als eine Blechbüchse und ein besseres Schreibzeug als einen Bleistiftstummel und ein zerrissenes Notizbuch haben werde, werde ich einen etwas ausführlicheren Bericht über die Accala-Indianer, unser Leben bei ihnen und die Einblicke in weitere seltsame Verhältnisse des sonderbaren Maple-White-Landes geben. Niemals werde ich diese Dinge vergessen; denn solange noch eine Spur von Leben in mir ist, wird jede Stunde und jedes Ereignis in dieser Zeit genauso deutlich und klar vor mir stehen wie die ersten Erlebnisse meiner Kindheit. Keine neuen Eindrücke können auslöschen, was sich dem Gedächtnis so tief eingeprägt hat.

Dann werde ich die zauberhafte Mondnacht auf dem großen See beschreiben, in der ein junger Ichthyosaurus – ein seltsames Wesen, halb Seehund, halb Fisch, mit knochenbedeckten Augen auf jeder Seite der Schnauze und einem dritten oben auf dem Kopf – sich in einem Indianernetz verfangen hatte und unser Kanu fast zum Kentern brachte, bevor wir es ans Ufer ziehen konnten; diese Nacht, in der eine grüne Wasserschlange aus dem Schilf hervorschoss und den Steuermann von Challengers Kanu mit sich in die Tiefe riss. Ich werde auch von dem großen, nächtlichen, weißen Wesen erzählen – bis heute wissen wir noch nicht, ob es ein Säugetier oder ein Reptil war –, das in einem hässlichen, im Osten des Sees gelegenen Sumpf lebte, in dem es mit einem schwachen phosphoreszierenden Glanz umherhuschte. Die Indianer waren von einer derartigen Angst vor diesem Tier erfüllt, dass sie nicht nahe an den Sumpf herangehen wollten. Obwohl wir zweimal hingingen und es auch beide Male gesehen haben, war es uns doch nicht möglich, durch den Morast zu ihm zu gelangen. Ich kann nur sagen, dass es größer als eine Kuh zu sein schien und einen eigenartigen Moschusgeruch verströmte.

Weiters werde ich von dem riesigen Vogel berichten, der Challenger eines Tages in die Höhlenwohnungen hinaufjagte, ein großer Laufvogel, weit stärker als ein Strauß, mit einem geierartigen Hals und einem Kopf, der an einen Totenschädel erinnerte. Als Challenger die Treppen hinaufeilte, wurde ihm durch einen Schlag des gebogenen Schnabels der Absatz seines Stiefels wie von einem Meißel glatt abgeschnitten. In diesem Fall waren die modernen Waffen wenigstens erfolgreich und das große Geschöpf, das zwölf Fuß Länge hatte – Phororachus ist sein Name, den uns der keuchende, aber entzückte Professor nannte –, stürzte auf einen Gewehrschuss Lord Roxtons hin in einem Gewirr aus flatternden Federn und zappelnden Gliedern, aus denen uns zwei kalte, grausame gelbe Augen anstarrten, zu Boden. Hoffentlich erlebe ich den Tag, wo ich diesen flachen, bösartigen Schädel in der ihm zugewiesenen Nische zwischen den Trophäen im Albany wieder sehen werde. Schließlich werde ich es auch nicht unterlassen, von dem Toxodon, dem riesigen, zehn Fuß hohen Riesenmeerwein mit seinen vorstehenden Meißelzähnen zu berichten, das wir im Morgengrauen am Seeufer töteten, als es trank.

All das werde ich eines Tages ausführlich beschreiben und auch von den herrlichen Sommerabenden erzählen, an denen wir einträchtig unter tiefblauem Himmel im weichen Gras lagen und die seltsamen Vögel bewunderten, die über uns schwebten, und die merkwürdigen Kleintiere, die aus ihren Verstecken hervorkamen, um uns zu beobachten, während über uns Zweige mit köstlichen Früchten herabhingen und neben uns seltsame und liebliche Blumen im Gras aufleuchteten. Oder jene langen Mondnächte, die wir auf der schimmernden Fläche des großen Sees zubrachten und mit staunender Ehrfurcht die riesigen Wellenkreise beobachteten, die vom plötzlichen Auftauchen eines fantastischen Ungeheuers erzeugt wurden, oder den grünlichen Glanz tief unten im Wasser, der von einem fremdartigen Wesen im Reich der Dunkelheit herrührte. Das sind die Bilder, die mein Geist und meine Feder eines Tages auf das genaueste darstellen werden.

Aber Sie werden fragen: Wozu diese Unternehmungen und wozu dieses Verweilen, wenn wir doch die Pflicht hatten, Tag und Nacht nach Mitteln und Wegen zu suchen, die uns eine Rückkehr in die Außenwelt ermöglichen sollten? Darauf muss ich antworten, dass wir alle ständig auf dieses Ziel hinarbeiteten, unsere Bemühungen aber vergeblich waren.

Eins war uns sehr bald klar geworden: Die Indianer hatten nicht die Absicht, uns irgendwie zu helfen. In jeder anderen Beziehung waren sie unsere Freunde oder, man könnte fast sagen, unsere ergebenen Sklaven. Aber wenn wir von ihnen verlangten, dass sie uns beim Bau einer Brücke halfen, die zur Felsspitze hinüberführte, oder wenn wir von ihnen Lederriemen oder Schlingpflanzen haben wollten, aus denen wir Seile hätten flechten können, stießen wir auf freundliche, aber unbeugsame Ablehnung. Dann lächelten sie nur, zwinkerten mit den Augen und schüttelten die Köpfe. Selbst bei dem alten Häuptling stießen wir auf hartnäckige Ablehnung. Nur Maretas, der Jüngste, den wir gerettet hatten, blickte uns verständnisvoll an und gab uns durch Gesten zu verstehen, dass wir ihm wegen unserer vergeblichen Wünsche Leid taten.

Seit sie über die Affenmenschen triumphiert hatten, blickten sie zu uns wie zu Übermenschen auf, die in ihren seltsamen Waffen den Tod bei sich trugen, und sie glaubten, das Glück würde so lange mit ihnen sein, wie wir bei ihnen blieben. Jedem von uns wurde eine kleine, rothäutige Frau und eine eigene Höhle angeboten, wenn wir nur unsere Heimat vergessen und für immer auf dem Plateau bei ihnen leben wollten. So weit wäre alles ganz schön gewesen, hätten wir nur nicht unsere besonderen Wünsche gehabt. Wir spürten aber deutlich, dass wir unsere Abstiegspläne geheim halten mussten, denn wir hatten alle zu befürchten, dass sie schließlich versuchen würden, uns mit Gewalt zurückzuhalten.

Trotz der von den Dinosauriern drohenden Gefahr (die außer des Nachts nicht sehr groß war, denn sie sind, wie ich schon gesagt habe, Nachttiere) war ich in der letzten Woche zweimal in unserem alten Lager, um nachzusehen, ob unser Schwarzer am Fuß der Felswand noch auf uns wartete. Mein Blick schweifte sehnsüchtig über die weite Ebene, in der Hoffnung, Hilfe, um die wir gebeten hatten, nahen zu sehen. Aber auf der kakteenbewachsenen Fläche war bis zum dichten Bambusgürtel hin kein Lebewesen zu sehen.

»Werden bald kommen, Massa Malone. Bevor Woche zu Ende, Indianer kommen zurück, bringen Seile und holen euch herunter«, klang der fröhliche Ruf unseres wunderbaren Schwarzen zu mir herauf.

Bei meinem zweiten Besuch im Lager, der einen Tag und eine Nacht in Anspruch nahm, hatte ich auf meinem nächtlichen Rückwege ein merkwürdiges Erlebnis. Ich schritt auf dem mir wohl bekannten Weg dahin und hatte eine Stelle etwa eine Meile vom Pterodactylus-Sumpf entfernt erreicht, als ich eine merkwürdige Erscheinung auf mich zukommen sah. Es war ein Mann, der innerhalb eines Bambusgestells, das ihn wie ein riesiger Käfig umgab, daherlief. Mein Erstaunen wuchs, als ich beim Näherkommen erkannte, dass es Lord John Roxton war. Als er mich bemerkte, schlüpfte er aus seinem seltsamen Käfig heraus und kam lachend, aber auch etwas verlegen auf mich zu.

»Hallo, mein Junge, wer hätte wohl gedacht, dass wir uns hier treffen?«

»Aber was in aller Welt machen Sie denn da?«, fragte ich.

»Ich besuche meine Freunde, die Pterodactylen!"

»Aber warum denn?«

»Interessantes Viehzeug, nicht? Aber etwas ungesellig. Haben ein ekelhaft grobes Benehmen Fremden gegenüber, wie Sie sich erinnern werden. Ich habe mir diesen Käfig übergestülpt, um vor ihren zudringlichen Aufmerksamkeiten geschützt zu sein.«

»Aber was wollen Sie denn bloß in diesem Sumpf?«

Er blickte mich etwas misstrauisch an und überlegte, was er antworten sollte.

»Glauben Sie, dass nicht auch andere Leute als Professoren wissbegierig sind?«, sagte er zuletzt. »Ich studiere diese netten Tierchen, das muss Ihnen genügen.«

»Nichts für ungut«, sagte ich.

Er gewann seine gute Laune wieder und lachte.

»Nichts für ungut, mein Junge. Ich bin auf dem Weg, ein junges Teufelsküken für Challenger zu holen. Das ist einer meiner Aufträge. Nein, danke, ich brauche Ihre Begleitung nicht. Ich bin in diesem Käfig sicher und Sie sind es nicht. Also auf Wiedersehen. Ich werde heute Abend wieder im Lager zurück sein.«

Er entfernte sich, und ich sah ihn im Schutz seines Käfigs durch den Wald wandern.

Wenn Lord Johns Benehmen bei dieser Gelegenheit seltsam war, so war es das von Challenger noch mehr. Ich kann wohl sagen, dass ich den Eindruck hatte, dass er außerordentlich faszinierend auf die Indianerfrauen wirkte. Dauernd trug er einen großen Palmzweig in der Hand, mit dem er sie wie Fliegen abwehrte, wenn sie allzu aufdringlich wurden. Es ist eines der groteskesten Bilder, an die ich mich erinnere, wie er mit seinem schwarzen, gesträubten Bart, die Füße bei jedem Schritt elegant aufsetzend, wie ein Sultan aus der Komischen Oper, das Zeichen seiner Würde in der Hand, dahinschritt, während eine Schar von Indianermädchen mit erstaunt aufgerissenen Augen und spärlicher Bekleidung aus Rindenfasern ihm folgte. Summerlee hatte sich ganz dem Studium des Insekten- und Vogellebens hingegeben und verbrachte seine Tage (mit Ausnahme der beträchtlichen Zeit, die er mit Vorwürfen gegen Challenger ausfüllte) mit dem Ordnen seiner Sammlung.

Challenger hatte die Angewohnheit, jeden Morgen zu verschwinden und mit gewichtig-feierlicher Miene wieder aufzutauchen, wie jemand, der die ganze Last einer großen Verantwortung auf seinen Schultern trägt. Eines Tages führte er uns, mit dem Palmzweig in der Hand und gefolgt von einer Schar Anbeterinnen, hinunter zu seiner versteckten Werkstatt und weihte uns in seine geheimen Pläne ein.

Es war eine kleine Lichtung in der Mitte eines Palmwäldchens. Hier befand sich einer jener kochenden Schlammgeiser, die ich bereits beschrieben habe. An seinem Rand lagen einige aus Iguanodonhaut geschnittene Lederstreifen und eine zusammengefaltete Membran, die sich als der getrocknete und gesäuberte Magen einer der großen Wasserechsen aus dem See erwies. Der riesige Sack war an einem Ende zugenäht und zeigte auf dem anderen nur eine kleine Öffnung. In dieser steckten mehrere Bambusrohre, deren freie Enden mit trichterförmigen Lehmkanälen verbunden waren, die das in Blasen aus dem Schlamm emporsteigende Gas auffingen. Die schlaffe Haut begann sich langsam auszudehnen und entwickelte eine so starke Neigung, sich in die Luft zu erheben, dass Challenger die Lederstreifen an ein paar Baumstämmen festbinden musste. In einer halben Stunde hatte der Gasballon eine stattliche Größe angenommen und der Zug an den Lederriemen bewies, dass er über einen kräftigen Auftrieb verfügte. Challengers Gesicht glänzte wie das eines Vaters angesichts seines Erstgeborenen und er blickte, mit lächelnder Selbstzufriedenheit seinen Bart streichend, wortlos auf dieses neue Produkt seines Erfindungsgeistes. Summerlee brach als Erster das Schweigen.

»Sie glauben doch nicht etwa, dass wir mit dem Ding da in die Höhe steigen sollen, Challenger?«, fragte er mit schneidender Stimme.

»Ich werde Ihnen, mein lieber Summerlee, einen derartigen Beweis von der Stärke dieses Ballons geben, dass Sie keine Bedenken mehr haben werden, sich ihm ruhig anzuvertrauen.«

»Das schlagen Sie sich ruhig aus dem Kopf«, sagte Summerlee entschieden. »Nichts auf der

Welt wird mich dazu bringen, eine solche Tollheit zu begehen. Lord John, ich hoffe, dass Sie diesen Wahnsinn nicht unterstützen werden.«

»Ich finde, die Sache ist verteufelt fein ausgedacht«, sagte unser Lord. »Ich würde gern sehen, ob der Ballon funktioniert.«

»Sie werden es sehen«, sagte Challenger. »Seit einigen Tagen habe ich meine ganzen Geisteskräfte auf die Lösung des Problems gerichtet, wie wir von diesem Plateau herunterkommen sollen. Wir haben uns überzeugt, dass wir nicht hinunterklettern können und dass es auch keinen Tunnel gibt. Wir sind auch nicht in der Lage, eine Art Brücke zu der Felsspitze hinüberzuschlagen. Es musste also ein anderes Mittel gefunden werden. Ich bemerkte bereits vor einiger Zeit unserem jungen Freund gegenüber, dass die Gasblasen dieser Geiser freien Wasserstoff enthalten. Daraus entstand logischerweise der Gedanke an einen Ballon. Ich gebe zu, dass ich anfangs Probleme hatte, eine Hülle herzustellen, die das Gas aufnehmen konnte. Aber die Untersuchung der ungeheuren Eingeweide dieses Reptils brachte mich auf die Lösung des Problems. Sie sehen das Resultat!«

Dabei steckte er eine Hand in den Ausschnitt seiner zerrissenen Jacke und deutete mit der anderen stolz auf den Gasballon, der prall und rund vor uns stand und an seinen Fesseln zerrte.

»Jahrmarktsrummel«, knurrte Summerlee.

Lord John war von der ganzen Sache entzückt. »Famoser alter Knabe, nicht wahr?«, flüsterte er mir zu und fragte dann laut Challenger: »Wie steht's mit einem Korb?«

»Der Korb wird meine nächste Sorge sein. Ich habe bereits einen Plan, wie man ihn anfertigen und befestigen kann. Inzwischen werde ich Ihnen aber demonstrieren, dass mein Apparat im Stande ist, das Gewicht eines jeden von uns zu tragen.«

»Hoffentlich doch von uns allen?«

»Nein, es gehört zu meinem Plan, dass jeder von uns einzeln, wie mit einem Fallschirm, den Abstieg bewerkstelligt. Der Ballon wird jedes Mal auf eine Weise wieder nach oben gezogen, die ich mir noch ausdenken werde. Wenn er das Gewicht von einem von uns trägt und ihn sanft hinuntersinken lässt, so leistet er alles, was man von ihm verlangen kann. Ich werde Ihnen das jetzt vorführen.«

Er befestigte das Seil an einem Basaltblock, dessen Mitte etwas eingekerbt war. Es war das Kletterseil, das wir zum Besteigen der Felsen benutzt und mit aufs Plateau gebracht hatten. Er hatte eine Art Netz aus Lederriemen angefertigt, an dem zahlreiche andere Riemen hingen. Dieses Netz wurde über den Ballon gelegt und die herunterhängenden Riemen unten zusammengebunden, wodurch der Druck auf die ganze Oberfläche des Ballons verteilt wurde. An den freien Enden der Lederstreifen wurde nun der Basaltblock festgebunden und der Professor schlang sich das freie Ende des Seils mehrere Male um den Arm.

»Ich werde jetzt«, sagte Challenger im stolzen Vorgefühl des geglückten Versuches, »die Tragkraft meines Apparats demonstrieren.« Und mit diesen Worten durchschnitt er die Fesseln des aufwärts strebenden Ballons.

Niemals war unsere Expedition näher daran gewesen, vernichtet zu werden. Die aufgeblasene Membran stieg mit erschreckender Geschwindigkeit in die Luft. Einen Augenblick später wurde Challenger von den Füßen gerissen und hochgezogen. Ich hatte gerade noch Zeit, meine Arme um seinen aufsteigenden Körper zu schlingen und wurde ebenfalls hochgehoben. Lord John packte mich mit hartem Griff an den Beinen, aber ich spürte, dass auch er den Boden unter den Füßen verlor. Für einen Augenblick schwebte mir das Bild von vier Abenteurern vor, die wie eine Wurstkette über das Land dahinsegelten, das sie erforscht hatten. Aber glücklicherweise hatte zwar nicht die

Tragfähigkeit unserer Teufelsmaschine, wohl aber die des Seils seine Grenzen. Es gab einen scharfen Ruck und wir lagen alle miteinander auf dem Erdboden, bedeckt von den Seilschlingen. Als wir alle wieder auf den Beinen waren, erblickten wir weit weg am Himmel einen dunklen Punkt, wo der Basaltblock dahinsauste.

»Glänzend!«, schrie der unverwüstliche Challenger und rieb sich seinen schmerzenden Arm. »Ein ausgezeichneter und völlig befriedigender Versuch! Einen derartigen Erfolg hätte ich nicht vorhersehen können. Ich verspreche Ihnen, meine Herren, dass ich innerhalb einer Woche einen zweiten Ballon fertig haben werde und dass Sie damit rechnen können, die erste Etappe unserer Heimreise sicher und bequem zurückzulegen«

Bis hierher habe ich alle Ereignisse, so wie sie aufeinander folgten, beschrieben. Ich fasse jetzt die letzten Vorgänge vom alten Lager zusammen, wo Zambo so lange gewartet hatte. Alle Schwierigkeiten und Gefahren liegen inzwischen wie ein Traum hinter uns auf der Höhe jener rötlichen Felswände, die sich jetzt wieder hoch über uns auftürmen. Wir sind sicher nach unten gelangt, wenn auch auf gänzlich unerwartete Weise, und es geht uns allen ausgezeichnet. In sechs Wochen oder zwei Monaten werden wir wieder in London sein und vielleicht kommen wir früher an als dieser Brief.

Es war am Abend unseres gefährlichen Abenteuers mit Challengers selbst fabriziertem Ballon, als eine Wende in unserem Schicksal eintrat. Ich erwähnte bereits, dass der einzige Indianer, der unsere Bemühungen, wegzukommen, mit Zeichen der Sympathie begleitet hatte, der junge Häuptling war, den wir befreit hatten. Er allein wünschte nicht, uns gegen unseren Willen in diesem seltsamen Land zurückzuhalten. Das hatte er uns durch seine Zeichensprache schon deutlich zu verstehen gegeben. An diesem Abend kam er nach Einbruch der Dunkelheit in unser kleines Lager herunter, drückte mir (aus irgendwelchen Gründen hatte er mir immer besondere Aufmerksamkeit geschenkt, vielleicht, weil ich fast so jung war wie er) eine Rolle aus Baumrinde in die Hand, wobei er bedeutungsvoll zu der Reihe von Höhlen über uns wies, und legte zum Zeichen, dass wir nichts verraten sollten, den Finger auf die Lippen, bevor er sich wieder vorsichtig zu seinen Leuten zurückschlich.

Ich trug das Rindenstück zum Feuer und wir unterzogen es einer gemeinsamen Prüfung. Es war etwa einen Fuß lang und breit und auf der Innenseite befand sich eine eigenartige Reihe von Linien, die ich hier wiedergebe:

Sie waren sauber mit einem Stück Kohle auf die weiße Oberfläche gezeichnet und machten im ersten Augenblick den Eindruck einer primitiven Notenschrift.

»Was es auch sein mag, ich kann beschwören, dass es für uns von Wichtigkeit ist«, sagte ich. »Das habe ich auf seinem Gesicht gelesen, als er es mir übergab.»

»Wenn wir es nicht mit einem Spaßvogel zu tun haben«, bemerkte Summerlee, »die es meiner Meinung nach bereits in frühester Vorzeit gegeben hat.«

»Es ist ganz klar, dass es sich hier um eine Art von Schrift handelt«, sagte Challenger.

»Sieht aus wie ein Preisrätsel«, bemerkte Lord John, indem er den Hals reckte, um einen Blick darauf zu werfen. Aber plötzlich streckte er die Hand aus und griff nach der Zeichnung. »Donnerwetter!«, schrie er, »ich glaube, ich habe es. Unser junger Freund hatte gleich die richtige Ahnung.

Sehen Sie hier. Wie viele Striche stehen auf dem Rindenstück? Achtzehn. Gut. Und wie Sie sich erinnern, gibt es achtzehn Höhleneingänge an der Felswand über uns.«

»Er zeigte zu den Höhlen hinauf, als er mir das gab«, sagte ich.

»Schön. Jetzt ist die Sache klar. Dies ist ein Plan der Höhlenreihe. Natürlich! Achtzehn in einer Reihe, einige kurz, einige lang, einige, die sich verzweigen, genau, wie wir es selber gesehen haben. Es ist eine Karte, und hier ist noch ein Kreuz. Was mag das bedeuten? Es steht bei einer Höhle, die viel weiter in den Berg hineinführt als die anderen.«

»Eine, die durch die Felswand hindurchgeht!«, rief ich aus.

»Ich glaube, unser junger Freund hat das Rätsel gelöst. Wenn die Höhle nicht durch den ganzen Felsen führt, verstehe ich nicht, warum dieser Mensch, der uns offenbar dankbar ist, unsere Aufmerksamkeit auf sie gelenkt hat. Wenn sie aber durchgeht und auf der anderen Seite der Felswand einen Ausgang hat, so würden wir von dort aus nicht mehr als hundert Fuß hinunterzusteigen brauchen.«

»Hundert Fuß!«, brummte Summerlee.

»Ausgezeichnet, unser Seil ist etwas länger als

hundert Fuß«, rief ich aus. »Wir werden also sicher nach unten kommen.«

»Und die Indianer in der Höhle?«, warf Summerlee ein.

»In diesen Höhlen hier über uns sind keine Indianer«, sagte ich. »Sie dienen nur als Speicher und Vorratskammern. Warum gehen wir nicht gleich hinauf und kundschaften die Möglichkeiten aus?«

Es gibt auf dem Plateau ein trockenes und harziges Holz – eine Art Araucaria, laut unserem Botaniker –, das von den Indianern als Fackel benutzt wird. Jeder von uns nahm ein Bündel davon mit und wir stiegen die unkrautbewachsenen Stufen zu jener Höhle hinauf, die auf der Zeichnung markiert war. Sie war, wie ich bereits bemerkt hatte, leer. Nur eine große Anzahl Fledermäuse flatterte um uns herum, als wir die Höhle betraten. Da wir nicht die Aufmerksamkeit der Indianer erregen wollten, stolperten wir im Dunkeln weiter, bis wir um einige Ecken gebogen und ziemlich tief in die Höhle eingedrungen waren. Dann erst zündeten wir unsere Fackeln an. Es war ein schöner, trockener Tunnel mit glatten, grauen, von Zeichnungen der Eingeborenen bedeckten Wänden mit einer gewölbten Decke und weißem glitzerndem Sand unter unseren Füßen. Wir eilten hastig weiter, bis wir mit dem Gefühl tiefster Enttäuschung feststellen mussten, dass es nicht weiterging. Eine glatte Felswand, ohne irgendeine Lücke oder Spalte, durch die auch nur eine Maus hätte schlüpfen können, bildete das Ende der Höhle. Hier war also nicht durchzukommen.

Niedergeschlagen standen wir vor dem Hindernis. Es handelte sich hier nicht um die Folge eines Bebens, wie bei dem Aufstiegstunnel. Die Quermauer war genauso gebaut wie die Seitenwände. Die Höhle bildete also eine richtige Sackgasse.

»Machen Sie sich keine Sorgen, meine Freunde«, sagte der unbezwingbare Challenger. »Es bleibt Ihnen immer noch die Möglichkeit des Abstieges mit meinem Ballon.«

Summerlee stöhnte.

»Sollten wir in der falschen Höhle sein?«, bemerkte ich.

»Unmöglich, junger Freund«, sagte Lord John und legte den Finger auf die Karte, »die siebzehnte von rechts und die zweite von links. Das ist ohne Zweifel die richtige Höhle.«

Ich warf einen Blick auf die Stelle, die er mit dem Finger bezeichnete, und stieß einen plötzlichen Freudenschrei aus. »Ich glaube, ich habe es! Folgen Sie mir! Folgen Sie mir!« Ich stürzte den Weg, den wir gekommen waren, zurück, die Fackel in der Hand. »Hier«, sagte ich, auf einige Streichhölzer auf dem Boden hinweisend, »hier haben wir unsere Fackeln angezündet.«

»Richtig.«

»Nun, die Höhle hat, wie in der Zeichnung zu sehen ist, noch einen Nebenast, und wir sind in der Dunkelheit, bevor wir unsere Fackeln entzündeten, an diesem Seiteneingang vorbeigegangen, ohne ihn zu bemerken. Wenn wir zurückgehen, werden wir auf der rechten Seite auf den längeren Höhlenarm stoßen.»

Es war so, wie ich gesagt hatte. Wir waren noch keine dreißig Meter zurückgegangen, als eine große, schwarze Öffnung in der Seitenwand erschien. Wir gingen hinein und stellten fest, dass wir uns in einem viel längeren Gang befanden als vorher. In atemloser Ungeduld eilten wir einige hundert Meter darin entlang und dann tauchte plötzlich im tiefen Dunkel vor uns ein Lichtschimmer auf, der uns in größtes Erstaunen versetzte. Eine glühende Fläche schien den Tunnel zu kreuzen und uns den Weg zu verlegen. Wir stürzten vorwärts, kein Laut, keine Wärme, keine Bewegung ging von der Erscheinung aus, aber immer noch hing der große, leuchtende Vorhang vor uns, erfüllte die Höhle mit silbernem Glanz und verwandelte den Sand unter unseren Füßen in glitzernden Diamantenstaub, bis wir schließlich den Rand einer kreisförmigen Fläche erkannten.

»Himmel, das ist ja der Mond!«, schrie Lord John. »Wir sind durch, Jungs, wir sind durch!« Es war in der Tat der Vollmond, der gerade durch die Öffnung der Höhle hereinschien. Diese war schmal, nicht größer als ein Fenster, aber sie genügte für unsere Zwecke völlig. Als wir den Kopf hinausstreckten, konnten wir feststellen, dass der Abstieg nicht allzu schwierig war und dass der Erdboden nicht sehr tief unter uns lag. Es war kein Wunder, dass wir diese Öffnung von unten nicht bemerkt hatten, denn die Felswände wölbten sich darunter stark nach außen und ein Aufstieg an dieser Stelle wäre so unmöglich erschienen, dass sich eine nähere Untersuchung erübrigt hätte. Wir überzeugten uns, dass wir mit Hilfe unseres Seils nach unten gelangen konnten und kehrten dann voll Freude in unser Lager zurück, um unsere Vorbereitungen für den nächsten Abend zu treffen.

Alles, was wir zu tun hatten, musste schnell und heimlich geschehen, da uns die Indianer auch noch in dieser letzten Stunde zurückhalten konnten.

Unsere Vorräte mussten mit Ausnahme unserer Gewehre und Patronen zurückbleiben. Nur Challenger hatte irgendetwas Schweres, das er dringend mitnehmen wollte. Vor allem ein bestimmtes Paket, über dessen Inhalt ich nicht sprechen möchte, verursachte uns mehr Arbeit als alles andere. Langsam verstrich der Tag, aber als die Dunkelheit hereinbrach, waren wir zum Abmarsch bereit. Mit viel Mühe schleppten wir unser Gepäck die Treppen hinauf und warfen von oben noch einen langen Blick auf das seltsame Land, das bald, wie ich fürchte, die Beute von Jägern und Goldsuchern sein wird, das aber für jeden von uns ein Traumland voller Zauber und Romantik geworden war.

Ein Land, in dem wir viel gewagt, viel gelitten und viel verloren hatten – »unser Land«, wie wir es immer liebevoll nennen werden. Aus den Nachbarhöhlen zu unserer Linken glänzte wieder freundlicher Lichtschein in der Dunkelheit. Von den Abhängen unter uns tönte das Lachen und Singen der Indianer herauf. Weit jenseits erblickten wir den dunklen Kranz der Wälder und in der Mitte schimmerte matt der große See, die Heimat seltsamer Ungeheuer, und gerade in diesem Augenblick löste sich aus dem Schatten der Nacht ein hoher, gellender Schrei, der Ruf irgendeines unheimlichen Tieres. Es war die Stimme vom Maple-White-Land selbst, die uns ein Lebewohl zurief. Wir drehten uns um und verschwanden in der Höhle, die uns nach Hause führte.

Zwei Stunden später waren wir mit allem, was wir besaßen, am Fuß der jenseitigen Felswand angelangt. Nur Challengers Gepäck hatte uns einige Schwierigkeiten bereitet. Wir ließen alles an Ort und Stelle liegen und eilten zu Zambos Lager hinüber. Am frühen Morgen erreichten wir es, fanden jedoch zu unserem Erstaunen nicht ein Feuer, sondern ein Dutzend auf der Ebene vor: Die Hilfsexpedition war angekommen. Zwanzig Indianer vom Amazonenas mit Pfählen, Seilen und allem, was zum Schlagen einer Brücke nötig ist. Wir werden nun wenigstens keine Schwierigkeiten mehr beim Transport unseres Gepäckes haben, wenn wir morgen unseren Rückweg zum Amazonas antreten.

Und so schließe ich diesen Bericht in demütiger und dankbarer Stimmung. Wir haben große Wunder gesehen, und unsere Seelen sind durch alles, was wir erlitten haben, geläutert. Jeder von uns ist in seiner Weise ein besserer und tieferer Mensch geworden. Wahrscheinlich werden wir, sobald wir nach Para kommen, eine Pause einlegen, um uns neue Kleidung zu beschaffen. In diesem Fall wird mein Brief einen Tag früher ankommen als wir. Wenn nicht, bringe ich ihn selber mit. Auf jeden Fall, mein lieber Mr McArdle, hoffe ich, Ihnen bald die Hand schütteln zu können.

Fünfzehntes Kapitel

Ich möchte an dieser Stelle allen unseren Freunden am Amazonas unseren Dank für die Unterstützung und Gastfreundschaft aussprechen, die sie uns bei unserer Rückreise erwiesen haben. Ganz besonders muss ich Signor Penalosas und anderen Beamten der brasilianischen Regierung für ihre Bemühungen danken, uns unsere Abreise erleichtert zu haben, sowie Signor Pereiras in Para, dank dessen Vorsorge wir bei unserem Eintreffen in Para eine vollständige neue Ausstattung vorfanden, die uns ein anständiges Wiedererscheinen in der zivilisierten Welt ermöglichte. Es muss einen schlechten Eindruck gemacht haben, dass wir unseren Gastgebern und Wohltätern für all diese Freundlichkeiten keine klaren Auskünfte gegeben haben. Aber unter den gegebenen Umständen hatten wir tatsächlich keine andere Wahl. Und ich muss bei dieser Gelegenheit auch darauf aufmerksam machen, dass es Zeit- und Geldverschwendung wäre, unseren Spuren zu folgen. Sogar die Namen sind in unseren Berichten geändert und ich bin sicher, dass auch nach dem sorgfältigsten Studium niemand auch nur auf tausend Meilen an unser unbekanntes Land herankommen kann.

Wir waren der Meinung, dass die Aufregung, der wir auf unserer Rückreise begegneten, auf die Gebiete, die unsere Route berührte, beschränkt sei, und ich kann unseren Freunden in England nur versichern, dass wir keine Ahnung von dem allgemeinen Aufsehen hatten, das durch das bloße Gerücht von unseren Erlebnissen in ganz Europa ausgelöst wurde. Erst die vielen drahtlosen Telegramme von allen möglichen Zeitungen und Agenturen, die uns, als wir noch fünfhundert Meilen von Southampton entfernt waren, Riesensummen für eine kurze Mitteilung über unsere Forschungsergebnisse anboten, zeigten uns die hochgespannte Erwartung der wissenschaftlichen Welt und der Öffentlichkeit. Wir waren jedoch übereingekommen, der Presse keinerlei Mitteilung zu machen, bevor wir mit den Mitgliedern des Zoologischen Instituts zusammengetroffen waren. Denn es war unsere Pflicht, zuerst ihnen, die uns den Auftrag für unsere Reise gegeben hatten, Bericht zu erstatten. Wir lehnten daher kategorisch jede Auskunft ab, obwohl Southampton voll von Pressevertretern war.

Die natürliche Folge davon war, dass das öffentliche Interesse auf die für den Abend des 7. Novembers angesetzte Versammlung gelenkt wurde. Es stellte sich heraus, dass der Hörsaal des Zoologischen Instituts, von dem unser Unternehmen ausgegangen war, viel zu klein war, und man wich deshalb in die Queen's Hall in der Regent Street aus. Inzwischen wissen wir, dass die Veranstalter ruhig die Albert Hall hätten wählen können, und auch dort hätte der Platz kaum ausgereicht.

Die Versammlung sollte am zweiten Abend nach unserer Ankunft stattfinden. Zuerst hatte natürlich jeder von uns eigene dringende Angelegenheiten zu erledigen. Von meinen kann ich jetzt noch nicht sprechen. Vielleicht bin ich nach einiger Zeit imstande, ruhiger daran zu denken und davon zu reden. Ich habe dem Leser am Anfang dieser Erzählung gesagt, was die Beweggründe für mein Unternehmen waren. Es ist daher nur recht und billig, dass ich die Erzählung später fortsetze und ihren Ausgang mitteile. Und doch könnte der Tag kommen, an dem ich sogar wünschen werde, dass es so und nicht anders gekommen ist. Schließlich habe ich den Anstoß zur Teilnahme an einem wunderbaren Erlebnis erhalten und kann letzten Endes der Frau, von der das alles ausgegangen ist, nur dankbar sein.

Und nun wende ich mich dem letzten bedeutungsvollen Moment unseres Abenteuers zu. Während ich noch mein Gehirn zermürbte, um die beste Form für die Darstellung zu finden, fielen meine Augen auf einen Artikel der Morgenausgabe des 8. Novembers meiner eigenen Zeitung, der einen vollständigen und ausgezeichneten Bericht meines Freundes und Kollegen Mac Dona enthielt. Was könnte ich wohl Besseres tun, als diesen Artikel mitsamt den Überschriften abzuschreiben? Ich muss zugeben, dass die Zeitung eine etwas überschwängliche Darstellung brachte, was zum Teil daran liegt, dass sie einen eigenen Berichterstatter zu diesem Unternehmen entsandt hatte. Aber die anderen großen Tageszeitungen waren kaum weniger vollständig in ihren Berichten. Freund Mac schrieb also Folgendes:

Die neue Welt
Große Versammlung in der
Queen's Hall
Chaotische Szenen
Außergewöhnlicher Zwischenfall
Was war es?
Nächtlicher Tumult in der Regent Street
(Sonderbericht)

Die viel diskutierte Tagung des Zoologischen Instituts, die den Zweck hatte, den Bericht des

Untersuchungsausschusses entgegenzunehmen, der im letzten Frühjahr nach Südamerika geschickt wurde, um die Behauptungen Professor Challengers nachzuprüfen, dass es auf diesem Kontinent noch heute prähistorische Lebensformen gäbe, fand gestern Abend im großen Saale der Queen's Hall statt, und man darf getrost sagen, dass dieses Datum in der Geschichte der Wissenschaften rot angestrichen zu werden verdient, denn die Mitteilungen dieser Versammlung hatten einen so bemerkenswerten und sensationellen Charakter, dass keiner der Anwesenden sie jemals vergessen wird. *(Oh, Kollege Mac Dona! Was für ein monströser Einleitungssatz!)* Die Eintrittskarten sollten theoretisch nur in die Hände von deren Mitgliedern und Freunden gelangen. Da aber das Wort »Freunde« ein dehnbarer Begriff ist, war der riesige Saal bereits lange vor acht Uhr, vor Beginn der Versammlung, gedrängt voll. Die Öffentlichkeit, die unvernünftigerweise darüber verärgert war, dass man sie von der Versammlung ausschloss, stürmte ein Viertel nach sieben Uhr die Eingänge, nachdem schon vorher eine allgemeine Keilerei, bei der verschiedene Leute verletzt und einem Institutsinspektor sogar ein Bein gebrochen wurde, stattgefunden hatte. Nach diesem unerwarteten Ansturm, der nicht nur alle Eingänge, sondern auch die für die Presse reservierten Plätze füllte, waren es schätzungsweise etwa fünftausend Leute, die die Ankunft der Forschungsreisenden erwarteten. Diese nahmen, nachdem sie eingetreten waren, ihre Plätze vorn auf der Rednerbühne ein, auf der bereits alle führenden Wissenschaftler, nicht nur aus England, sondern auch aus Frankreich und Deutschland, erschienen waren. Auch Schweden war in der Person von Professor Sergius, dem berühmten Zoologen von der Universität Upsala, vertreten.

Der Eintritt der vier Forschungsreisenden bildete das Signal für eine bemerkenswerte Begrüßungsdemonstration, bei der sich die gesamte Zuhörerschaft erhob und in minutenlange Beifallsrufe ausbrach. Ein aufmerksamer Beobachter hätte aber feststellen können, dass sich in den Beifall auch einige abfällige Rufe mischten, woraus man den Schluss ziehen durfte, dass die Versammlung einen mehr lebhaften als harmonischen Verlauf nehmen würde. Niemand hätte aber die außerordentliche Wendung, die dann eintrat, vorhersehen können.

Über das Aussehen der vier Forschungsreisenden braucht nichts gesagt zu werden, denn ihre Fotografien sind bereits in allen Zeitungen erschienen. Man sieht ihnen kaum Spuren der beschwerlichen Reise, die sie hinter sich haben, an. Professor Challengers Bart scheint vielleicht struppiger geworden zu sein, Professor Summerlees Züge noch asketischer, Lord John Roxtons Gestalt etwas magerer, und alle drei erscheinen etwas gebräunter als bei ihrer Abreise. Aber alle sind offenbar bei ausgezeichneter Gesundheit. Was unseren eigenen Vertreter angeht, den wohl bekannten Sportsmann und internationalen Rugbyspieler E. D. Malone, so machte er einen durchtrainierten Eindruck, und als er seine Augen über die versammelte Menge schweifen ließ, glitt ein zufriedenes, freundliches Lächeln über sein ehrliches, einfaches Gesicht. *(Allright, Mac, na warte nur, bis ich dich unter vier Augen treffe!)*

Nachdem die Ruhe wiederhergestellt war und die Zuhörerschaft ihre Plätze wieder eingenommen hatte, ergriff der Vorsitzende, der Herzog von Durham, das Wort. Er wolle, so sagte er, die große Versammlung nicht länger als nötig von dem bevorstehenden Bericht abhalten. Es wäre nicht seine Aufgabe, vorwegzunehmen, was Professor Summerlee, der Sprecher des Untersuchungsausschusses, ihnen zu berichten hätte. Es wäre aber bereits bekannt, dass die Expedition von außerordentlichem Erfolg gekrönt sei. Es habe den Anschein, als wäre das Zeitalter der Romantik noch nicht vorüber, und es gäbe noch Gebiete, in denen die wildeste Fantasie der Romanschreiber den wissenschaftlichen Untersuchungen ernsthafter Forscher begegnete. Er wolle nur noch hinzufügen, dass er glücklich sei, und die ganze Versammlung würde dasselbe empfinden, dass diese Herren gesund und munter von ihrem schwierigen und gefährlichen Auftrag zurückgekehrt seien, denn es könne nicht in Abrede gestellt werden, dass ein einer solchen Expedition zugestoßenes Unglück für die zoologische Wissenschaft einen unersetzlichen Verlust bedeutet hätte. (Großer Beifall, an dem Professor Challenger sich beteiligte.)

Als sich darauf Summerlee erhob, brach ein neuer Begeisterungssturm aus, der sich während seiner Rede mehrfach wiederholte. Diese Rede soll hier nicht in extenso wiedergegeben werden, da ein vollständiger Bericht über die Erlebnisse der Expedition aus der Feder unseres eigenen Berichterstatters in Vorbereitung ist.

Nachdem er die Vorgeschichte der Reise geschildert und seinem Freund, Professor Chal-

lenger, freigebig Anerkennung gezollt und sich auch für die Ungläubigkeit, die er seinen jetzt völlig bewiesenen Behauptungen entgegengebracht hatte, entschuldigt hatte, schilderte er den tatsächlichen Verlauf der Reise, wobei er sorgfältig alle Informationen zurückhielt, die es dem Publikum ermöglicht hätte, die Lage des merkwürdigen Plateaus festzustellen. Nach einem knappen Bericht über den Reiseweg vom Amazonas bis zu jener hohen Felsspitze fesselte er seine Zuhörer durch den Bericht über die Schwierigkeiten, denen die Expedition bei den Versuchen, sie zu besteigen, begegnet war, und schilderte zum Schluss das erfolgreiche Gelingen ihrer verzweifelten Anstrengungen, die mit dem Leben ihrer beiden ergebenen Mestizen-Diener bezahlt werden musste. *(Diese befremdliche Mitteilung machte Summerlee in dem Bemühen, irgendwelche Anfragen aus dem Publikum in dieser Sache zu vermeiden.)*
Nachdem er seine Zuhörerschaft im Geiste auf die Höhe des Plateaus geführt und sie die Wirkung des Brückeneinsturzes hatte erleben lassen, fuhr er in der Beschreibung der Schrecken und der Reize des merkwürdigen Landes fort. Von persönlichen Erlebnissen sprach er wenig, umso mehr von den reichen Ergebnis-

sen für die Wissenschaft, von den Beobachtungen des wunderbaren Tier-, Vogel-, Insekten- und Pflanzenlebens auf dem Plateau. Insbesondere hob er den Reichtum an Käfern, von denen 46, und an Schmetterlingen, von denen 94 neue Arten im Lauf weniger Wochen festgestellt werden konnten, hervor. Es waren jedoch die größeren Tiere und insbesondere diejenigen, die man für längst ausgestorben gehalten hatte, die das Interesse des Publikums am lebhaftesten fesselten. Davon konnte er eine ganze Reihe aufzählen, aber er zweifelte nicht daran, dass sie noch erweitert werden könne, wenn das Land erst gründlicher erforscht wäre.

Er und seine Gefährten hätten mindestens ein Dutzend Lebewesen gesehen, die keinerlei der im Moment der Wissenschaft bekannten Arten entsprachen. Die Zeit würde kommen, in der man diese näher untersuchen und wissenschaftlich klassifizieren würde. Er führte als Beispiel eine Schlange an, deren abgeworfene, tief purpurrot gefärbte Haut einundfünfzig Fuß lang war, und erwähnte ein weißes Geschöpf, vermutlich ein Säugetier, das während der Dunkelheit ein deutlich phosphoreszierendes Licht ausstrahlte, ferner einen großen, schwarzen Nachtfalter, dessen Biss von den Indianern für höchst

giftig gehalten wurde. Neben diesen völlig neuen Arten sei das Plateau sehr reich an bekannten prähistorischen Formen, von denen einzelne bis in die frühe Juraperiode zurückreichten. Er erwähnte darunter den gigantischen und grotesken Stegosaurus, den Mr Malone einmal an seinem Trinkplatz am Seeufer gesehen hatte und von dem sich eine Zeichnung in dem Skizzenbuch des abenteuerlichen Amerikaners, der dieses unbekannte Land zuerst besucht hatte, vorfand. Er beschrieb ebenso das Iguanodon und den Pterodactylus, zwei der ersten überraschenden Begegnungen. Darauf ließ er die Versammlung durch die Schilderung des schrecklichen Fleisch fressenden Dinosaurus erbeben, der mehr als einmal Mitglieder der Expedition verfolgt hatte und der das furchtbarste Geschöpf sei, das sie angetroffen hätten.
Dann ging er über zu dem riesigen und wilden Vogel, dem Phororachus, und dem großen Elch, der noch auf dem Hochland umherstreift. Aber erst bei der Schilderung der geheimnisvollen Vorgänge am Zentralsee erreichten das Interesse und die Begeisterung der Zuhörer ihren Höhepunkt. Man musste sich selbst fragen, ob man wache oder träume, wenn man diesen nüchternen und sachlichen Gelehrten in küh-

lem, gemessenem Ton die ungeheuren dreiäugigen Wasserechsen und die riesigen Wasserschlangen, die dieses zauberhafte Gewässer bewohnten, beschreiben hörte.
Er kam dann auf die Indianer und auf die merkwürdige Kolonie der anthropoiden Affen zu sprechen, die man als eine Weiterentwicklung des Pithecanthropus von Java ansehen könne und die mehr als jedes andere Wesen jenem hypothetischen Geschöpf, das man als das »fehlende Bindeglied« zwischen Menschen und Menschenaffen bezeichne, entsprächen.
Endlich beschrieb er unter allgemeiner Heiterkeit die geniale, aber höchst gefährliche aeronautische Erfindung Professor Challengers und schloss seinen denkwürdigen Vortrag mit einem Bericht über die Methoden, deren sich der Untersuchungsausschuss bedient hatte, um wieder in die Zivilisation zurückzukehren.
Man hätte glauben sollen, dass das wissenschaftliche Programm des Abends hiermit erschöpft sei und dass der Dank und die Glückwünsche, die Professor Sergius von der Universität Upsala aussprechen sollte, auf allgemeine Zustimmung stoßen würden. Aber es wurde bald klar, dass der weitere Verlauf der Versammlung kein so glattes Ende nehmen sollte. Schon während

der Rede hatten sich von Zeit zu Zeit Anzeichen von Opposition bemerkbar gemacht, und nun erhob sich Dr. James Illingworth aus Edinburgh in der Mitte des Saals. Dr. Illingworth warf die Frage auf, ob nicht zunächst eine Richtigstellung möglich sei, bevor man den Entschluss fasse, dem Ausschuss den Dank der Versammlung auszusprechen.
Der Vorsitzende: »Ja, wenn Sie eine Richtigstellung für nötig halten?«
Dr. Illingworth: »Mit Ihrer freundlichen Erlaubnis, eine Richtigstellung *ist* nötig!«
Der Vorsitzende: »Dann bitte ich darum.«
Professor Summerlee (aufspringend): »Ich möchte darauf aufmerksam machen, Euer Gnaden, dass dieser Mann seit unserer Kontroverse in der wissenschaftlichen Vierteljahresschrift über die wahre Natur des Bathybius mein persönlicher Feind ist.»
Der Vorsitzende: »Ich werde auf diese persönlichen Dinge nicht eingehen können. Bitte fahren Sie fort.«
Man konnte Dr. Illingworths Bemerkungen wegen der andauernden Opposition der Freunde unserer vier Forschungsreisenden nur teilweise verstehen. Man versuchte auch mehrfach, ihn auf seinen Sitz niederzuziehen. Da er aber

ein Mann von enormen Körperkräften war und eine mächtige Stimme besaß, gelang es ihm, des Tumults Herr zu werden und seine Rede zu Ende zu führen. Von dem Augenblick an, als er sich erhob, war klar, dass er eine Anzahl von Freunden und Anhängern in der Halle hatte, obwohl sie die Minorität bildeten. Der größte Teil des Publikums nahm eine Haltung abwartender Neutralität ein.

Dr. Illingworth begann seine Ausführungen mit dem Ausdruck seiner hohen Wertschätzung für die wissenschaftliche Arbeit sowohl Professor Challengers als auch Professor Summerlees. Er bedaure sehr, dass man aus seinen Bemerkungen, die ihre Quelle einzig und allein in seinem Streben nach wissenschaftlicher Wahrheit hätten, den Unterton von irgendetwas Persönlichem herausgehört habe. Seine Position sei aber tatsächlich die gleiche, die Professor Summerlee bei der letzten Tagung eingenommen hatte. Bei dieser Zusammenkunft habe Professor Challenger gewisse Behauptungen aufgestellt, die von seinen Kollegen bezweifelt wurden. Jetzt trete dieser Kollege selbst mit den gleichen Behauptungen auf und verlange, dass man sie ungeprüft hinnehme. Ob das berechtigt sei? (»Ja!«, »Nein!« – Längere Unterbrechung, während der man vom Pressetisch aus hörte, wie Professor Challenger den Vorsitzenden um Erlaubnis bat, Dr. Illingworth hinauszuwerfen.)

Beim letzten Mal habe ein Mann gewisse merkwürdige Dinge behauptet. Jetzt behaupten vier Männer noch haarsträubendere Sachen. Sollte dies etwa ein endgültiger Beweis sein, wo doch die in Rede stehenden Dinge von so höchst revolutionärem und unglaublichem Charakter wären? Es gäbe leider Beispiele genug von Forschungsreisenden, die aus unbekannten Ländern mit allerhand merkwürdigen Berichten zurückgekommen seien, denen man allzu bereitwillig geglaubt habe. Solle das Londoner Zoologische Institut etwa in die gleiche Lage kommen? Er gebe zu, dass die Mitglieder des Ausschusses Männer von Charakter wären, aber die menschliche Natur sei sehr kompliziert, sogar Professoren könnten aus Ruhmsucht auf falsche Wege geraten. Wir alle liebten es, wie die Motten ins Licht zu fliegen. Großwildjäger wollten gern die Erzählungen ihrer Rivalen übertreffen und Journalisten seien einer sensationellen Aufmachung nicht abgeneigt und scheuten sich nicht, den Tatsachen durch ihre Fantasie etwas auszuhelfen. Jedes Mitglied des Ausschusses ha-

be seine eigenen Gründe, die Resultate aufzubauschen. (»Pfui! Pfui!«)
Er habe nicht die Absicht, jemanden zu beleidigen. (»Das tun Sie aber!« – Unterbrechung.) Das Beweismaterial für diese seltsame Geschichte wäre tatsächlich recht bescheiden. Was hätte man hier vorgebracht? Einige Fotografien. Könne man in unserem Zeitalter geschickter technischer Manipulation Fotografien noch als Beweise ansehen? Was sonst? Wir hätten einige Geschichten von der Flucht und dem Abstieg mit Hilfe von Seilen gehört, die ein Mitbringen von größeren Exemplaren ausgeschlossen habe. Das sei ganz hübsch ausgedacht, aber nicht überzeugend. Man habe gehört, dass Lord John Roxton behaupte, den Schädel eines Phororachus zu besitzen. Er könne nur sagen, dass er diesen Schädel gern einmal sehen würde.
Lord John Roxton: »Will dieser Mensch mich hier als Lügner bezeichnen?« (Lärm.)
Der Vorsitzende: »Ruhe! Ruhe! Dr. Illingworth, ich muss Sie ersuchen, mit Ihren Ausführungen zu Ende zu kommen und Ihren Antrag auf Richtigstellung vorzubringen.«
Dr. Illingworth: »Ich hätte noch mehr zu sagen, Euer Gnaden, aber ich füge mich Ihrer Anordnung. Ich stelle also den Ergänzungsantrag,

Professor Summerlee den Dank der Versammlung für seinen interessanten Vortrag aussprechen zu lassen, die ganze Angelegenheit aber als unbewiesen anzusehen und noch einmal an einen größeren und möglichst auch zuverlässigeren Untersuchungsausschuss zu übertragen.»

Das von diesem Antrag hervorgerufene Durcheinander ist schwer zu beschreiben. Ein großer Teil der Zuhörerschaft äußerte seinen Unwillen über eine derartige Beschimpfung der Forschungsreisenden durch laute Zurufe der Missbilligung: »Ablehnen!«, »Zurückziehen!«, »Schmeißt ihn raus!« Die Unzufriedenen auf der anderen Seite – und es kann nicht in Abrede gestellt werden, dass sie ziemlich zahlreich waren – begrüßten die Richtigstellung beifällig und riefen: »Ruhe!«, »Hinsetzen!«, »Fair Play!« Auf den hinteren Bänken kam es zu einer Rauferei und unter den Medizinstudenten, die diesen Teil des Saales besetzt hatten, war man mit Schlägen ziemlich freigebig. Es war nur dem mäßigenden Einfluss der zahlreich anwesenden Damen zuzuschreiben, dass es nicht zu einem allgemeinen Tumult kam.

Plötzlich jedoch gab es eine Pause, der Lärm legte sich und dann trat absolute Stille ein. Professor Challenger stand auf der Rednerbühne.

Seine Erscheinung und sein Auftreten hatten etwas eigenartig Fesselndes, und als er die Hand hob und um Ruhe bat, nahm das ganze Publikum wieder Platz und lauschte gespannt seinen Worten.

»Viele der Anwesenden werden sich noch erinnern«, sagte Professor Challenger, »dass sich bei der letzten Versammlung, in der ich Gelegenheit hatte, zu Ihnen zu sprechen, ähnliche alberne und unfeine Szenen ereignet haben. Bei dieser Gelegenheit war Professor Summerlee der Hauptschuldige, und obwohl er heute bereut und anderer Auffassung ist, kann die Sache nicht völlig vergeben werden. Ich habe heute Abend ähnliche und sogar noch beleidigendere Bemerkungen von der Persönlichkeit, die soeben Platz genommen hat, gehört, und, obwohl es eine bewusste Selbsterniedrigung bedeutet, auf das geistige Niveau dieser Persönlichkeit hinabzusteigen, will ich doch versuchen es zu tun, um auch den letzten Zweifel, der möglicherweise noch bei irgendwem bestehen könnte, zu zerstreuen. (Lachen und Lärmen.)

Ich brauche die Zuhörer wohl nicht daran zu erinnern, dass, obwohl Professor Summerlee als Vorsitzender des Untersuchungsausschusses hier heute Abend aufgefordert worden ist zu sprechen, noch immer ich es bin, dem der Erfolg zu verdanken ist. Ich habe diese drei Herren an die von mir bezeichnete Stelle geführt und sie, wie Sie gehört haben, von der Richtigkeit meiner früheren Darlegungen überzeugt. Wir hatten gehofft, dass wir nach unserer Rückkehr niemanden mehr finden würden, der so beschränkt ist, unsere gemeinsamen Behauptungen zu bestreiten. Ich bin allerdings, gewarnt durch meine früheren Erfahrungen, nicht ohne solche Beweisstücke, die jeden vernünftigen Menschen überzeugen können, zurückgekehrt. Wie Ihnen Professor Summerlee bereits erklärt hat, sind unsere fotografischen Apparate von den Affenmenschen, als sie unser Lager plünderten, zerschlagen worden. Auch die meisten Negative sind bei dieser Gelegenheit zerstört worden. (Beifall, Lachen und »Erzählen Sie uns was anderes!« aus dem Hintergrund.) Ich habe die Affenmenschen erwähnt und kann nicht umhin, zu sagen, dass einige der Töne, die jetzt an mein Ohr dringen, mich sehr lebhaft an meine Erfahrungen mit diesen interessanten Geschöpfen erinnern. (Lachen.) Trotz der Zerstörung so vieler unschätzbarer Negative sind in unserer Sammlung noch eine Anzahl von beweiskräftigen Fotografien erhalten geblieben, die die Lebensbe-

dingungen auf dem Plateau veranschaulichen. Wollen Sie uns vorwerfen, dass diese Fotografien gefälscht sind? (Eine Stimme: »Ja!« und beträchtlicher Lärm, der damit endet, dass verschiedene Leute hinausgeworfen werden.) Die Negative sind von Fachleuten geprüft worden. Welche weiteren Beweismittel haben wir noch? Die Umstände unseres Abstiegs haben es natürlich unmöglich gemacht, viel Gepäck mit uns zu nehmen, aber wir haben Professor Summerlees Sammlung von Schmetterlingen und Käfern, die viele neue Arten enthält, retten können. Ist das etwa kein Beweis? (Mehrere Stimmen: »Nein!«) Wer sagt da ›Nein!‹?«
Dr. Illingworth, sich erhebend: »Wir behaupten, dass eine solche Sammlung auch an anderen Stellen zustande kommen kann als auf einem prähistorischen Plateau.« (Beifall.)
Professor Challenger: »Kein Zweifel, Sir, wir haben uns Ihrer wissenschaftlichen Autorität zu unterwerfen, obwohl ich gestehen muss, dass Ihr Name nicht gerade sehr bekannt ist. Lassen wir also die Fotografien und die Insektensammlung beiseite. Ich komme jetzt zu den verschiedenen und ausführlichen Informationen über gewisse Punkte, die bisher niemals aufgeklärt worden sind. So zum Beispiel über die Lebens-

gewohnheiten des Pterodactylus. (Eine Stimme: »Blödsinn!« und Lärm.) Ich sage, dass wir über die Lebensgewohnheiten des Pterodactylus eine Fülle von Mitteilungen zu machen haben. Ich kann Ihnen hier aus meiner Mappe ein Bild eines Tieres zeigen, das nach dem Leben aufgenommen ist und Sie überzeugen wird.»

Dr. Illingworth: »Abbildungen können uns in keiner Weise überzeugen.«

Professor Challenger: »Sie wünschen also das Objekt selbst zu sehen?«

Dr. Illingworth: »Zweifellos.«

Professor Challenger: »Und das würde Ihnen als Beweis genügen?«

Dr. Illingworth (lachend): »Selbstverständlich.«

Jetzt bahnte sich die Sensation des Abends an, eine so dramatische Zuspitzung, dass sich in der Geschichte der wissenschaftlichen Versammlungen keine Parallele dazu findet. Professor Challenger gab mit der Hand ein Zeichen und dann sah man unseren Kollegen, Mr E. D. Malone, sich erheben und in den Hintergrund der Rednerbühne treten. Einen Augenblick später kam er in Begleitung eines riesigen Schwarzen wieder. Beide schleppten eine große quadratische Kiste nach vorn. Sie war offenbar sehr schwer

und wurde langsam vorwärts bewegt und vor dem Stuhl des Professors niedergestellt.
Tiefes Schweigen legte sich über die Zuhörer und aller Augen hingen wie gebannt an dem sich entwickelnden Schauspiel. Professor Challenger zog den in den oberen Teil der Kiste eingelassenen Deckel zurück. Dann blickte er in die Kiste hinein, schnippte mehrmals mit den Fingern und vom Pressetisch aus hörte man ihn mit schmeichelnder Stimme sagen: »Komm doch, komm doch heraus, mein Liebling!«
Einen Augenblick später erhob sich mit einem kratzenden, rasselnden Geräusch ein höchst schreckliches und ekelhaftes Geschöpf aus der Kiste und setzte sich auf deren Rand. Nicht einmal der unerwartete Sturz des Herzogs von Durham in den Orchestergraben, der sich in diesem Augenblick ereignete, konnte die starre Aufmerksamkeit der großen Zuhörerschaft ablenken. Das Gesicht dieses Geschöpfes glich dem der wildesten Dachrinnenfigur, die je aus der Fantasie eines tollen mittelalterlichen Bildhauers hervorgegangen ist. Es war bösartig, abstoßend und zeigte zwei kleine, rote Augen, die wie glühende Kohlen funkelten. Sein langer, gebogener Schnabel war geöffnet und enthielt eine Reihe scharfer Zähne. Die Schultern

trugen Höcker und diese waren wie mit einem zusammengefalteten, grauen Schal bedeckt. Es war der Teufel aus unseren Kindertagen in eigener Person.

Und nun erhob sich in der Zuhörerschaft ein gewaltiger Aufruhr – irgendeiner schrie, zwei Damen in der ersten Reihe fielen in Ohnmacht und auf der Rednerbühne wichen alle zurück, als wollten sie ihrem Vorsitzenden in den Orchestergraben folgen. Einen Augenblick bestand die Gefahr einer allgemeinen Panik. Professor Challenger hob die Hände, um die Erregung zu dämpfen, aber diese Bewegung regte das neben ihm sitzende Tier auf. Sein seltsames Umschlagetuch entfaltete sich plötzlich, breitete sich aus und bewegte sich ein paar Mal wie lederne Flügel auf und ab. Der Professor griff nach den Beinen des Tieres, aber es war bereits zu spät. Es hatte sich vom Rand der Kiste erhoben und flog langsam mit einem trockenen, lederartigen Klatschen seiner zehn Fuß weiten Schwingen rund um den Saal, wobei es im ganzen Raum einen faulen und infernalischen Geruch verbreitete. Das Geschrei der Leute auf den Galerien, die durch die glühenden Augen und den mörderischen Schnabel des heranfliegenden Geschöpfes erschreckt wurden, reizte das

Scheusal. Immer schneller flog es im Kreis herum, schlug mit den Flügeln gegen Mauer und Kronleuchter, während die Aufregung der Zuhörer sich bis zum Wahnsinn steigerte.

»Das Fenster! Um Gottes willen, schließen Sie das Fenster!«, brüllte der Professor, der auf der Rednerbühne hin und her sprang und in angstvoller Verzweiflung die Hände rang. Aber ach, seine Warnung kam zu spät. Das fliegende Ungeheuer, das wie eine Motte im Lampenschirm gegen die Wände stieß, kam in diesem Augenblick an das offene Fenster, zwängte seinen hässlichen, großen Körper hindurch und war verschwunden. Professor Challenger sank in seinen Stuhl und begrub das Gesicht in seinen Händen, während das Publikum einen langen, tiefen Seufzer der Erleichterung ausstieß, als ihm klar wurde, dass der Vorfall vorüber war.

Dann, oh, wie soll man die folgenden Ereignisse beschreiben – als der überschwängliche Beifall der Mehrheit sich mit der umschlagenden Stimmung der Minderheit zu einer einzigen Woge der Begeisterung vereinigte, die über den Orchestergraben und die Rednerbühne hinwegbrauste und unsere vier Helden hoch emportrug! *(Das ist dein Glück, Mac!)*

Was die Zuhörer vorher an Gerechtigkeit hatten fehlen lassen, machten sie nun wieder mehr als gut. Die ganze Versammlung war aufgesprungen. Alles schrie und gestikulierte durcheinander. Eine dichte Menge von Beifall rufenden Leuten umgab die vier Forschungsreisenden.

»Auf die Schultern mit ihnen, auf die Schultern!« schrien Hunderte von Stimmen. Im selben Augenblick sah man die vier Gestalten über der Menge aufsteigen. Sie kämpften vergeblich, um sich zu befreien. Hoch über den Köpfen schwebten sie auf ihrem luftigen Ehrenplatz. Selbst wenn man es gewollt hätte, wäre es unmöglich gewesen, sie auf den Boden niederzulassen, eine so dichte Menge umgab sie. »Regent Street! Regent Street!« tönte es von allen Seiten.

Dann setzte sich die Menge in Bewegung und strömte, die Vier auf ihren Schultern tragend, langsam dem Ausgang zu. Auf der Straße gab es eine außerordentliche Szene. Eine nach Hunderttausenden zählende Menschenmenge hatte sich versammelt. Dicht gedrängt standen sie vom Langham-Hotel bis zum Oxford Circus hinunter. Tosender Beifall begrüßte die vier Abenteurer, als sie über den Häuptern der Menge im hellen Lichte der elektrischen Lampen sichtbar wurden. »Ein Triumphzug! Ein Triumphzug!« wurde gerufen, und in einer dichten, die ganze Straßenseite ausfüllenden Phalanx setzte sich die Menge in Bewegung und wogte die Regent Street, Pall Mall, St. James's Street und Piccadilly hinunter. Der gesamte Verkehr im Zentrum Londons stockte und es gab eine Reihe von Zusammenstößen zwischen den Demonstranten auf der einen und den Schutzleuten und Droschkenkutschern auf der anderen Seite. Erst gegen Mitternacht gab man die vier Reisenden am Eingang zu Lord John Roxtons Wohnräumen im Albany frei. Die begeisterte Menge sang im Chor »Hoch soll'n sie leben« und schloss ihr improvisiertes Programm mit »God save the King«.

So endete eine der bemerkenswertesten Abendveranstaltungen, die London seit langer Zeit gesehen hat.

Soweit mein Freund Mac Dona, und sein Bericht kann als einigermaßen richtig, wenn auch etwas ausgeschmückt, gelten. Das Hauptereignis des Abends hatte auf uns, wie kaum gesagt zu werden braucht, nicht so aufregend und überraschend gewirkt wie auf das Publikum. Der Leser wird sich erinnern, dass ich eines Abends auf dem Plateau Lord John Roxton getroffen hatte, als er in seiner schützenden Krinoline auf dem Wege war, für Professor Challenger ein »Teufelsküken«, wie er es nannte, zu fangen. Ich habe ebenfalls bereits die Mühen angedeutet, die uns das Gepäck des Professors beim Abstieg vom Plateau gemacht hatte. Und hätte ich unsere Rückreise näher beschrieben, so wäre viel von der Mühe die Rede gewesen, die es uns kostete, den Appetit unseres schmutzigen Reisegefährten mit faulen Fischen zu befriedigen. Wenn ich bisher nicht allzu viel davon erzählt habe, so lag das natürlich am ausdrücklichen Wunsch des Professors, dass möglichst nichts über dieses von uns mitgebrachte unbezweifelbare Beweisstück durchsickern sollte, bis der geeignete Augenblick gekommen war.

Noch ein Wort zum Schicksal des Londoner Pterodactylus: Etwas Sicheres kann darüber nicht gesagt werden. Man hat die Mitteilung von zwei erschrockenen Frauen, dass es auf dem Dach der Queen's Hall gesehen wurde und dort einige Stunden lang wie eine teuflische Statue hockte. Am nächsten Tag erschien in den Zeitungen eine Notiz, dass der Soldat Miles vom Coldstream-Garderegiment, der am Marlbourough House Wache stand, seinen Posten unerlaubt verlassen hatte und deshalb vor das Kriegsgericht gestellt wurde. Seine Entschuldigung, dass er sein Gewehr weggeworfen und die Flucht ergriffen habe, weil der Teufel plötzlich zwischen ihm und dem Mond erschienen wäre, wurde vom Gericht nicht geglaubt. Bestimmt besteht aber zwischen ihm und unserer Kreatur ein Zusammenhang.

Der einzige weitere Nachweis, den ich anführen kann, stammt aus dem Logbuch des Dampfers »Friesland« von der Holland-Amerika-Linie. Das Schiff begegnete am nächsten Morgen um neun Uhr, zehn Meilen vor Kap Start Point, einem fliegenden Wesen, das halb einer Ziege, halb einer riesigen Fledermaus geglichen habe und mit großer Geschwindigkeit nach Südwesten geflogen sei. Wenn das Tier, seinem Instinkt folgend, die Richtung in sein Heimatland genommen hat, kann es keinem Zweifel unterliegen, dass der letzte europäische Pterodactylus irgendwo auf der unendlich weiten Fläche des Atlantischen Ozeans sein Ende gefunden hat.

Und nun zu Gladys – o meine Gladys! Nach der ich den See, der jetzt wieder Zentralsee heißt, genannt hatte. Sie wird niemals durch mich unsterblich werden. Hatte ich in ihrem Wesen nicht schon immer einen harten Zug entdeckt? Spürte ich nicht sogar schon zu der Zeit, als ich stolz war, ihren Befehlen gehorchen zu können, dass es eine ziemlich armselige Liebe sein musste, die es fertig brachte, den Geliebten in Tod und Gefahren zu schicken? Ließen mich nicht Gedanken, die immer wieder auftauchten und immer wieder zurückgedrängt wurden, hinter die schöne Fassade blicken und dort Selbstsucht und Wankelmut erkennen? Liebte sie das Heroische und die menschliche Größe an sich? Oder war es des Ruhmes wegen, der ohne eigene Mühe oder Opfer auf sie selbst zurückstrahlte? Oder ist das bei mir nur Klugheit, die nach dem Schaden kommt? Es war der härteste Schlag meines Lebens. Einen Augenblick lang fühlte ich eine kalte Verachtung in mir aufsteigen. Aber jetzt, wo ich das hier niederschreibe, ist bereits eine Woche vergangen und wir hatten eine folgenschwere Unterhaltung mit Lord John Roxton. Und – es hätte vielleicht noch schlimmer kommen können.

Ich will es mit wenigen Worten erzählen. Kein Brief und kein Telegramm empfingen mich in Southampton, und ich war an jenem Abend um zehn Uhr abends mit hochfliegenden Erwartungen bei der kleinen Villa in Streatham angelangt. War sie tot oder krank? Wo waren all meine nächtlichen Träume von den offenen Armen, dem lächelnden Antlitz, den Lobesworten für den Mann, der sein

Leben gewagt hatte, um ihre Launen zu befriedigen? Ich war bereits aus den Himmelshöhen herabgestiegen und stand mit beiden Füßen fest auf der Erde. Und doch hätte mich eine plausible Begründung wieder zu den Wolken emporheben können. Ich stürzte den Gartenweg hinauf, klopfte an die Tür, hörte von drinnen Gladys' Stimme, stieß das mich anstarrende Hausmädchen beiseite und eilte in das Wohnzimmer. Sie saß auf einem niedrigen Sessel unter der abgeblendeten Stehlampe neben dem Klavier. Mit drei Schritten war ich bei ihr und hielt ihre Hände in meinen.

»Gladys!«, rief ich. »Gladys!«

Sie blickte mir erstaunt ins Gesicht. Ihr Antlitz hatte einen leicht veränderten Zug. Der Ausdruck ihrer Augen, die starr nach oben blickten, die Form ihrer Lippen hatten etwas Fremdes. Sie zog ihre Hand zurück.

»Was wollen Sie denn?«, sagte sie.

»Gladys!«, rief ich, »was ist denn nur? Sind Sie denn meine Gladys oder etwa nicht? Meine kleine Gladys Hungerton.«

»Nein«, sagte sie, »ich bin Gladys Potts. Gestatten Sie, dass ich Sie mit meinem Gatten bekannt mache.«

Wie lächerlich ist doch das Leben! Ich verneigte mich mechanisch und reichte einem kleinen

Mann mit ingwerfarbenem Haar die Hand, der in dem Armstuhl saß, der einst für mich reserviert gewesen war. Wir verbeugten uns hastig mehrfach und lächelten einander unverbindlich an.

»Vater lässt uns hier wohnen, bis unser eigenes Haus fertig ist«, sagte Gladys.

»Ach so«, sagte ich.

»Haben Sie meinen Brief in Para denn nicht erhalten?«

»Nein, ich habe keinen Brief bekommen.«

»Oh, wie schade, der hätte Ihnen aller erklärt.«

»Es *ist* ganz klar«, sagte ich.

»Ich habe William alles von Ihnen erzählt«, sagte sie. »Wir haben keine Geheimnisse voreinander. Ich bin so traurig über das Ganze. Aber es konnte Ihnen doch nicht so ganz ernst mit der Liebe gewesen sein, wenn Sie bis zum anderen Ende der Welt gehen und mich hier allein lassen konnten. Sie sind doch nicht sehr betrübt, nicht wahr?«

»Nein, nein, durchaus nicht! Nun, es wird wohl am besten sein, ich gehe jetzt.«

»Wollen Sie nicht eine kleine Erfrischung zu sich nehmen?«, sagte der kleine Mann und fügte in vertraulichem Ton hinzu: »So geht es immer, nicht wahr? Und es wird auch so bleiben, wenn sie nicht zur Polygamie übergehen, aber dazu müssen Sie sich schon eine andere Gegend aussuchen.« Er lachte dabei wie ein Idiot, während ich zur Tür ging. Ich stand bereits draußen, als mich plötzlich ein fantastischer Gedanke durchfuhr und ich kam wieder zu meinem siegreichen Rivalen zurück, der nervös auf den Klingelknopf starrte.

»Wollen sie mir eine Frage beantworten?«, sagte ich.

»Gewiss, wenn es mir möglich ist«, sagte er.

»Wie haben Sie das geschafft? Haben Sie nach verlorenen Schätzen gegraben oder einen Pol entdeckt oder einen Seeräuber erledigt oder den Kanal übersprungen oder was sonst? Wo ist der Glanz der Romantik! Wie ist Ihnen das gelungen?«

Er starrte mich mit einem verständnislosen Ausdruck auf seinem gutmütigen, nichtssagenden Gesicht an.

»Glauben sie nicht, dass das etwas zu persönlich ist?«, sagte er.

»Schön. Noch eine Frage, bitte«, rief ich. »Was sind Sie von Beruf?«

»Ich bin Schreiber bei einem Rechtsanwalt«, sagte er. »Bei Johnson and Merrivale, Chancery Lane, 41.«

»Gute Nacht«, sagte ich und verschwand wie alle verzweifelten und unglücklichen Helden in der Dunkelheit, während Kummer, Wut und ein unbändiger Lachreiz in mir brodelten.

Noch eine kleine Szene. Und dann bin ich am Ende. Gestern Abend haben wir alle bei Lord John Roxton zu Abend gegessen und hinterher in guter Kameradschaft rauchend zusammengesessen und uns über unsere Abenteuer unterhalten. Es war eigenartig, die alten, wohl bekannten Gesichter unter so ganz veränderten Umständen zu sehen. Da war Challenger mit seinem herablassenden Lächeln und den halb gesenkten Augenlidern über den herrschsüchtigen Augen, mit seinem gesträubten Bart und dem mächtigen Brustkasten, der während seiner selbstbewussten Unterhaltung mit Summerlee gewaltige Atemzüge ausstieß. Summerlee saß mit seiner kurzen Rosenholzpfeife und seinem grauen Ziegenbart da, das eingefallene Gesicht im Eifer der Debatte vorgebeugt, während er die Behauptungen Challengers anzweifelte. Und schließlich unser Gastgeber selbst mit seinem kantigen Adlergesicht und den kalten, blauen Gletscheraugen, in deren Tiefe immer ein Schimmer von Übermut und Humor sichtbar ist. Das ist das letzte gemeinsame Bild, das ich von ihnen allen in mir trage.

Es war nach dem Abendbrot in seinem Allerheiligsten – dem Zimmer mit dem gedämpften, rötlichen Licht und den zahllosen Trophäen –, als Lord John Roxton uns etwas mitzuteilen hatte. Er ergriff eine auf dem Büfett stehende Zigarrenkiste und stellte sie vor uns auf den Tisch.

»Es gibt da eine Sache«, sagte er, »über die ich vielleicht schon früher hätte reden sollen. Aber ich wollte selbst erst etwas Genaueres darüber wissen. Es hat keinen Zweck, Hoffnungen zu erwecken, aus denen dann nichts wird. Jetzt aber haben wir es mit Tatsachen und nicht nur mit Hoffnungen zu tun. Sie werden sich an den Tag erinnern, als wir den Pterodactylushorst in dem Sumpf entdeckten, nicht wahr? Nun, ich habe dort etwas gefunden, was meine Aufmerksamkeit erregte. Vielleicht ist es Ihnen entgangen. Ich werde es Ihnen daher erzählen. Es war ein vulkanischer Erdtrichter, der mit blauem Ton angefüllt war.«

Die Professoren nickten.

»Nun, ich habe nur an einem einzigen Ort auf der ganzen Welt so einen Vulkantrichter mit blauem Ton gesehen. Es war die große Diamantmine von de Beer in den Kimberleys. Sie werden also verstehen, dass ich seit dieser Zeit Diamanten im Kopf habe. Ich zimmerte mir daher das Bambusgestell zusammen, um mir das stinkende Viehzeug vom Leib zu halten, und verbrachte mit dem Spaten einen erfolgreichen Tag im Sumpf. Und dies hier habe ich gefunden.«

Er öffnete die Zigarrenkiste, stürzte ihren Inhalt auf den Tisch und es zeigten sich etwa zwanzig bis dreißig unansehnliche Steine von der Größe einer Bohne bis zu einer Walnuss.

»Vielleicht sind Sie der Meinung, ich hätte es Ihnen gleich erzählen sollen. Ich weiß aber, dass es für den Unerfahrenen in diesen Dingen leicht Enttäuschungen gibt und dass Steine eine gewisse Größe und doch nur einen geringen Wert haben können, wenn sie in Farbe und Zusammensetzung Mängel zeigen. Ich habe sie daher mitgebracht und am ersten Tag nach unserer Rückkehr einen davon von einem mir bekannten Juwelier schleifen und schätzen lassen.«

Er zog eine Pillenschachtel aus der Tasche und entnahm ihr einen herrlich glänzenden Diamanten, einen der schönsten Steine, die ich je gesehen habe.

»Dies ist das Resultat«, sagte er. »Er schätzt den Haufen hier auf mindestens zweihunderttausend Pfund. Wir teilen diese Summe natürlich unter uns. Von jedem anderen Vorschlag möchte ich nichts hören. Nun, Challenger, was werden Sie mit ihren fünfzigtausend anfangen?«

»Wenn Sie tatsächlich auf Ihrer freigebigen Absicht bestehen«, sagte der Professor, »so würde ich ein Privatmuseum, von dem ich seit langem träume, gründen.«

»Und Sie, Summerlee?«

»Ich würde mich von meinem Lehramt zurückziehen, um Zeit für die abschließende Klassifikation der Fossilien der Kreidezeit zu haben.«

»Ich will meinen Anteil dazu verwenden«, sagte Lord John Roxton, »eine Expedition auszurüsten, um unser gutes, altes Plateau noch einmal aufzusuchen.«

»Und Sie, mein Junge, Sie werden natürlich heiraten.«

»Noch nicht«, sagte ich mit einem etwas gequälten Lächeln, »aber wenn Sie mich mitnehmen wollen, so würde ich am liebsten mit Ihnen gehen.«

Lord Roxton sagte nichts, aber eine braune Hand streckte sich mir über den Tisch entgegen.